Bibliografische Informationen der Deutschen Nationalbibliothek: Die Deutsche Nationalbibliothek verzeichnet
diese Publikation in der Deutschen Nationalbibliografie;
detaillierte Bibliografische Daten sind im Internet über
http://dnb.dnb.de.

2. Auflage
© 2013 Genia Hauser
http://kathrin-geschichten.jimdo.com/

Herstellung und Verlag:
BoD – Books on Demand, Norderstedt
ISBN 978-3-7386-0316-3

Genia Hauser

Hart an der Grenze

Eine Geschichte über Kathrin

Vorwort

Ähnlichkeit zu lebenden oder verstorbenen Personen ist wahrscheinlich zufällig. In jedem Falle ist sie ohne tiefere Bedeutung.

Ähnlichkeit zu großen und kleinen Werken der Pop-(und Nerd)Kultur ist dagegen völlig beabsichtigt. Jeder ist herzlich eingeladen, Zitate zu raten.

I. Explosionen

Ort: Nordamerika, Wald, Schnee.
Zeit: ein paar Jahrzehnte in der Zukunft.
Universum: von unserem ca. 15 Grad nach links.

Kathrin konnte nur mit äußerster Anstrengung aufrecht stehen.

Von gehen ganz zu schweigen.

Übelkeit. Schwindel.

Der Geschmack von saurer Milch auf der Zunge.

Kathrin übergab sich.

Ihre Hände und Füße froren trotz dicker Handschuhe und Schneestiefel. Trotzdem schwitzte sie wie ein Schwein. Sie war nur einen Herzschlag von Schüttelfrost entfernt.

Leises, beständiges Summen in den Ohren, auch das noch. Abgesehen davon hörte sie nichts. Sie hätte genauso gut Schaumstoffstöpsel in den Ohren haben können. Sie war ganz allein eingepackt in einen Kokon aus Watte.

Sie war ganz allein.

Sie musste weiter. Sie hörte keine Schritte hinter sich, aber sie konnte ihre Verfolger spüren. Sie wusste, dass sie ganz schnell weiter musste.

Der Schnee war knietief. Sie stolperte im Dunkeln und fiel. Im Liegen war es schön. Schön friedlich. Der Magen gab Ruhe, der Kreislauf erholte sich. Der Schwindel ließ nach.

Aber nicht die Angst.

Zuerst auf alle Viere. Dann aufstehen. Kathrin fühlte die

Übelkeit, die aus dem Bauch in den Kopf stieg. Sie öffnete ihre Jacke und suchte hektisch unter dem Schal und dem Rollkragen nach dem Band, an dem die Autoschlüssel hingen.

Noch da. Das scharfe Panikgefühl verebbte.

Sie schleppte sich vorwärts.

Einfach geradeaus. In Bewegung bleiben.

Es war nicht mehr weit. Hoffentlich war es nicht mehr weit.

Kathrin kam zu sich. Es war nun Tag. Sie saß an einen Baumstamm gelehnt. Sie war bewusstlos geworden.

Sie rappelte sich auf und ging weiter, so schnell ihre wackligen Beine sie trugen. Kohlenstofffaserrüstung und schwere Stiefel waren dabei nicht unbedingt förderlich.

Die Geräusche kamen langsam zurück: irgendwo krähte ein Vogel. Neben ihr fiel Schnee unter der eigenen Last aus der Baumkrone hinunter. In der Ferne hallten Schüsse.

Es ist eine allgemein bekannte Weisheit, dass die Überlebenschancen für einen Einzelnen umso schlechter stehen, je schlimmer es sein Team bei einem schief gelaufenen Gig erwischt hat. Und da Kathrin nach ihrem Wissen die einzige war, die es aus der Basis herausgeschafft hatte, hatte sie keine Illusionen darüber, was vor und was hinter ihr lag.

Endlich erreichte sie die beiden Jeeps, mit denen sie und ihr Team gestern Abend hierhergekommen waren. Sie nahm ein Auto und fuhr damit weg.

Sie war nun schon den ganzen Tag ohne Pause unterwegs. Seit mittlerweile über dreißig Stunden wach – von ihrem Blackout in der Nacht mal abgesehen. Die Kleidung war dreckig und stank. Sie hörte immer noch schlecht. Der Gleichgewichtssinn hatte sich ebenfalls noch nicht erholt.

Sie war mitten in der Taiga, mit einem Auto voller Sprengstoff und Waffen – Gott sei Dank mit genug Munition – und Zeug, das sie nicht haben sollte. Und ohne Zuflucht oder Aussicht auf Hilfe.

Sie wusste nicht mit letzter Sicherheit, dass die Jungs abgeschrieben waren. Wenn sie noch lebten, fanden sie sich am Treffpunkt ein. Sie waren gut, sie konnten rechtzeitig hinkommen. Diese Hoffnung wollte Kathrin nicht aufgeben.

Nach einer kleinen Pause fuhr sie weiter.

Jim wachte in der Kälte des Wintermorgens auf. Die Fensterscheiben des Wohnmobils, das gegenwärtig sein Zuhause war, waren mit Eisblumen bedeckt. Wahrscheinlich war das Gas im Herd schon wieder gefroren.

Einige Zeit blieb Jim unter seinen zwei Decken liegen und schaute seiner kondensierten Atemluft zu. Dann stand er auf.

Heute sollte er auf jeden Fall ein paar Hundert Dollar verdienen. Dann konnte er Benzin und Lebensmittel kaufen, damit er endlich von hier verschwinden konnte.

Die Stimmung in dem Ort hatte längst von abwartender Verteidigungshaltung zu mehr oder weniger offener Feindseligkeit übergeschwenkt. Das an sich war ihm egal. Das Problem bestand darin, dass in so einem Klima früher oder später irgendwelche Idioten auf die Idee kamen, mit ihm eine Schlägerei anzufangen.

Jim wollte in Ruhe gelassen werden.

Hundert Dollar brauchte er unbedingt noch, um bei diesen Spritpreisen bis Petersberg zu kommen.

Nach einem kargen Frühstück widmete sich Jim dem Motor des Wohnmobils. Das alte Ding streikte in den letzten Tagen immer häufiger. Jim fügte seinem geistigen Einkaufszettel Munition für die Schrottflinte hinzu.

Es blieb ihm nichts anderes übrig, als Arbeit zu suchen und zu hoffen, dass er dabei möglichst wenigen Menschen begegnete.

Der Treffpunkt war eine Kneipe, in der Holzfäller dieser Gegend ihre Freizeit vertrieben.

Kathrin war pünktlich. Sie hatte vorsichtshalber eine gepanzerte Jacke an und steckte – nur für den Fall – eine Automatik und die Allzweck-Beretta in die Innenfächer.

Sie ging hinein und setzte sich an die Bar. Sie hatten verabredet, Wasser zu trinken, wenn sie verfolgt wurden, und Cola, wenn alles klar war. Kathrin dachte kurz nach und bestellte Orangenlimonade.

Auf einmal wurde ihr bewusst, dass sie einen Bärenhunger hatte.

Noch war niemand von den Jungs da. Sie bemerkte, dass sie laut mit den Fingern trommelte, erst als ein anderer Gast ihr einen unfreundlichen Seitenblick zuwarf. Sie lauschte angestrengt. Zwei- oder dreimal in der ersten halben Stunde hörte sie draußen ein viel versprechendes Motorgeräusch, aus dem jedoch nichts wurde. Kathrin gab ihnen eine Viertelstunde mehr.

Und dann noch mal eine Viertelstunde.

Und dann noch eine.

Zwei Stunden später musste sie einsehen, dass das Rendezvous nicht stattfinden würde. Sirius' Regeln waren eindeutig: alle, die zwei Stunden nach der vereinbarten Zeit am Treffpunkt sind, hauen ab. Ob die Jungs nun in der Explosion umgekommen oder in Gefangenschaft geraten waren, machte keinen Unterschied mehr. Sie konnte ihnen nicht helfen. Sie konnte und durfte hier nicht länger bleiben.

Nun, Kathrin musste es allein versuchen. Sie war nicht gänzlich unerfahren und sie hatte schon die eine oder andere hässliche Sache überlebt.

Sie war ein Mädchen mit zwei großen Knarren. Und noch mehr davon im Kofferraum.

Leider musste sie davon ausgehen, dass die Sicherheitskräfte aus der Basis ihr dicht auf den Fersen waren. Der Explosion nach zu urteilen, waren auch sie nicht gänzlich unerfahren.

Sie dachte darüber nach, was ihre Optionen waren.

Eigentlich sollte sie in so einer miesen Situation als Erstes ihren Schieber anrufen. Aber es würde zu lange dauern, bis Neunmalklug irgendjemanden in dieser Gegend auftreiben konnte. Bis dahin war sie tot und kalt.

Im Radius von ungefähr zweitausend Kilometern hatte sie selbst genau einen Kontakt: Chet, den Wissenshändler aus Black Town, der sich mit Verkauf von Gerüchten und falschen Dokumenten übers Wasser hielt. Sie hatte weder für das eine, noch für das andere Verwendung. Chet nützte ihr nichts.

Sie hatte seit bald zwei Tagen nicht geschlafen. Die Augenlider klappten regelmäßig zu, ohne dass sie es verhindern konnte. Die Augen rollten nach oben und sie fiel im Sitzen in einen Sekundenschlaf, der ihr Ruhe, Erholung und Frieden versprach und nichts davon gab.

Ruckartig wachte sie wieder auf.

Was sie wirklich dringend brauchte, war Schlaf. Und einen Partner, der Wache schob, während sie schlief. Wenn sie es zurück in die Zivilisation schaffen konnte, hatte sie vielleicht eine Chance, nach Deutschland zu kommen. Sie brauchte einen internationalen Flughafen und, um zu einem solchen zu kommen, brauchte sie Muskeln.

Nach Möglichkeit Muskeln mit einem Gehirn dran.

Kathrin schaute sich um: widerlich dreckige, stinkende, behaarte Männer waren in unterschiedlichen Stadien des

Alkoholrausches. Manche spielten Karten, manche drückten Arme, die meisten unterhielten sich mehr oder weniger angeregt. Einige waren den Weg des Konsums so weit gegangen, dass sie sich mehr unter denn am Tisch befanden. Die Holzfäller waren stämmig, an harte Arbeit und fettige Nahrung gewohnt. Trotz der Bauweise, die eines Sumo-Ringers würdig war, bezweifelte Kathrin, dass sie eine ähnliche Beweglichkeit und Reaktion hatten.

Ein wenig wunderte sich Kathrin, dass sie hier in Ruhe gelassen wurde.

Sie nahm ihr Essen: Bratkartoffel mit Spiegelei und einen durchwachsenen Steak. Gott weiß, wann sie wieder was Warmes in den Magen bekommen konnte. Sie verkroch sich in eine dunkle Sitzecke und stürzte sich auf ihre Mahlzeit. Die Wärme und Fülle im Bauch machten sie einerseits noch müder, aber andererseits rückten sie irgendwas in ihrem Kopf zurecht. Amüsiert stellte Kathrin fest, dass ihre Gedanken zwar träge, aber trotzdem klar waren.

Jetzt konnte man also wieder konstruktiv an Problem-lösungen arbeiten. Wie um das Stichwort zu unterstreichen, ereignete sich etwas, das Kathrin nicht auf Anhieb als Problem oder Lösung identifizieren konnte.

Ein Mann betrat das Lokal. Er unterschied sich auf den ersten Blick nicht wesentlich von dem üblichen Publikum: er hatte ebenso wie die anderen alte Sicherheitsstiefel, alte Jeans, alte Jacke, alte Mütze, alte Handschuhe und eine Redneck-Ausstrahlung. Aber er war irgendwie frischer, wacher, recht klein für einen Mann, kleiner als sie selbst, vielleicht eins siebzig. Was aber Kathrin ihre sechs Jahre in den Schatten gelehrt hatten, war zu erkennen, wenn einer aus der Branche die Spielfläche betrat.

Entweder war er hier als so eine Art Untergrund-Frei-berufler, der für die Jungs aus der Militärbasis arbeitete.

Oder er war hier zufällig, in diesem Fall konnte er ihr vielleicht nützlich werden.

In ihrer Situation wollte Kathrin keine Risiken eingehen. Sie griff in das große Innenfach ihrer Jacke, holte daraus ihre kleine halbautomatische Waffe, manövrierte sie unter die Tischplatte und entsicherte sie behutsam. Nur für den Fall.

Der Kleine schien hier nicht unbekannt zu sein und man konnte nicht behaupten, dass er unter den Anwesenden positive Reaktionen ausgelöst hätte. Leute, die vorher entspannt mit dem Rücken zur Tür gesessen waren, sahen jetzt zum Eingang und legten die typischen Zeichen der Revierverteidigung an den Tag: Schultern ausbreiten, Kopf heben, Brust herausstrecken, nach der Waffe greifen. Ein Rudel gegen einen.

Selbstverständlich war Kathrin für den Underdog. Noch warf niemand den ersten Stein und sie behielt ihre Beobachterposition mit der entsicherten Knarre in der Hand. Sicher ist sicher.

Der Kleine bewegte sich vorsichtig zur Theke und bestellte etwas. Er überflog erst das ganze Publikum flüchtig und dann sonderte er Kathrin aus der Herde heraus und schaute sie nicht sonderlich interessiert nochmal an.

Das beruhigte sie: sie hatte zwar unförmige bequeme Arbeitskleidung an, aber sie war unmissverständlich als Frau zu erkennen und fiel in dieser maskulinen Meute auf. Es war normal, nochmal hinzuschauen, wenn man etwas bemerkte, dass einen wunderte. Was nicht normal gewesen wäre, wäre, wenn Kathrins Anwesenheit den Mann nicht wenigsten ein bisschen überrascht hätte.

Der Kleine bewegte sich langsam, als wollte er die Pferde nicht scheu machen. Ohne Angst zu zeigen, machte er es klar, dass er nicht auf Krawall aus war. Ohne aggressiv zu sein, zeigte er deutlich, dass, falls es zu Krawall kommen sollte, er sich teuer verkaufen würde.

Er gefiel Kathrin. Muskel mit Gehirn dran – einmal wie bestellt.

Kathrin erlaubte sich ein wenig Hoffnung.

Es sah nicht gut aus für Jim. Er hatte tagsüber Lastwagen entladen und ein wenig im Sägewerk ausgeholfen und das hatte ihm insgesamt vierzig Dollar eingebracht. Das war viel zu wenig, um sich bei diesem Wetter mit seinem halb-toten Wagen auf den Weg zu machen.

In der Kneipe war es wenigstens warm. Er konnte hier langsam essen und vielleicht ein-zwei Bier trinken und, je nachdem wie langsam er sie trank, einige Stunden im Warmen verbringen. Wenn nicht irgendein Idiot beschließen sollte, ihn eine Lektion lehren zu wollen, oder so ein Scheiß.

War nicht unwahrscheinlich.

In diesem Fall, das musste er ehrlich sagen, war es fraglich, ob er es schaffen würde, der Sache ruhig aus dem Weg zu gehen. So mies drauf, wie er zurzeit war, hatte er nicht schlecht Lust, irgendjemandem einen ordentlich auf die Fresse zu geben.

Er hasste Menschen.

Sein Essen kam und es regte noch nicht mal seinen Appetit an. Er nahm seinen Teller und setzte sich an einen Tisch in der hintersten Ecke.

Der Kleine setzte sich an dem Tisch, der dem ihren am nächsten war und Kathrin konnte ihn im Profil studieren.

Wenn er überhaupt ein Schattenkrieger war, so war er schon lange Zeit auf dem absteigenden Ast. Vielleicht war er einfach nur ein Kriegsveteran. Davon gab es auch in Nordamerika genug. Vielleicht war er nicht gut, vielleicht war er verletzt, aber Kathrin war sich sicher, dass er was von

Gewalt verstand.

Kathrin bestellte einen Kaffee und gab zu viel Trinkgeld, um die missgünstigen Blicke des Wirtes zu besänftigen.

Wenigstens Kohle hatte sie genug. Das war doch schon mal was.

Der Kaffee hatte nicht wirklich viel geholfen. Kathrin machte noch einige Zeit weiter mit ihrer Routine aus subtilen Sekundenschläfchen – sie hatte mindestens ein Bier Zeit und sie hatte noch nie gesehen, dass ein Pint-Bier so lange in einer offener Flasche überlebt hatte.

Bald war Mitternacht. Zeit zu handeln.

Das Fleisch, das Jim sich leisten konnte, war zu klein, um ihn zu sättigen und ihn mit der Welt zu versöhnen.

Er war so in seine trüben Gedanken vertieft, dass ihm das Mädel gar nicht aufgefallen war, bis sie schon an seinem Tisch saß.

„Guten Appetit", sagte Kathrin. Jim antwortete nicht. „Mein Name ist Elizabeth."

„Schön für dich", sagte Jim unfreundlich zwischen zwei Bissen. „Was willst du?"

„Einen Begleiter, so eine Art Bodyguard, auf dem Weg nach Black Town. Gegen Bezahlung."

„Bin nicht interessiert."

„Du weißt doch gar nicht, wie viel ich dir dafür biete."

„Wie viel denn?"

„Fünf Riesen." Jim blinzelte.

„Immer noch nicht interessiert."

„Gut. Sieben?"

Es war ein verdammt gutes Angebot und das wusste Jim. Er war ein sturer Idiot, dass er es nicht annahm. Das wusste er auch.

„Scher dich zum Teufel", sagte er.

„Ach komm, bitte. Ich brauche dringend einen Partner."

„Dann such dir anderswo einen und lass mich in Ruhe."
Er stand auf, ging zur Theke, ohne sich umzudrehen, und bezahlte. Kathrin fluchte und rannte ihm hinterher.

„Warte mal!", rief sie.

„Nein."

„Gut, zehntausend." Kathrin folgte ihm ins Freie.

„Lass mich in Ruhe."

„Wie lange brauchst du, um zehn Riesen zu verdienen?"

„Hau ab", kläffte Jim.

Kathrin machte eine unfreundliche Geste und ging zurück in die Kneipe. Dort lümmelte sie sich hin und erlaubte sich ein Stündchen Schlaf. Sie vertraute darauf, dass hier viel zu viele Leute waren und daher ein bösartiger Angriff genug Lärm verursachen würde, um sie rechtzeitig zu wecken.

Danach zwang sie sich wieder hinaus in die Dunkelheit und Kälte. Mit klammen Fingern setzte sie ihr Navigationsgerät in die dafür vorgesehene Halterung und verließ den Ort in westliche Richtung.

Jim stand schon seit einer halben Stunde vor der offenen Motorhaube mit der Taschenlampe zwischen den Zähnen und fingerte am Motor herum.

Er verstand von Motoren genug um zu wissen, dass dieser Wagen seine letzte Meile gefahren war. Er fluchte, trat die Stoßstange des Fahrzeuges, die daraufhin brach und abfiel.

Jim packte seine Habseligkeiten in einen großen Wanderrucksack. Die nächste Siedlung war dreißig Meilen weg.

Verdammte Scheiße!

Die Schrottflinte in der Hand und dem Rucksack auf dem Rücken machte sich auf den Weg.

Die Straße war eintönig und dunkel. Kathrin gähnte kräftig und ihre brennenden Augen füllten sich mit Tränen. Sie war wirklich froh, dass sie ein Navi dabei hatte. Zum einen leuchtete es schön, zum anderen konnte sie damit in der Dunkelheit die Kurven besser erkennen. Auf die graue eckige Masse am Wegrand machte es sie aber nicht aufmerksam. Kathrin bremste und fuhr langsam an dem alten Wohnmobil vorbei.

Ein paar Meilen weiter sah sie einen Mann mit einem Berg von Rucksack auf dem Rücken. Er machte ein paar Schritte weg von der eingefahren Spur und blieb stehen. Er blickte ihr entgegen und Kathrin hatte das Gefühl, dass er direkt durch die Windschutzscheibe ihr in die Augen sah. Dann drehte er sich wieder weg und setzte seinen Weg durch den tiefen Schnee fort, als hätte er sie erkannt.

Sie wusste natürlich, wer das war. Sie konnte sich ein böses Lächeln nicht verkneifen – seine Verhandlungsposition war plötzlich ein wenig schlechter geworden.

Kathrin fuhr im Schritttempo auf seine Höhe und kurbelte das Fenster hinunter.

„Hey", sagte sie. „Hat deine Karre den Geist aufgegeben? Hab sie vorhin gesehen. Na? Zehntausend Dollar. Klingt das nicht sympathisch?"

„Verschwinde."

„Dreck...", raunte Kathrin. „Bitte-bitte und noch mal dreimal Bitte!"

„Nein."

„Wenn ich in Black Town am Flughafen angekommen bin, kriegst du das Auto hier noch dazu."

„Habe ich mich unklar ausgedrückt?"

„Du hast kein Geld, kein Auto und es ist arschkalt draußen. Ich hab beides und seit zwei Tagen nicht mehr ernsthaft geschlafen. Siehst du meinen Punkt?"

„Hau ab."

„Fein! Dann lauf schön weiter! Bleib hier in der Pampa ohne Geld und Räder unterm Arsch! Sicher beruhigend zu wissen, dass du daran selbst schuld bist! Glückwunsch!"

"Ja, danke und fahr endlich weiter." Dass Kathrin Recht hatte, machte Jims Stimmung auch nicht besser.

"Du wirst erfrieren, Mann! Hast du gar keinen Selbsterhaltungstrieb? Ich hab welchen und ich finde es richtig beschissen, dass man mich im Laufe der Nacht umbringen wird. Und du bist schuld daran! Du könntest mir helfen und dabei gut Geld verdienen. Für nichts! Du müsstest nur meine Dreckskarre für mich fahren! Und dafür hättest du zehn Riesen bekommen!" So unklug es auch war, hier gepflegt auszurasten, konnte Kathrin sich frustbedingt einfach nicht beherrschen. "Du hast mich so gut wie eigenhändig umgebracht! Du hast mich auf dem Gewissen, Keule!"

„Werde ich fertig mit", sagte Jim und spuckte in den Schnee.

„Sicher! Viel Erfolg!"

„Verzieh dich!"

„Vollidiot!"

Kathrin hätte heulen können. Sie krallte sich am Lenkrad fest und drückte aufs Gas, der Jeep röhrte auf und trug sie davon. Sie hämmerte aufs Armaturenbrett und schrie irre. Sie offenbarte eine Auswahl an Gossenvokabular in Deutsch und anderen Sprachen, mit denen sie vertraut war. Sie beschimpfte den Mistkerl und fluchte über ihr verdammtes schlechtes Karma. Sie vermutete, dass wenn sie jemandem eins auf die Fresse gegeben hätte, sie sich sofort besser gefühlt hätte.

Sie hielt an, stieg aus dem Wagen und verprügelte in Ermangelung eines besseren Objekts das Ersatzrad ihres Jeeps. Die Muskeln wärmten sich auf, die Durchblutung verbesserte sich, irgendwo purzelten ein paar vergessene Endorphine. Kathrin schnaufte schwer und warf sich eine Handvoll Schnee ins Gesicht.

Kalt lief es ihr den Rücken herunter, als sie langsam wieder herunterkam.

Die Quoten auf ihr Überleben fielen dramatisch. Aber noch war sie nicht abgeschrieben, noch war sie unverletzt. Sie hatte auch allein eine Chance – eine kleine, aber besser als nichts.

In der Ferne sah sie das Licht einer Tankstelle. Der Tank war zwar noch ein Drittel voll, aber die Kanister im Kofferraum waren leer. Kathrins Situation war eine, in der sie es sich nicht leisten konnte, einen Umweg zu fahren, nur weil ihr der Sprit auszugehen drohte.

An dem kleinen schäbigen Blockhaus, das neben den zwei Zapfsäulen stand, hielt sie an und füllte ihre Vorräte mit minutiöser Entschlossenheit auf. Sie dachte sogar an Frostschutzmittel und maß den Luftdruck in den Reifen.

Ab jetzt wurde nichts mehr dem Zufall überlassen!

Kathrin, die aus einer Stadt kam, die recht erfolgreich versuchte Recht und Ordnung zu betreiben, wunderte sich, wie schwer bewaffnet die Einheimischen in diesem Landstrich ihren täglichen Aktivitäten nachgingen. Gerade hier, wo die Transportrouten für allerhand Illegales verliefen, gingen Leute nicht ohne ihre Pistole oder wenigstens eine Axt vor die Tür. Daher nahm sie es nicht persönlich, als bei ihrem Betreten des Ladens, den es in dieser Form praktisch an jeder Tankstelle gab, alle

Anwesenden nach ihren Knarren griffen und sie alarmiert musterten. Als sie sahen, dass sie allein war und lediglich bezahlen wollte, entspannten sie sich wieder.

Nachdem Kathrin bezahlt hatte, suchte sie noch die Damentoilette auf, die sich in einem eigenen kleinen Häuschen einen Steinwurf von dem Tankstellengebäude befand. Sie war, weil sie vermutlich in dieser fast nur von Männern besiedelten Gegend so gut wie nie benutzt wurde, fast sauber und hatte einen Hauch Wärme...

Jim kam leidlich gut voran. Die Straße war nicht viel befahren und er musste die ganze Zeit entweder durch wadenhohen Schnee oder in der schmalen Spur des Jeeps gehen, was ihn nach einigen Meilen zu nerven begann.

Er hatte die Tankstelle gerochen noch lange, bevor er sie gesehen hat. Er freute sich auf einen heißen Kaffee. Vielleicht hatten sie sogar ein Zimmer, in dem sie ihn ein paar Tage bleiben ließen. Die Zehntausend begannen plötzlich, einen gewissen Reiz zu haben. Für zwei-drei Tausend hätte er sich eine Hütte bauen und für ein weiteres einen neuen, richtig guten Wagen kaufen können. Von dem Rest hätte er ohne sich Sorgen zu machen eine ganze Weile leben können. Noch länger, wenn er sein Fleisch selbst jagte.

Hinter ihm kündigte sich ein schweres Motorgeräusch an. Jim trat ein Schritt zur Seite und sah dem Wagen zu, der an ihm vorbeifuhr.

Es war ein großer, schwarzer glänzender Geländewagen. Er war zu gut in Schuss und zu sauber, um einer der Schmugglerbanden zu gehören, und auch zu neu und zu hochwertig, um Eigentum eines der Bewohner dieser Gegend zu sein. Darin saßen vier gleich aussehende Männer. Etwas an diesem Fahrzeug und den Leuten darin war absolut falsch.

Es waren Krieger, die entschlossen gegen den Feind ausrückten.

Sie waren hinter der Frau her. Hundertprozentig.

Jim hatte gelogen. Das wurde ihm bewusst, als er diesen falschen Geländewagen sah. Er hatte gelogen, dass es ihm egal war, dass jemand starb, dem er hätte helfen können.

Jim musste eine Entscheidung treffen.

Er ließ seinen Rucksack und die alberne alte Schrottflinte fallen und rannte los.

Kathrin wachte mit Schreck auf. Verdammt noch mal, wie kann denn das...

Der Schreck wischte die Schläfrigkeit weg. Die ersten torkligen Schritte, die sie machte, erinnerten sie daran, dass sie ihre Grenze erreicht und vermutlich auch schon längst überschritten hatte. Sie hielt sich an der Wand fest und spähte aus dem winzigen Fenster hinaus.

Tatsächlich – ein gepanzerter Geländewagen. Vier Männer in Vollrüstung stiegen aus. Sie bezogen ihre Positionen mit einer solchen durchgedrillten Präzision, dass Kathrin schlecht wurde. Sie sah sich schon im Aluminiumsarg. Oder, in Anbetracht ihrer Feinde, eher in einer Grube mit medizinischem Abfall.

Die Beretta und die MP waren noch in den Innentasche ihrer Jacke. Noch hatten die schweren Jungs ihr Auto nicht gesehen. Das eigentliche Gebäude der Tankstelle, war in einer überbrückbaren Entfernung und auf dem halben Weg zu der Karre. Das war ein Plan.

Kathrin machte die Tür auf und rannte. Sie schoss nicht mal zurück, als die anderen das Feuer eröffneten. Sie steckte alle ihre Ressourcen in den Sprint. Sie war fürchterlich erschöpft. Sie brach mehr oder weniger kontrolliert hinter einem Müllcontainer zusammen. Am Oberarm hatte sie einen Streifschuss abbekommen, den sie als ungefährlich einstufte.

Sie zog die Beretta und schoss auf Ziel, in der Hoffnung, dass sie vielleicht auf diese Entfernung alle vier Bösewichte – trotz ihres glorreichen Zustandes – früher oder später erwischen konnte.

Jim hörte Schüsse, als die Lichter der Tankstelle noch ein Dämmern in der Ferne waren. Er legte einen Zahn zu.

Als er ankam, war der Schusswechsel im vollen Gange.

Jim wählte einen strategisch günstigen Baum, hinter dem er Deckung suchen und die Lage überblicken konnte. Das Mädel war in keiner unmittelbaren Gefahr. Sie kniete auf dem festgetrampelten dreckigen Schnee hinter einem Müllcontainer, prüfte kurz das Magazin ihrer Waffe und schoss aus der Deckung heraus weiter. Sie saß mit Sicherheit nicht zum ersten Mal hinter einem Berg von Irgendwas, während auf der anderen Seite auf sie geschossen wurde.

Sie traf besser, als er mit einer Maschinenpistole treffen würde.

Ach zum Teufel.

Abgesehen davon sind zehntausend Dollar zehntausend Dollar.

Kathrin atmete tief durch. Sie musste dringend laufen, damit sie hier nicht am Ende mit dem Rücken zur Wand und ohne Munition sitzen blieb. Das Magazin der Beretta war längst leer und das der MP würde auch nicht lange halten. Das Ende war nur eine Frage der Sekunden.

Wie aus heiterem Himmel kam etwas angerollt. Der Mann, der sich vor noch nicht mal zwei Stunden hartnäckig nicht anheuern ließ, war plötzlich neben ihr. Er sah wütend und entschlossen aus.

Kathrin verschwendete keine Zeit auf Fragen. Er musste wohl seine Meinung geändert haben. Vollkommen in Ordnung.

Er kam zur rechten Zeit.

Ein gutes Zeichen.

„Ich habe nur die eine Waffe", sagte Kathrin und zeigte auf die MP.

„Bist du OK?"

Sie schüttelte den Kopf.

„Schaffst du es zu dem Geschäft, wenn ich dir Deckung gebe?", fragte Jim. Kathrin nickte und gab ihm die Waffe.

Die Frau rannte los. Jim schoss mehr auf gut Glück als mit Verstand. Die Verfolger haben offensichtlich nicht mit einem zweiten Mann gerechnet. Er verschaffte ihr damit die Zeit, die sie brauchte.

Er sah, wie das Mädel zum Eingang des Tankstellen-geschäftes hineinstolperte und eine Gestalt sie helfend hineinzog, während ein paar andere bewaffnet an der Tür standen.

Kathrin merkte auf den letzten Schritten einen Aufprall und einen Stich irgendwo unterhalb der Schulterblätter. War wahrscheinlich ein Betäubungspfeil; sie erinnerte sich gut daran, wie es sich anfühlte. Sie vermutete, dass der Pfeil nicht tief genug eingedrungen war, denn noch war sie bei vollem Bewusstsein. Allerdings bohrte sich die Nadel mit jeder Bewegung, die sie machte, immer weiter in das Muskelgewebe. Sie versuchte, maximal voranzukommen und sich dabei minimal zu bewegen.

Sie erreichte die Tür und hilfsbereite Hände zogen sie hinein.

„Ich habe einen Giftpfeil im Rücken. Ziehen Sie ihn raus!"

„Was?", fragte ein Mann, der am nächsten zu ihr stand. Kathrin realisierte, dass sie auf Deutsch gesprochen hatte.

„Verstehen Sie unsere Sprache? Sind Sie allein, Miss?" fragte ein anderer.

„Mein Partner kommt gleich. Sie müssen mir den Giftpfeil aus dem Rücken rausziehen", sagte Kathrin diesmal auf Englisch.

„Was?" Alle drei umringten sie in hilfsbereiter Haltung.

„Ein Betäubungsgiftpfeil. In meinem Rücken. Ziehen Sie ihn raus, bitte."

Auf einmal, völlig unvermittelt war sie nicht länger der Mittelpunkt der Aufmerksamkeit. Die Tür flog auf und jemand stürzte hinein. Musste ihr unerwarteter Helfer sein. Sie wollte sich nicht umdrehen, um die Spitze mit dem Gift nicht weiter in ihren Rücken zu treiben.

Etwas passierte, an dem Kathrin nicht Teil nahm.

Ereignisse nahmen eine unerwartete Wendung.

Sie fühlte, wie sich ihre Nackenhaare aufstellten. Und wie das Gift aus dem Pfeil zu wirken begann.

Etwas war im Begriff zu explodieren.

Oder jemand.

Der Mann, der mit ihr als erstes gesprochen hatte, rollte wütend mit den Augen und lief im Gesicht versoffen-purpur an. Schnaufend hob er seine Schrottflinte. Die anderen zwei Kerle entsicherten ihre Knarren und zielten auf denselben Punkt irgendwo hinter ihr. Dorthin, wo sich die Brust des Helfers befinden musste. Er war offensichtlich höchst unwillkommen. Das machte die Lage nur unwesentlich komplizierter.

Zwei Sekunden lang hatte sie Hoffnung und nun lief

wieder alles schief!

Der Mann, der ihr am nächsten Stand, griff sie am Oberarm – zweifellos, in besten Absichten – und zog sie von ihrem Helfer weg. Das Leder der Jacke hob das Giftpfeil an und die Nadel steckte nur noch mit der Spitze in ihrem Rücken.

Drei gegen zwei. Na gut: drei gegen anderthalb. Immer noch machbar. Und danach mussten sie sich um die schweren Jungs draußen auf dem Parkplatz kümmern.

Oh Mann.

„Bist du verletzt?", fragte Jim angespannt.

„Bin gut. Nur ein Betäubungspfeil", keuchte Kathrin.

„Verzieh dich, Freundchen! Habe ich mich beim letzten Mal nicht klar genug ausgedrückt?", knurrte der Älteste der Tankwarte. „Verzieh dich, bevor wir dich mit Schrott voll pumpen."

„Keine Sorge, Miss", sagte einer der jüngeren Männer und streichelte seine Mossberg. „Der Freak, der tut Ihnen nichts."

Was zum Henker? Kathrin versuchte, ihren Arm zu befreien.

So war das überhaupt nicht geplant! Sie waren zusammen hier hineingekommen und sie würden auch zusammen hinausgehen. Punkt. Kein inneres Zwiegespräch nötig.

Kathrin erwog es kurz, mit den Tankwarten zu verhandeln und ihnen die Sache zu erklären, aber die Zeit hatte sie nicht.

Dinge passierten schnell. Für Kathrins übermüdetes Gehirn passierten sie völlig gleichzeitig.

Die drei Männer hoben ihre Waffen.

Etwas schepperte.

Kathrin rammte demjenigen Mann, der sie am Arm festhielt, den Ellenbogen in den Magen.

Durch die Bewegung drang der Giftpfeil wieder in ihr Muskelgewebe ein. Augenblicklich gelang das Betäubungsmittel wieder in Kathrins System. Ihr blieb nicht mehr viel Zeit.

Oh Dreck.

Der Mann, den sie angegriffen hatte, krümmte sich auf dem Boden und Kathrin schnappte sich seine Schrottflinte. Ihre Beine hatten zunehmend Schwierigkeiten, sie zu halten. Sie fiel auf die Knie.

Die Schrottflinte war schon entsichert und Kathrin versuchte die Waffe auf einen der anderen Typen zu richten. Ihre Arme versagten.

Kathrin gab ihren Körper resigniert auf und sank auf den vom schmelzenden Schnee kalten und feuchten Boden. Da sie nur noch ihr Gehirn und die Augen und vielleicht noch die Ohren – da war sie sich nicht so sicher – im Betrieb hatte, haben die drei den Rest ihrer Rechenleistung unter sich aufgeteilt. Erst jetzt kam sie auf die Idee, nach dem Helfer zu schauen.

Sie fand ihn und die anderen zwei Männer.

Die letzteren sahen aus, als hätten sie den Leibhaftigen gesehen.

Kathrin fragte sich, wann er Zeit gehabt hatte, den Männern ihre Waffen abzunehmen und unbrauchbar zu machen. Die Läufe beider Schrottflinten waren verbogen wie Trinkhalme, die man in der Hand zusammenknüllt. Außerdem lagen sie auf dem Boden und hatten keine funktionierende Verbindung mehr zu dem eigentlich schießenden Teilen, welche wiederum nur noch zur Hälfte in den Händen ihrer Vorbesitzer waren.

Der Helfer stand da leicht vorgebeugt, mit einem fremdartigen Glanz in den gelben Augen und knurrte.

Sie staunte nicht schlecht, nahm es nicht ernst, beschloss, dass sie fantasierte, lächelte und wurde ohnmächtig.

Jim trat erschrocken einen Schritt zurück, als er bemerkte, dass sie ihn ansah. Er riss sich zusammen und versuchte sich zu beruhigen. Er musste daran denken, wie er das Mädel hier hinausbringen konnte.

Zwei sorgfältig platzierte Schläge später waren alle außer ihm auf dem Boden.

Mit einem Satz war er bei ihr und zog den Pfeil heraus. Er drehte sie auf den Rücken und durchsuchte ihre Taschen nach dem Autoschlüssel, fand ihn schließlich an einem Band um ihren Hals. Er schwang das bewusstlose Mädel über die Schulter, schnappte mit der anderen nach der letzten funktionierenden Waffe und sah sich um nach einem alternativen Weg hinaus. Er nahm Anlauf und verließ den Raum durch das Fenster. Glas splitterte und die Verfolger hatten gerade genug Zeit ihre Waffen umzuschwenken, aber Jim verschoss seine zwei Ladungen Schrott genau im richtigen Augenblick, um die anderen am Zielen zu hindern, und erreichte sicher den Wagen.

Am Tor des Geländes fuhr er einen der Angreifer an und stellte mit ungutem Gefühl fest, dass dieser maskiert war und gute schwere Panzerung trug.

Manche Entscheidungen sind richtig und falsch gleichzeitig.

II.   Die Abmachung

Kathrin wachte in einem kleinen Bett unter Wollplaids auf. Das Bett stand in einer dunklen Holzhütte, die nur einen Raum hatte. Der Mann, ihr Helfer von gestern Abend, stand in einer Ecke davon, die als Küche fungierte, und rührte etwas in einem Topf. In einer Art offenem Kamin brannte Feuer.

Kathrin untersuchte sich. Der Streifschuss am Oberarm war behandelt worden. Er war kaum der Rede wert und als Verband reichte ein mittelgroßes Pflaster, das offensichtlich aus Newskis Erste-Hilfe-Kiste stammte.

Sie setze sich aufrecht und seufzte. Alles tat ihr weh: Rücken, Brustkorb, Arme, Hals, Beine – alles. Es füllte sich an, als sei sie ein einziger blauer Fleck. Sie hatte keine Idee, was das verursacht haben könnte. Die Erinnerung an den gestrigen Abend war unvollständig.

Sie hatte einen ekligen Geschmack im Mund.

Ach ja, Betäubungsmittel.

Sie schaute auf die Uhr. Es war halb sechs in der Früh.

Der Mann hörte auf zu rühren, was auch immer er da rührte, und drehte sich zu ihr um.

„Ist es deine Wohnung?", fragte Kathrin.

„Nein, ich hab das Schloss aufgebrochen. Wir haben was für die Nacht gebraucht." Er zeigte mit dem Kochlöffel auf sie.

„Du heißt Elizabeth und wie weiter?", fragte Jim.

„Kreutz. Wie soll ich dich nennen?"

„Mein Name ist Taylor."

„Das ist nicht das, was ich gefragt habe", sagte sie leise und atmete tief und stöhnend durch. „Wie sieht es denn mit einem Vornamen aus?"

„James." Sie rümpfte die Nase.

„Nur um sicherzustellen, dass wir uns richtig verstanden haben: du kommst mit mir?"

„Für zehntausend Dollar."

„Hervorprächtig."

„Möchtest du mir erklären, was dein Problem ist?" Jim kam zu ihr und gab ihr eine Schüssel voll Kartoffeleintopf mit Dosenfleisch. Er setzte sich auf einen Hocker und trank Kaffee. Kathrin setzte sich bequemer hin und verzog das Gesicht.

„Sie haben dir irgendwelche KO-Tropfen verpasst. Jede Menge davon."

„Ach, das ist nur, weil sie mich vermutlich lebend wollen", sagte Kathrin zwischen zwei Bissen. „Sie wollen immer alle lebend."

„Wer sind sie?"

„Die Typen, die hinter einem her sind."

„Ach ja, die Typen... Was wollen sie von dir?"

Kathrin lehnte sich zurück. Erstaunlich, was ein paar Stunden Schlaf bewirken konnten. Selbst wenn es ein narkotischer Betäubungsschlaf war. Der Mann sah sie an, als ob er kein Nein für eine Antwort nehmen würde. Sie musste ihm etwas erzählen.

Immerhin war er jetzt ihr Angestellter. Gibt es auch für Muskel eine Verschwiegenheitserklärung?

„Also gut. Wir – meine Kollegen und ich – haben ihnen etwas entwendet."

„Wo sind denn deine Kollegen?"

„Draufgegangen."

„Wie?"

„Weiß nicht. Sind getrennt worden. Dinge sind extrem schief gelaufen. Keiner außer mir ist zum Treffpunkt erschienen." Kathrin fühlte sich wie in einer mündlichen Prüfung: Frage und Antwort, Frage und Antwort.

„Kann es sein, dass sie vor dir oder nach dir da gewesen waren?"

„Die Angaben bezüglich der Zeit waren eindeutig. Auch darüber, wie lange man auf Nachzügler warten sollte. Wenn sie nicht gekommen sind, sind sie tot oder verhindert. Wenn ich länger gewartet hätte, hätte mir dasselbe geblüht." Kathrin reckte sich. „Wie uns gestern anschaulich bestätigt wurde."

„Konnten sie es auf die Entfernung geschafft haben, hatten sie ein Fahrzeug?"

„Der Treffpunkt ist ja mit Verstand ausgesucht worden. Es ist hier schließlich kein Pfadfinder-Lager."

„Und du willst wirklich nicht länger auf sie warten? Nur für den Fall, dass sie sich doch verspäten?"

„Nein", sagte Kathrin schwer. „Nein. Bei uns ist es wie bei Piraten: wer zurückbleibt, wird zurückgelassen."

Jim lag der Kommentar auf der Zunge, dass Piraten weder für hohe Intelligenz, noch für hohe Lebenserwartung berühmt waren. Aber alle möglichen Dinge konnten schief gehen und das Mädel machte auf ihn weder einen dummen, noch einen besonders lebensmüden Eindruck.

„So, und ich soll dich nach Black Town bringen?"

„Gestern ging die Diskussion deiner Aufgaben ein bisschen unter." Kathrin wickelte sich fester in die Plaids ein.

„Ich muss jetzt zu irgendeinem internationalen Flughafen kommen."

„Und dann?"

„Kann ich bitte auch so einen Kaffee haben?"

„Klar." Jim holte ihr einen Becher mit der braunen Brühe.

„Dann fliege ich zurück." Er sah sie desinteressiert an. „Das wäre der Zeitpunkt, an dem du deine Zehntausend kriegst."

„Und den Wagen", ergänzte Jim.

„Und den Wagen, ich vergaß."

„Was habt ihr denn geholt?", fragte Jim nach einer Weile.

„Ich glaub nicht, dass das relevant ist." Kathrin zuckte mit den Schultern und es tat weh. „Was machst du denn hier?"

„Ich glaub nicht, dass das relevant ist", äffte er sie nach.

Kathrin verzog unzufrieden das Gesicht.

„Aah, so einfach ist das nicht", sagte sie. „Ich glaube gestern gesehen zu haben, dass du recht interessante Tricks drauf hast?"

„Was?"

„Du weißt schon: gruseliges Knurren und Mossberg-Potpourri."

Jim wurde ein Tick blasser, aber es entging Kathrin.

„Ich bin ziemlich stark", versuchte Jim es herunterzuspielen.

„Und ziemlich schnell?", schlug Kathrin vor.

„Möglich."

„Ich gehe nicht davon aus, dass du mir sagen wirst, wo du das Kriegshandwerk gelernt hast."

„Richtig. Du solltest jetzt schlafen." Kathrin gähnte.

„Ja, ich hatte bis zur Schießerei gestern fast zwei Tage nicht geschlafen."

„Hattest du erwähnt", sagte Jim unbarmherzig, stand auf

und ging wieder zu der Kochstelle. „Schlaf jetzt."

Kathrin konnte gut Hunger unterdrücken. Sie wurde unleidlich und cholerisch, aber sie blieb einsatzfähig. Sie konnte mit fürchterlichen Kopfschmerzen ein mittelschweres Sicherheitssystem lahmlegen und sich völlig betrunken an Grenzposten des Frankfurter Bankenlandes vorbei hochstapeln. Aber wenn sie weniger als vier Stunden zwei Nächte hintereinander schlief, konnte sie keine zwanzig Minuten konzentriert arbeiten.

Gestern Abend hatte sie eine ganz traurige Vorstellung gegeben. Beinahe hatte sie sie nicht überlebt.

Sie schloss die Augen und sank in die Dunkelheit.

Jim holte sich noch einen Becher Kaffee und setzte sich in einen ausgeleierten Sessel. In was für eine Geschichte war er jetzt geraten?

Sein Wohnmobil hatte endlich den Geist aufgegeben, er besaß nichts außer dem, was er an sich trug, und er war als Babysitter mit einem europäischen Mädel unterwegs.

Man musste schon zugeben, dass sie nicht ganz ohne war: eine junge Frau von vielleicht fünf- bis siebenundzwanzig Jahren mit einem Wagen voll Sprengstoff und Feuerwaffen, anspruchsvoller Ausrüstung und einer Spezialeinheit auf den Fersen. Mindestens einer Spezialeinheit.

Er schaute sie an, wie sie da schlief. Neben ihrem Bett lag ein kleiner schwarzer Rucksack.

Ein wenig Schlaf wäre vielleicht auch für ihn nicht schlecht. Jim ging vor die Tür in die Stille des Waldes. Es begann zu dämmern und die Sterne verblassten.

Jim erinnerte sich an den Wetterbericht, den er gestern Abend aufgeschnappt hatte: es sollte heute kälter werden. Es sah aus, als hätten sich die Wetterfrösche nicht geirrt.

Jim setzte sich mit einem Kaffee wieder in seinen Sessel.

Das war in der Tat eine interessante Frage, wo er das Kriegshandwerk, um es mit ihren Worten auszudrücken, gelernt hatte. Die Zeitspanne seines Lebens, an die er sich erinnerte, hatte er im Wald verbracht. Er lebte von einem Tag in den Nächsten, arbeitete als Tagelöhner in Sägewerken, prügelte sich für Geld und, wenn die Stimmung zu unfreundlich wurde, zog er weiter. Er hätte besseres Geld als Schläger bei einer der illegalen Minen oder bei den Schmugglern verdienen können, aber das hieße, länger an einem Ort und bei denselben Menschen zu bleiben.

Das wäre bestimmt nur im Blutbad geendet.

Zwei Stunden später wachte Elizabeth Kreutz wieder auf und sagte, dass er jetzt schlafen sollte. Er ließ sich nicht zweimal bitten und ging in das Bett, das noch warm war und nach Krankheit und Schwäche roch.

Kathrin aß noch was von dem Eintopf und trank einen Kaffee. Sie machte sich ein paar Liter Wasser warm, zog sich aus und wusch sich den Dreck ihrer Flucht von der Haut.

Vor dem Gig hatte sie ihre Haare kürzen lassen. Auch wenn sie ihre Mähne vermisste und das winzige Pferdeschwänzchen, das sie noch zu Stande brachte, ihr wie ein Grabstein vorkam, hatte die neue Länge doch einen Vorteil: brauchte weniger Wasser.

Als Jim aufwachte, sah sie nicht mehr so krank aus. Die Ringe unter den Augen waren nur noch gelblich lila und nicht mehr schwarz. Die Haut war blass, aber nicht mehr grau. Man merkte, dass ihr der Brustkorb noch bei jedem Atemzug wehtat.

Sie sollten jetzt verschwinden...

„Wir sollten jetzt verschwinden", verkündete Kathrin.

„Ja."

„Wie gut kennst du dich hier in der Gegend aus?"

„Leidlich."

„Macht nichts. Bin gut mit Karten und Ähnlichem ausgerüstet. Hast du darauf geachtet, wie viel Benzin wir noch haben?"

„Viertel Tank voll. Das sollte bis zur nächsten Siedlung reichen."

„Sehr gut. Hast du noch die zwei Kanister im Kofferraum gesehen?"

„Ja. Sind leer."

„Wie leer? Wie weit bist du denn gefahren?"

„Wieso fragst du nicht deine Karten?", Kathrin machte eine unfreundliche Geste, als er sich weg drehte.

Jim sah, wie sie ein Gerät, das so groß wie zwei Zigarettenschachteln war, in Form einer Acht vor sich schwenkte und dann sich nordwärts ausrichtete. Er hatte so ein Ding noch nie gesehen. Jim kam näher und schaute mit auf einen Bildschirm, auf dem ihre unmittelbare Umgebung schematisch dargestellt war. Das Mädel tippte mit dem Zeige- und Mittelfinger ihrer Rechten auf die Ränder der Anzeige und schob das Bild zusammen. Die Karte zeigte nun das ganze County und ungefähr dort, wo sie waren, leuchtete ein hellgrüner Punkt.

„Gut. Das sind grob geschätzt 2000 Kilometer, die wir bis Black Town zurücklegen müssen", sagte Kathrin.

„Wie viel ist es in Meilen?"

„1300 oder so. Wie schnell ist man denn auf diesen verschneiten Straßen unterwegs?"

„Maximal 35-40 Meilen pro Stunde."

„Sagen wir fünfzehn Stunden Fahrt am Tag. Das wären keine zweieinhalb Tage", überschlug Kathrin erfreut.

„Damit deine Freunde bessere Chancen haben, dich im Dunkeln zu finden? Hier fährt kaum einer in der Nacht."

„Ah", Kathrin ließ sich das durch den Kopf gehen. Den Herren von der Spezialeinheit aus dem Weg zu gehen, hatte die allerhöchste Priorität, aber möglichst schnell aus dem Land zu kommen, war auch ganz weit oben. „Gut, dann lass uns sagen, wir fahren maximal zehn Stunden. Dann sind es immer noch drei Tage."

„Bestenfalls."

„Plus ein-zwei Tage für Zwischenfälle, um die wir wahrscheinlich nicht drum rumkommen können", sagte Kathrin und rieb sich unbewusst den Arm, wo sie den kleinen Streifschuss hatte. „Iss was und lass uns abhauen. Ich packe schon mal das Auto."

Jim aß. Wenn sie unbedingt darauf bestand, das Auto eigenhändig zu packen, war sie selbst schuld.

Er ließ das dreckige Geschirr dort stehen, wo er gegessen hatte, und sah sich um, ob irgendwas Aufschluss darüber geben konnte, wer hier gewesen war.

Der Wagen war gepackt. Jim ging hinaus und schloss die Tür.

„Wer soll zuerst fahren?", fragte Kathrin.

„Fahr du, solange es hell ist."

„Gut", sagte Kathrin.

Die Straßenverhältnisse waren für Kathrin unabhängig von Lichtverhältnissen gleich ungewohnt. Sie konnte ebenso gut jetzt fahren. Sie setzte sich hinter das Steuer und verstellte den Sitz, solange der Motor warm wurde. Die Spiegel korrigierte sie beim Fahren.

Sie fuhren nun seit zwei Stunden ohne Zwischenfälle. Der Mann schlief die erste Stunde. Jetzt starrte er bewegungslos aus dem Fenster, in eigene Gedanken versunken.

Kathrin versuchte bewusst zu fahren und auf Unregelmäßigkeiten zu achten. Die Straße war eintönig, so dass sie doch in ihre Gedanken abdriftete. Sie dachte über den schief gelaufenen Einbruch nach und darüber, dass ihr Team ein gutes war. Und darüber, dass die Jungs ihr alles beigebracht hatten, was sie über die Schatten wusste. Und dass sie sie alle wirklich mochte.

Zum ersten Mal schlich sich die Idee von Verrat in ihre Gedanken ein. Es war alles unlogisch: sie hatten die Datenübertragung gemacht und auf dem Rückweg waren die Dinge schiefgelaufen. Wenn man sie erwartet hätte, dann hätten sie doch schon auf dem Hinweg Scherereien gehabt – nicht erst auf dem Rückweg. Aber wenn sie nicht erwartet worden wären, wäre es aus der Sicht der Sicherheitsleute unlogisch gewesen, die Schattenkrieger in die Luft zu sprengen, statt herauszufinden, auf wessen Rechnung sie unterwegs gewesen waren.

Sie wollte nicht daran glauben, dass einer aus ihrer Mitte sie ans Messer geliefert haben könnte. Wer hatte einen Grund – und die Möglichkeit – gehabt, sie alle zu verkaufen?

Mit genügend Kohle im Spiel, was hier ja der Fall war, waren es schon genug Leute mit Motiv. Dazu kamen all diejenigen, denen der eine oder der andere aus dem Team im Laufe seines Lebens schon ans Bein gepinkelt hatte – das waren auch nicht wenige.

Sie sollte sich fragen, wer die Möglichkeit gehabt hatte, sie reinzureiten. Das war doch letztendlich die wichtigste

Frage.

Kathrin versuchte sich auf die Straße zu konzentrieren.

Oder natürlich die andere Erklärung: sie hatten selbst geschlampt. Hatte sie an einer entscheidenden Stelle nicht aufgepasst? Sie war sich keiner Schuld bewusst. Nicht mal *eine* Situation hatte es gegeben, bei der sie im Nachhinein ihre Entscheidung anzweifelte. Kathrin nahm sich vor, sich noch mal Gedanken darüber zu machen, ob nicht doch.

Sie fuhr ein bisschen zu schnell in die Kurve und das Auto schlitterte. Kathrin hatte es sofort wieder unter Kontrolle. Der Mann schaute sie emotionslos an und drehte sich wieder weg.

Die Rutschpartie hatte für einen kleinen Schub Adrenalin gesorgt und Kathrin war wieder konzentriert. Sie tankten im nächsten Ort und fuhren weiter.

Jim beschloss, dass es Zeit für einen Fahrerwechsel wurde. Sie machten eine kurze Pause. Das Mädel beschäftigte sich mit ihren elektronischen Karten während sie hin und her auf der Straße lief.

„Wie lange willst du fahren?", fragte Kathrin.

„Solange ich kann und wir sicher sind."

„Wir werden trotzdem irgendwo übernachten müssen."

„Ja, entweder wir schaffen es bis zu nächsten Siedlung…"

„Kennt man dich dort?"

„Ja", sagte Jim schwer und Kathrin konnte sich denken, auf welche Art der Aufenthalt in dem Ort geendet haben musste. „Wenn alles gut läuft, könnten wir vielleicht zu der nächsten Stadt durchkommen. Ansonsten haben wir ein Zelt oder finden vielleicht unterwegs eine andere Hütte."

„Bei den Temperaturen campen. Yuhe."

„Such dir ein milderes Klima für den nächsten Einbruch."

„Arschloch", flüsterte Kathrin unhörbar.

„Miststück", sagte Jim in normaler Lautstärke.

Mehrere Stunden schweigsamer Straße. Nichts und nichts als zugeschneiter Nadelwald rechts und links.

Kathrin döste vor sich hin.

Geliebte und lang betrauerte Gesichter erschienen neben dem von Newski. Um sie trauerte sie nicht mehr, empfand schon lange keinen Schmerz mehr. Sie erinnerte sich an sie mit einem Lächeln auf den Lippen. Im Guten. Sie dachte an das Schöne, was sie zusammen erlebt hatten. Daran, wie sie gestorben waren, dachte sie nicht. Sie hatten ihren Frieden in den vergangenen Jahren gefunden.

Aber dieser neue Verlust brannte wie Chili in den Augen. Obwohl man in diesem Beruf den Tod immer im Gepäck hatte. Obwohl man sich immer wieder sagte, dass man hart und abgestumpft war. Es tat trotzdem weh.

Natürlich war Newski gelegentlich ein Arsch gewesen, aber das hatte auch schon damals keine Rolle für sie gespielt. Er war der Grund gewesen, wieso sie ins Team aufgenommen worden war. Und er war der Grund gewesen, wieso sie auch darin geblieben war.

Er war zu lange der Grund für alles gewesen.

Am liebsten würde sie sich jetzt betrinken und heulen. Um das zu tun, musste sie erst nach Hause schaffen, ins gute alte Bankenland. Solange sie in dieser dreimal verfluchten Wildnis unterwegs war, war keine Zeit für Schleimgesäusel.

Gott, war das kalt! In den letzten zwei Stunden war die Temperatur noch mal um zehn Grad gefallen.

Sie waren langsamer vorangekommen, als sie geplant und gehofft hatten. Es war dunkel geworden und sie fuhren trotzdem eine Stunde lang weiter, in der Hoffnung auf eine Hütte oder eine andere Unterkunft. Die Hütte kam nicht.

Zelten also. Im Winter. Im Schnee. Toll.

Gegen Mitternacht hatte Jim es aufgegeben, die Stadt erreichen zu wollen. Gut, dann mussten sie hier wohl ein Nachtlager aufschlagen.

Jim hielt an und stieg aus. Er spuckte, um die Temperatur zu schätzen: ein Eisklumpen fiel auf den Boden. Verdammt, war das kalt.

Er war zwar die Kälte gewohnt, aber ein solcher Temperatursturz hatte sogar ihn überrascht. Er stieg wieder ein und verschiedenste Flüche schwirrten in seinem Kopf.

Der Helfer schnaubte laut und lenkte den Jeep weg von der Straße auf einen Feldweg, auf dem er noch ein wenig weiter fuhr.

Kathrin war nicht begeistert, aber was für Möglichkeiten blieben ihnen noch? Weiterfahren war genauso gut, wie mit Leuchtraketen um sich zu schießen. All die Argumente waren unstrittig.

Über Nacht im Auto zu bleiben und den Motor laufen zu lassen, war genauso dämlich. Abgesehen davon hatten sie nicht genug Sprit für so einen Schwachsinn.

Ein Zelt, wenn es draußen gefühlt Absolut Null war?

Wie gesagt: zelten, im Winter, im Schnee. Yuhe.

Kathrin hoffte, dass er nie anhielt, und noch eine Weile weiter fuhr, aber das war ihr nicht vergönnt.

Der Motor verstummte. Der Helfer stieg aus und verschwand wortlos hinter dem Fahrzeug. Er erschien wenige Augenblicke später mit einem Beil, mit dem er Tannenzweige schlug. Wer hatte wohl das Beil eingepackt? Sirius und Newski waren beide in Russland im Krieg gewesen, sie konnten beide in der Kälte zurechtkommen. Aber hatten sie wirklich ein Beil mitgenommen?

Es stach sie wieder irgendwo in ihrem tiefsten Inneren, dass diese zwei nicht mehr da waren. Keine würde sich mehr um sie kümmern: nicht auf die verhätschelnde väterliche Art – das hatten sie nie gemacht. Aber auf die Team-Art: Sirius, der Anführer, und Newski, sein Leutnant, sahen immer zu, dass die Herde zusammen blieb.

Und überlebte.

Früher.

Damit war jetzt wohl Schluss. Die Herde war tot.

Aus dem Augenwinkel sah Jim, wie das Mädel ebenfalls ausstieg. Sie war blass und ihre Lippen waren ganz fest zusammen gepresst, zitterten ganz leicht, so leicht, dass es nur ihm auffallen konnte. Hoffentlich begann sie nicht zu heulen.

Es war der krasseste Temperatursturz, an den er sich erinnern konnte.

Kathrin wäre nie auf die Idee gekommen, das Zelt von unten zu isolieren. Erst recht nicht mit Tannenzweigen. Umso besser, dass sie einen schneeerprobten Helfer aufgegabelt hatte. Vielleicht würden sie doch nicht jämmerlich erfrieren.

Gemeinsam bauten sie das Zelt auf und zogen darin eine zweite isolierende Schicht ein. Im Kofferraum fanden sie zwei Gegenstände, von der Existenz Kathrin nichts gewusst hatte. Der Helfer hatte ihr erklärt, dass es Wärme-Akkus waren. Er aktivierte sie und schmiss sie in das Zelt, in der Hoffnung, dass sie die Temperatur darin etwas heben würden.

Kathrin hatte da ihre Zweifel.

Aus vier Schlafsäcken baute Kathrin eine Art Kokon und verkroch sich darin, während der Helfer in einer der Daunenjacken, die jemanden von den Jungs gehört hatte, sich neben ihr für die erste Wache positionierte.

Das Zelt war zwar für den Winter gemacht, aber für die derzeitige Temperatur trotzdem nicht gut genug.

Jim beobachtete amüsiert, wie das Mädel ihr Nest baute und sich darin mit dem Kopf einrollte. Sie war so winzig, dass man zweimal hinschauen musste, um in dem Schlafsackhaufen einen Menschen zu entdecken.

Zuerst blieb Jim im Zelt, vertrieb sich die Zeit damit, die Frau beim Schlafen nicht anzuschauen und sich zu überlegen, wohin er fahren konnte, wenn er seine zehntausend Dollar bekommen hatte.

Das Mädchen schlief unruhig. Jim verließ das Zelt, um sich die Beine zu vertreten.

Der Wald war still und roch nach Eis, Schnee und Frost. Er war das, was einem Zuhause am nächsten kam. Die Beeren und Pilze, die er im Sommer aß; die Vögel, die über seinen Kopf hinweg flogen und ihn morgens im Sommer wie im Winter weckten; die wilden Tiere die er sah und manchmal jagte. Weite Entfernungen. Natur, kaum gestört durch Menschengerüche und Motorgeräusche.

Er hasste Menschen.

Im Wald waren keine Menschen.

Das war seine Art zu leben. Er mochte es. Hier war er niemandem etwas schuldig.

Einige Zeit später kroch Jim wieder ins Zelt hinein und fand das Mädel wach vor. Sie saß da in etwas gewickelt und bibberte vor Kälte.

„Ich kann nicht schlafen", sagte sie entschuldigend. „Ich

weiß, ich sollte es noch mal versuchen – mit dem Meditationsdreck oder so. Aber es ist so verdammt eisig kalt." Sie putzte sich die Nase.

„Hier", Jim zog seinen Wollpullover aus. Darunter trug er ein kariertes Hemd. Er hielt ihr den Pullover hin und zog wieder die Jacke an.

„Nein, Danke", sagte sie.

„Mach schon. Nimm's, bevor er kalt wird."

Kathrin zögerte erst, legte aber dann doch ihre ganze Montur ab, griff nach dem dicken Pullover und zog ihn an. Danach wickelte sich fester ein und putzte sich erneut die Nase. Es wurde ihr wärmer.

„Hast du lange mit ihnen zusammen gearbeitet?", fragte Jim und setzte sich. Kathrin sah ihn forschend an.

„Fünf Jahre, mehr oder weniger."

„Eine lange Zeit."

„Ja. Das war mein erstes und einziges Team."

„Waren das Freunde?" Jim wusste nicht, was ihn dazu bewegte, das zu fragen.

„Sofern man Leute in diesem Beruf als Freunde bezeichnen kann." Kathrin seufzte.

„Was meinst du damit?"

„Naja, man weiß nicht, wo der andere wohnt und wie er heißt, vertraut ihm aber Tag für Tag sein Leben und seine Freiheit an. Ist das Freundschaft?"

„Vielleicht eine Art davon."

„Schlafe du jetzt. Ich kann eh nicht mehr", sagte Kathrin nach einer Weile. Die fremde Wärme des Pullovers war aufgebraucht.

Jim wusste nicht, was er erwartet hatte. Daher konnte er nicht sagen, dass er enttäuscht war.

Er legte sich hin, wo das Mädchen vorher gelegen hatte,

aber etwas hielt ihn wach. Er hörte, wie sie hinausging, und dann einige Zeit später wieder hereinkam. Er sah, wie sie in ihrem schwarzen Rucksack nach etwas suchte, ein Mobiltelefon heraus nahm, es anguckte und es wieder im Rucksack verstaute. Dann setzte sie sich neben ihn hin, was in einem Zweimannzelt praktisch überall war.

Irgendwann döste er ein und als er aufwachte, fand er, dass das Mädchen ihn mit glasigen Augen anstarrte.

„So wird das nichts", sagte Jim.

„Hmm?"

„Wir müssen was anderes fürs Übernachten überlegen", erklärte er. „Wenn wir zusammen nur drei Stunden pro Nacht schlafen, kommen wir nicht weit."

„Stimmt."

„Sollen wir die Siedlung riskieren, in der man mich kennt?"

„Ist kritisch. Was ich bis jetzt von dir gesehen habe, lässt die Vermutung nahe, dass wir dann die nächste Schlägerei am Hals haben. Und wenn sich erst herumgesprochen hat, dass ich einen Schlägerei anziehenden Kollegen hab... Ich will nicht unnötig auffallen."

„Außerdem muss ich bei der Schlägerei die ganze Arbeit allein machen."

Kathrin lag es auf der Zunge, ihn aufzufordern sich zu erklären, aber sie hatte keine Kraft für einen Streit.

Sie wollte schlafen. Und noch mehr als das wollte sie es warm haben.

Die Möglichkeiten waren beschränkt.

„Meinst du, es wäre in Ordnung, wenn wir uns den großen Schlafsack teilen?", fragte sie.

Jim schaute sie aus großen Augen an.

„Du brauchst dir keine Sorgen um deine Keuschheit zu machen", versicherte Kathrin, die Jims Blick völlig falsch interpretierte. „Wenn ich dich angraben wollte, würde ich es anders machen."

Jim machte eine einladende Handbewegung und das Mädel kroch zu ihm. Es dauerte nicht lange, bis sie aufhörte zu zittern und anfing ruhig und gleichmäßig zu atmen.

Jim war es angenehm, dass sie keine Angst vor ihm hatte. Überhaupt hatte sie sein Verhalten an der Tankstelle bis auf das eine Mal gar nicht erwähnt. Sie schlief neben ihm so ruhig, als ob sie nicht gesehen hätte, was er war.

Natürlich hatte sie die körperliche Nähe aus praktischen Gründen gesucht, aber sie war dabei entspannt genug zu schlafen. Die Wärme machte auch ihn müde, aber er zwang sich wach zu bleiben. Er durfte nicht schlafen, wenn sie keine Armlänge von ihm entfernt lag.

Das Mädel würde in wenigen Tagen aus seinem Leben verschwinden und er würde sich ein Motorrad kaufen.

Die ganze Nacht lag er so neben ihr, war eingeengt, eingepfercht, gefangen. Er musste sich ständig daran erinnern, weswegen er das alles tat. Wegen der Zehntausend und des Wagens.

Im Morgengrauen konnte er es nicht mehr aushalten und weckte sie. Sie packten zügig zusammen und brachen auf.

Kathrin fuhr als erste.

Seit drei Stunden war wieder derselbe endlose Wald das einzige, was sie sah. Der furchtbare Wald und die blöde weiße Straße. Irgendwie landete sie nach einer relativ kurzen Zeit wieder bei den denselben blöden Gedanken wie gestern.

Der Helfer schlief. Er hatte sie in der Nacht ausschlafen lassen, das war sehr anständig von ihm. Sie beschloss länger zu fahren als abgesprochen. Als sie anhielt, um sich ein kurzes Päuschen zu gönnen, bremste sie besonders vorsichtig.

Am Ende der fünften Stunde hörte sie irgendwo über ihnen Kampfjets die Schallmauer durchbrechen. Davon wurde er wach, schaute auf die Uhr, sagte nichts und trank aus der Wasserflasche. Der letzten.

„Halt mal an", sagte Jim. Die Jets konnte man nicht mehr sehen. „Ist es möglich, dass sie aus der Luft nach dir suchen?"

„Weiß nicht, glaube ich eigentlich nicht. Aber wer weiß schon, was für Ressourcen die da haben? Wir müssen so langsam in die Zivilisation zurück. Wir werden bald zu der Siedlung kommen, wo man dich nicht kennt. Gibt es da was zum Übernachten?"

„Ich denke man wird ein Gästezimmer oder ein kleines Hotel irgendwo finden."

„Oh Götter im Himmel, eine heiße Dusche!"

Nach dem Fahrerwechsel beschloss Kathrin, dass es an der Zeit war, die Schokolade Für Besonders Deprimierende Zeiten zu essen. Sie fischte die Tafel aus dem Rucksack, brach ein Stück ab und bot es ihrem Helfer an. Er lehnte ab.

Die Jets waren leider nicht gänzlich von der Hand zu weisen – immerhin waren sie beim Militär eingestiegen. Falls die Daten wirklich so unglaublich waren, wie sie aussahen, würden die Leute alles benutzen, was sie zu ihr führen konnte.

Sie wussten – wenigstens ungefähr – was für ein Fahrzeug sie fuhr.

Musste sie jetzt davon ausgehen, dass sie lokalisiert worden war? Das hielt sie für möglich, aber nicht sehr wahrscheinlich. Wie viele Karren wie diese gab es hier? Dutzende, wenn nicht hunderte! Luftaufklärung allein reichte nicht, um sie in diesem Wald zu finden.

„Wir müssen ein paar Vorräte kaufen", sagte Jim, nachdem er die nicht zufriedenstellende Bestandsaufnahme des Kofferrauminhalts gemacht hatte.

„Ja, stimmt. Und du brauchst was zum Anziehen?"

„Was soll denn das heißen?" Die Aggression in Jims Stimme rüttelte Kathrin endgültig auf.

„Dein ganzes Zeug steht doch Zig-Meilen weit weg in einem nicht beweglichen Wohnmobil, oder?", sagte sie und ließ sich nicht von seinem drohenden Unterton beeindrucken. „Du brauchst definitiv mehr als nur das eine Hemd, das du da am Leibe trägst."

„Ich brauche nichts."

„Ich fürchte doch." Jim gefiel der abschätzige Blick, mit dem sie ihn maß, überhaupt nicht – nicht, dass er es nicht gewöhnt wäre. „Saubere Klamotten und ein bisschen soziale Kompetenz wären nicht schlecht. Du willst doch sicherlich nicht, dass ein aufmerksamer und wohlmeinender Bürger die Bullen ruft."

„Die Polizei ist nicht das Problem", sagte Jim.

„Nein, nicht sie, sondern deren Funknetz ist das Problem, du Held", kommentierte sie bissig. Dann änderte sich Kathrins Tonfall um eine winzige Note, die eine Bitte zu einem Befehl machte. „Du wirst dir was Hübsches und Praktisches zum Anziehen kaufen und dich nett und zuvorkommend verhalten. Dann wird vielleicht alles gut für uns beide ausgehen." Jim konnte das Knurren nicht ganz unterdrücken, fügte sich ab seinem Schicksal. „Außerdem bezahle ich dich", trat Kathrin nach.

Nachdem sie gestern Nacht, durchgefroren und schlaflos, in irgendwas eingewickelt, eine erbärmliche Figur gemacht und ihn aus den traurigen eisgrauen Augen angesehen hatte, packte sie jetzt den Boss aus.
Falsche Schlange und noch eine Nervensäge dazu.
Aber sie bezahlte ihn. Das stimmte.
Das machte es nicht besser.

„Nun, da wir das geklärt haben, können wir die kurzfristige Planung machen. Wir gehen in ein Hotel, also. Ich denke, wir sollten in einem Zimmer schlafen. Spricht deinerseits was dagegen?"
„Wie auch immer", knurrte Jim.
„Herzallerwunderbar!" Die fiese Katze in Kathrin wollte spielen. „Als mein Bruder kommst du wohl kaum durch, dann sind wir wohl ein Pärchen, mein Lieber. Oh, wir sind verheiratet, aber schon lange – dich kann man nicht als einen Frischvermählten verkaufen, mit der ewig sauren Miene, die du da trägst." Sie sah aus dem Fenster und ihre Augen sahen in die Vergangenheit, und das, was sie sahen, konnte sich Jim nicht mal vorstellen. „Schade, Flitterwochen zu haben ist fürchterlich praktisch. Hatte ich schon paarmal – aber da braucht man auch einen Bräutigam, der wie einer aussieht…" Sie konnte und wollte ihren Monolog nicht beenden. Sie wollte ihm auf die Nerven gehen und den bösen Hund wecken. „Wir sind also im Urlaub und dein Portemonnaie ist gestohlen worden – das stimmt ja auch irgendwo und erklärt die fehlenden Dokumente. Mein Pass reicht dann schon für die meisten Zwecke. Und natürlich brauchst du neue Klamotten."

Kathrin streckte sich und ein paar Wirbel knackten dankbar.

Gut, sie hatten geklärt, wer hier die Kohle im Kofferraum hatte. Dass er überhaupt keine Lust hatte, das zu tun, was sie sagte, war gänzlich sein Problem. Erstens hatte sie auf der Straße mehr Erfahrung und zweitens bezahlte sie ihn und konnte erwarten, dass er das machte, was sie von ihm verlangte.

Verdammt, wessen Arsch war hier am Brennen, seiner oder ihrer?

Kathrin rechnete mit dem Schlimmsten und das Schlimmste war höchstwahrscheinlich nicht ein schneller schmerzhafter Tod, sondern eine deutliche unangenehmere Befragung und *dann* ein schmerzhafter Tod.

Eine Stunde und siebenundvierzig Kilometer immer gleich aussehender Straße später verflüchtigte sich ihr Ärger schließlich.

Es tat ihr leid, ihren Helfer gequält zu haben, und sie dachte über ein Friedensangebot nach. Schließlich sollten sie ja zusammenarbeiten.

Als sie in das Städtchen einfuhren, war es schon dunkel. Seltene Laternen kamen kaum gegen die finstere subpolare Nacht an. Auf Kathrins Zeichen fuhren sie zu einer kleinen Einkaufspassage. Ohne ein Wort miteinander zu reden, kauften sie Wasser und Lebensmittel. Kathrin bezahlte in bar. Nachdem sie die Sachen ins Auto gebracht haben, gab Kathrin dem Mann weiterhin schweigend Geld und er ging in ein Bekleidungsgeschäft, aus dem er nach einiger Zeit mit einer Papiertüte kam.

Dann fuhren sie zu dem winzigen Hotel der Stadt.

III.   Das Hotel

Die ältere Dame an der Rezeption war für Kathrin kein Problem. Der Bericht vom gestohlenen Portemonnaie rief viel Mitleid, keine Fragen und eine Geschichte über eine verlorene Handtasche hervor.

Solange irgendwelche sinnlosen Formulare mit Lügen gefüllt wurden, konnten wertvolle Informationen gesammelt werden: der Ort lebte von den wenigen halbprivaten-halbstaatlichen Einrichtungen wie Krankenhaus und Schulen, sowie den logistischen Raritäten wie Ersatzteilelager, Restaurants, Supermarkt und Tauschbörse – Institutionen, die sogar für illegale Minen und Schmuggler nützlich waren und daher in Ruhe gelassen wurden.

Sogar eine Bank gab es hier, erzählte die Hotelmama stolz. In dieser Gegend musste man ein Kreditinstitut so schwer bewachen, dass wahrscheinlich die Hälfte der wehrhaften Bevölkerung dieser Stadt dafür eingespannt werden musste. Die Kontoführungsgebühren waren sicherlich exorbitant.

Aber die wirklich sicherheitsrelevanten Hinweise waren, dass in der letzten Zeit in der Umgebung keine Soldaten oder Söldner gesehen worden waren und Kathrin und ihr Helfer heute Nacht die einzigen Gäste im Hotel waren, das dummerweise nur Zimmer im Erdgeschoss hatte.

Jim stand einige Schritte hinter dem Mädel und hörte dem Gespräch über verlorene und gestohlene Taschen zu. Die Empfangsfrau fraß ihr aus der Hand, war so hilfsbereit und gefällig, dass Jim hätte kotzen können. Das Mädchen reichte ihm den Zimmerschlüssel begleitet von irgendeiner Pärchen-Floskel und er trug die Sachen hoch. Sie bezahlte wieder bar.

„Was hältst du von einem Steak?", fragte Kathrin, als sie im Zimmer ankamen.

„Meinetwegen."

„Ich bringe mich eben noch in einen menschlicheren Zustand."

Sie verschwand im Bad und Jim hörte Duschgeräusche und einen Fön. Als die Frau herauskam, hatte sie dieselbe Hose, aber ein sauberes schwarzes Oberteil an. Jim duschte auch und zog sich die neuen Sachen an. In Erinnerung an letzte Nacht hatte er sich einen dicken grauen Pullover gekauft, der stark und angenehm nach Schafswolle roch.

Als sie an der Rezeption vorbeigingen, hakte das Mädchen sich bei Jim ein und er spielte, obwohl es ihm schwer fiel, seine Rolle. Das beschränkte sich im Wesentlichen darauf, sie nicht wegzustoßen und der Empfangsdame freundlich zuzunicken. Das Mädel erkundigte sich bei der Hotelmutter, wo sie hier essen gehen konnten, und wurde mit genauester Wegbeschreibung versorgt – diese war völlig überflüssig, weil Jim die Steaks von der Tür an gerochen hatte.

Sie redeten auf dem Weg zum Restaurant nicht miteinander, schwiegen beim Essen und ignorierten sich beim Kaffee.

Jim hätte sie hier sitzen lassen und da weiter machen können, wo er aufgehört hatte.

Kathrin fragte sich, ob das alles eine gute Idee war.

Das Essen eben war das erste seit zehn Tagen, das diesen Namen verdiente. Und blieb es vermutlich für mindestens nochmal so lange.

Falls sie überhaupt so lange lebte, um sich über die kulinarische Durststrecke zu beschweren.

Wieso zum Henker machte sie das?

Ach ja, wegen der Freiheit und des Geldes. Verdammter Dreck.

Und es war ja nicht so, dass sie damals groß eine Wahl gehabt hätte.

Sie wünschte sich beinah, sie wäre hier tatsächlich mit einem echten eigenen Mann in Ferien. Sie wollte ein bisschen Normalität.

Das wortlose, jedoch ergiebige Mahl hatte Jim mit dem Leben wieder versöhnt. Sein innerer Fleischfresser war beruhigt.

Der Kellner brachte die Rechnung auf einem Tellerchen und stellte es vor ihm ab. Wortlos griff die Frau zwischen den Gläsern durch, schnappte sich den handgeschriebenen Zettel und prüfte ihn sorgfältig. Dann zählte sie die Scheine ab und legte sie hin. Sie stand auf und Jim folgte ihr aus dem Restaurant nach Draußen. In der Kälte und in der Dunkelheit war das angespannte Schweigen, das sie beide den ganzen Tag ertragen hatten, satter Trägheit gewichen.

Als sie das Gelände des Hotels betraten, gingen sie zum Parkplatz und machten das Auto klar. Während das Mädchen schon aufs Zimmer ging, parkte Jim den Wagen auf die andere Seite des Parkplatzes um, so dass er aus ihrem Zimmer zu sehen war.

Als Jim durch das Hotelvestibül ging, war es leer. Im Zimmer angekommen, sah er das Mädchen in ihrem schwarzen Rucksack kramen. Jim setzte sich in den einzigen

Sessel in dem Zimmer.

Das Mädchen hielt einen silbernen Flachmann in der Hand.

„Bowmore, 18 Jahre." Kathrins Stimme klang heiser. Sie atmete schwer durch. „Ich weiß, man sollte nicht. Vielleicht nur eine Winzigkeit?" Aus der Minibar nahm sie zwei Gläser heraus, die eher wie Gurkengläser aussahen. Sie setzte sich auf den Boden und stellte die Gläser vor sich auf. Sie goss sich einen kleinen Schluck ein. „Du auch?", Jim nickte. Sie schenkte das zweite Glas ein und reichte es ihm. „Auf das erfolgreiche Ende deiner Mission."

„Auf deine Heimkehr", sagte Jim und roch an dem Getränk. Der Whiskey schmeckte gut; besser als das Gesöff, das er hier ab und an mal getrunken hatte, wenn er es sich mal leisten konnte.

So saß Jim im Sessel und Kathrin auf dem Boden zu seinen Füßen und sie tranken.

Kathrins Stimmung hatte sich nicht verbessert. Der Whiskey Für Wirklich Beschissene Tage rollte ihr die Kehle hinunter und hinterließ einen brennenden rauchigen Lavastrom.

Sie versuchte mit aller Kraft ihre aufsteigende Panik zu unterdrücken. Newski hätte sie ausgelacht und sie kleines Mädchen genannt, wenn er gewusst hätte, wie nervös sie war. Es wäre falsch zu sagen, sie hätte Angst – noch nicht. Aber sie war nicht lebensmüde und schätzte ihre Situation realistisch ein. Sie wollte wirklich gern am Leben bleiben.

Und das würde nicht einfach werden.

Sie verweilte einige Zeit in Gedanken bei Newski. Solange sie noch genau wusste, wie er gewesen war, wie er ausgesehen, wie er gesprochen hatte. Sie wollte ihm nahe sein, indem sie an ihn dachte. Es war in der Natur der Sache, dass es nicht mehr lange dauern würde, bis die Zeit die Erinnerungen trüben würde.

Von ihren traurigen Gedanken erschöpft, ging sie als erste ins Bett und ließ ihren nach wie vor schweigenden Helfer zurück.

Jim blieb im Sessel sitzen und hielt das leere Glas in der Hand.

Er war nicht mehr wütend auf sie. Sie ging ihm zwar immer noch ein wenig auf den Geist, aber er war nicht mehr wütend.

Sie hatte ihn schon den ganzen Tag mit ihrem vollkommen übertriebenen Verkleidungswahn genervt. Dann hatte sie ihn gönnerhaft einkaufen geschickt, als wäre sie eine ehrenamtliche Helferin beim Obdachlosenasyl. Er wollte kein Mitleid, insbesondere nicht von einer Kriminellen, die planlos durch die Gegend fuhr und selbst Hilfe brauchte. Seine Hilfe.

Aber das alles war rein geschäftlich. Es waren nur noch ein paar Tage. Wenn er sie weggebracht hat, war er sie und ihre Paranoia los. Mit dem Geld, das er sich dadurch verdiente, würde er weiter Richtung Norden fahren. Ja, Richtung Norden – das war eine gute Idee. Dort war es noch kälter als hier. Noch weniger Leute konnten ihm dort auf den Geist gehen.

Er brauchte niemanden. Er war allein. Er hasste Menschen und Menschen hassten ihn.

Jim schaute auf die Uhr.

Er war dran mit schlafen. Er weckte das Mädchen und legte sich in das andere Bett.

Kathrin stand auf und zog sich an. Es war an der Zeit, es

noch mal beim Neunmalklug zu versuchen. Sie führte ihre übliche Routine aus: Mobiltelefon in den Tiefen des schwarzen Rucksacks suchen, um feststellen, dass man immer noch keinen Empfang hatte.

Sie hatte Empfang. Sie tippte die Nummer aus dem Gedächtnis. Anrufbeantworter.

„Hier ist Nisah. Wir haben eingekauft. Gab Schwierigkeiten. Massiv. Unterstützung wäre angebracht", ratterte sie auf Deutsch ihre einstudierte Ansage herunter. Wenn jemand mithörte, wollte sie ihnen ihren gegenwärtigen Zustand nicht auf die Nase binden.

In Jims Schlaf hatte sich etwas verändert.

Kathrin packte das Telefon wieder weg. Der Mann schlief unruhig. Er wälzte sich im Bett und schmiss die Decke auf den Boden. Als Kathrin diese aufhob, machte er ein Geräusch, dass das Kind in ihr an ein krankes Hündchen erinnerte.

Weil sie so nah am Bett stand, konnte sie einzelne Worte verstehen, die er im Schlaf stammelte. Es waren keine vollständigen Sätze, sondern eher ein paar Zurufe und knappe Befehle, die zusammen mit wildem Gestikulieren und der Richtung des Gewehrlaufes die Kommunikation eines Teams ausmachen, das tief im Dreck sitzt.

Das Flanellhemd, das er zum Schlaf nicht ausgezogen hatte, war feucht vom Schweiß. Die wirren Haare klebten an seiner Stirn. Er warf sich hin und her und fletschte so beeindruckend die Zähne, als hätte er von den Eckzähnen mindestens drei Paar pro Seite.

Sie trat näher ans Bett, um die Decke über ihn auszubreiten. Sie überlegte kurz, ob sie ihn wecken sollte. Das

Gebrabbel hörte sich mittlerweile wirklich furchtbar an. Und dann auch noch das Zähneklappern. Vielleicht war er in einem der Kriege gewesen, die in den letzten Jahrzehnten überall auf der Welt gewütet hatten. Viele Kriegsveteranen hatten Alpträume, das war nichts Neues. Posttraumatisches Syndrom und was nicht alles.

Sie kannte einige ex-Söldner in den Schatten. Newski und Sirius hatten sich zum Beispiel aus dem polnisch-ukrainischem Krieg gekannt. Ghra war im Nahen Osten gewesen. Ingram in Groß-Schweden.

Kathrin deckte das einzige weitere Mitglied ihres gegenwärtigen Teams vorsichtig mit der Decke zu.

Sie verstaute ihr Telefon und den Flachmann im Rucksack. Es war wichtig, immer marschbereit zu sein.

Zwei Minuten später kehrte sie ans Bett zurück, weil der Mann sich hin und her wälzte, fast schrie und definitiv geweckt werden musste, bevor er hier das ganze Dorf auf den Kopf stellte. Kathrin wunderte sich, dass er selbst nicht von den eigenen Schreien aufwachte.

Bei der *Frida-Maersk*-Aktion vor zwei Jahren, als die Jungs und sie fast zwei Monate ein winziges Zimmerchen zum Übernachten geteilt hatten, hatte sie genug Erfahrung mit Alpträumen bei Kriegsveteranen gesammelt. Nur, dass sie weder bei Sirius noch bei Ghra so übel gewesen waren.

Sie sollte ihn wecken.

Kathrin erinnerte sich noch zu gut an Ghras typische Reaktion, wenn er geweckt wurde, und stellte sich so hin, dass sie einem potentiellen Angriff auf ihren Oberkörper und Kopf möglichst effektiv ausweichen konnte.

Sie rüttelte den Mann vorsichtig an der Schulter. Das zeigte keine Wirkung. Kathrin rüttelte ihn kräftiger.

Jim war hellwach und bereit, sich bis zum letzten Tropfen

Blut zu verteidigen. Wer auch immer die Angreifer waren und wie viele es auch sein mochten, er würde sich nicht ergeben. Niemals!

Jim schlug zu.

Nur weil Kathrin mit etwas sehr Ähnlichem gerechnet hatte, konnte sie rechtzeitig zur Seite springen. Eine furchteinflößend schnelle Faust verfehlte ihr Gesicht um ein ganz ordentliches Stück. Mit mulmigem Gefühl wurde Kathrin klar, dass die Wucht, mit der der Schlag geführt worden war, ausgereicht hätte, um ihr den Wangenknochen und den Kiefer zu brechen. Vermutlich sogar, um sie in die Ewigen Jagdgründe zu schicken.

Im Zeitraffer.

Dreck nochmal!

Sie folgte jeder Bewegung der durchgeknallten gelben Augen, bereit sich zu verteidigen, obwohl sie den Verdacht hatte, dass sie keine auch noch so winzige Chance gegen den Mann hatte.

Wenn ihr Helfer nicht ziemlich sofort zur Besinnung kam, war sie abgeschrieben.

Aber so was von.

Jims halb-wacher Verstand holte seine Reflexe ein.

Er setzte sich aufrecht und atmete schwer. Es kam regelmäßig mit einigen Wochen Abstand vor, dass er schweißgebadet aufwachte und irgendwelche Gegenstände kaputt um ihn herum lagen. Er wusste nicht, was der Grund dafür war. Er hatte dabei immer nur das Gefühl mit dem Rücken zur Wand zu stehen, allein gegen Tausende.

Allein. Zum Glück war er immer allein. Deswegen waren es nur irgendwelche Sachen, die er bei diesen nächtlichen Anfällen brach.

Moment mal. Aber jetzt war er nicht allein, oder? Das Mädel war doch da…

Es traf ihn wie ein Schlag.

Er hatte sie fast umgebracht!

Er hätte sich nie getraut, einzuschlafen, wenn sie neben ihm geschlafen hätte – wie gestern Nacht im Zelt. Aber er hätte niemals gedacht, dass sie in Gefahr war – nur, weil sie im selben Raum mit ihm war.

Wenn sie nicht ganz so schnell reagiert hätte, hätte er ihr die Nase ins Gehirn gerammt. An ihrer Stelle hätte er sich eine Pistole geschnappt und ihm das ganze Magazin in die Brust geleert.

Oder er wäre wenigstens gerannt.

Er traute sich nicht, sie anzusehen. Er rechnete damit, jeden Moment eine zufallende Tür oder entsicherte Waffe zu hören.

Er wartete.

„Ist alles OK?" Kathrin kam vorsichtig näher. „Geht's wieder?"

Jim antwortete nicht. Er bewegte sich nicht.

„Geht's wieder? Erde an James Taylor! Verdammt, sag doch was!"

„Es geht wieder."

„Du hast beinah das ganze Dorf geweckt. Hattest du Alpträume?"

„Alpträume? Ich kann mich nicht erinnern."

„Nimm das", sagte sie, behielt ein kleines Stückchen für sich und gab ihm den Rest von ihrem Schokoladenvorrat. „Iss die verdammte Schokolade. Das hebt die Stimmung. Gewaltig."

Die Schokolade brachte Jim aus dem Konzept.

Die Schokolade war ein Zeichen, dass das Mädel nicht vorhatte, zu rennen oder ihre Waffe, die offen herumlag, auf ihn zu richten.

Sie tat so, als ob alles in Ordnung wäre. Sie tat so, als machte sie sich Sorgen um ihn.

Jim starrte die Schokolade an. Er hatte noch nie welche gegessen. Er mochte keine – dachte er bis jetzt jedenfalls. Er hielt ein Stück sehr dunkler Schokolade in der Hand. Es roch ganz anders, als er sich Schokoladengeruch vorstellte. Er aß es schließlich.

Der Kerl sah aus, als hätte er den Leibhaftigen gesehen.

Eigentlich verständlich, dass es ihm nicht gut ging. Er tat ihr Leid. Was er brauchte, war ein bisschen Unterhaltung. Kathrin drehte den Stuhl, den sie bei ihrem beherzten lebensrettenden Hüpfer umgeworfen hatte, wieder richtig herum und setzte sich darauf. Sie stopfte sich ihren Anteil an Schoki in den Mund.

Oh, mit Unterhaltung konnte sie dienen. Labern war so zu sagen eine Spezialität von ihr.

„Man, Junge, du bist ja einer…“, sagte sie und schüttelte lächelnd den Kopf.

„Was?“ Den Worten nach wollte Jim sich angegriffen fühlen, aber der freundliche und ein wenig amüsierte Tonfall verwirrten ihn noch mehr. „Was meinst du?“

„Du kannst ganz schön fies zuhauen.“

„Das können viele.“

„Aber die meisten doch nicht ganz so gut. Und ich messe dich hier nicht an dem Durchschnitt. Wenn du weißt, was ich meine.“

„Ich weiß nicht, was du meinst.“

„Meine Leute waren unter den besten Schattenkriegern

in ganz Europa. Zwei von ihnen waren berühmt dafür, besonders gründlich zuzuhauen. Du dagegen bist ein – was bist du eigentlich von Beruf? – aus dem Wald. Ein Niemand so zu sagen. Nimm's nicht persönlich. Aber ist doch so." Jim konnte nur nicken. „Wie kann ein Niemand aus dem Wald fast so gut sein wie Premium-Schattenkrieger?" Jim schwieg. „Dein Erklärungsvorschlag?"

Jim schwieg immer noch, aber Kathrin hielt es nicht für wichtig.

„Hmm", machte Kathrin.

„Was?", fragte Jim alarmiert.

„Wenn ich das alles überlebe, starte ich eine Straßenlegende über dich: der Eingeborene Krieger aus dem Schnee. Ich werfe vielleicht für mehr Gruselpotential noch rein, dass du einziehbare Krallen in den Händen hast und dir im Kampf der Schaum vorm Mund steht."

„Eine was für Legende?", fragte Jim müde.

„Du weißt schon: Krokodile in der Kanalisation, Menschen, die von innen verbrennen, böse Menschenexperimente, Hängolin, Bunny Man und so weiter. Wollte ich schon immer mal machen: Gerüchte im großen Stil in die Welt setzen."

Jim dachte kurz nach.

„Ah. Ich verstehe. Erzähl mir mal das mit den Menschenexperimenten? Davon habe ich noch nicht gehört. "

„Nicht? Vielleicht ist es so ein europäisches Ding. Es geht darum, dass Frankensteins Lehrlinge Menschen züchten, die ihren niederen Zwecken optimal entsprechen sollten."

„Welche Zwecke sollen das sein?" Die angespannte Note in Jims Stimme wurde von Kathrin überhört.

„Bei der Menge von Kriegen und bewaffneten Konflikte in letzten zwei-drei Jahrzehnten ist es eigentlich nur der eine Zweck: der perfekte Soldat."

Jim schluckte. Aber auch das entging Kathrin, weil sie im Augenblick zu sehr mit Schwafeln beschäftigt war.

„Was genau ist denn der perfekte Soldat?", warf Jim die Angel aus.

„Das übliche: schnell, stark, ausdauernd. Frei von Gewissensbissen, gehorsam. Dazu übelste Ausbildung. In einer Geschichte marschiert so ein Früchtchen Hunderte von Kilometern durch die Wüste und dann durch feindliches Gebiet und was weiß ich alles noch, um dann irgendeinen Präsidenten oder Dissidenten oder Drogenbaron – oder alles drei in einer Person, weiß nicht mehr – zu meucheln." Kathrin achtete penibel darauf, gut und spannend zu erzählen: an richtigen Stellen dramatische Pausen machen, die richtigen Wörter zu betonen.

„Wo soll denn dabei der Frankenstein-Teil sein?", hackte Jim nach. Kathrin war zufrieden, dass der Mann sich ins Gespräch verwickeln ließ, und dachte nicht zu gründlich darüber nach, dass er vielleicht ein bisschen zu motiviert war.

„Na, bei dem Schneller-Stärke-Ausdauernder-Teil. Das soll durch Gentechnik erreicht werden."

„Gentechnik? Das ist aber schon ganz schön weit hergeholt." Das erschien Jim doch eher unwahrscheinlich und er wollte sich schon entspannen – halb enttäuscht, halb beruhigt.

„Würde ich nicht sagen", widersprach Kathrin. „Die Technologie ist bekannt. Bei Lebensmitteln hat man sie schon vor achtzig-neunzig Jahren eingesetzt. Wenn man eine Kuh weniger anfällig für Krankheiten und leckerer durch Zusatz von Hirschgeschmack machen kann, kann man auch Menschen körperlich kräftiger und dazu Arschloch machen. Muss man halt entsprechendes Ausgangsmaterial haben. Und natürlich die nötige Infrastruktur und jede Menge Zeit. Und so richtig gar kein Gewissen." Für ein bisschen Drama legte Kathrin noch ein wenig drauf. „Je nach Variante der Legende kann man sich zusätzlich – oder ausschließlich – zum Cyberzombie aufbauen lassen: operativ verstärkte Muskeln, einziehbare Klingen in den Händen, Hardware im Kopf, künstliche Augen mit Zoom und Infrarotsicht und so weiter. Aber das ist wirklich arg abwegig. Der Konsens auf der Straße ist, dass der Teil definitiv Spinnerei ist."

„Na immerhin", sagte Jim und hörte sein Herz rasen. „Glaubst du, dass es so jemanden tatsächlich gibt?"

„Ganz ehrlich: wenn es so jemanden gäbe, würde es mich nicht überraschen. Menschen haben eine lange Tradition darin, folgende Dinge zu tun. Erstens: massenweise Geld in militärische Forschung zu stecken. Zweitens: noch mehr Geld in militärische Forschung zu stecken und zu zweifelhaften Methoden zu greifen, wenn man grad vor oder in einem Krieg ist. Und schau dir mal an, wo wir – damit meine ich die Menschheit als Ganzes – friedenstechnisch in den letzten fünfzig Jahren gestanden sind. Drittens: völlig gewissenlos zu sein, wenn man fanatisch genug an etwas glaubt oder ein Problem mit Ehrgeiz hat. Und viertens: der Versuchung, Gott zu sein, zu erlegen. Das machen Menschen auch ganz gut."

Jim schwieg. Er dachte nach.

„Meinst du nicht, dass man davon *wüsste*, wenn sich jemand einen Super-Soldaten bauen würde?", fragte Jim.

„Das sage ich auch immer!", sagte Kathrin im besten Stammtischtonfall. „Genau das! Solche Leute lassen sich doch nicht verstecken! Und ich für meinen Teil bezweifele ernsthaft, dass sie effektiv beherrschbar sind. Nicht wirklich low-profile."

„Wenn das funktionieren würde, dann gäbe es deutlich mehr Muskeln, die durch – wie hast du es genannt? – besonders fieses Zuhauen auffallen würden," pflichtete Jim ihr bei und fragte sich im selben Augenblick, ob das Argument nicht gerade ein Eigentor war.

Kathrin wunderte sich über den selbstverständlichen Gebrauch des Straßenbegriffs *Muskel* statt zum Beispiel des zivilen und geläufigeren Wortes *Schläger*. Sie nickte.

„Also glaubst du nicht wirklich daran?", fragte Jim sicherheitshalber nach.

„Ich zweifle", sagte Kathrin. Jim schmunzelte. „Was?", wollte sie wissen.

„Du bist eine Schattenkriegerin. Bestimmt werden neun von zehn normalen durchschnittlichen Bürgern sagen, dass sie daran zweifeln, dass es Menschen wie dich gibt. Und doch stehst du vor mir und steckst in einem sehr realen Dreck."

„Tja", sagte Kathrin. Jim hasste es, wenn Leute das machten.

„Woher hast du denn solche Legenden?", fragte er.

„Das sind Geschichten, mit denen der Barkeeper in meiner Stammkneipe Anfänger erschreckt. Weißt du, mit dem Grundtenor: wenn du nicht aufpasst, schnappen dich verrückte Wissenschaftler und machen einen Cyberzombie aus dir. Wenn du dabei nicht stirbst – oder zum Krüppel wirst, wobei du in dem Fall auch nicht lange weiter leben wirst – wirst du in einem Spezialprogramm inklusive Gehirnwäsche und allem zu einer Killermaschine ausgebildet. Geh lieber gleich zurück zu deiner Mama."

„Killermaschine?", fragte Jim und seine Nackenhaare stellten sich hoch.

„Ja. Killermaschine", bestätigte Kathrin und nickte mit Nachdruck. Sie sah ihm in die Augen und fragte mit tödlichem Ernst, den Jim nicht als den Witz verstand, der es war. „Apropos ausgebildete Killermaschine: bist du eine?"

Jims Herz rutschte in die Hose.

Er vermutete, dass eine ausgebildete Killermaschine inklusive Gehirnwäsche so ziemlich genau das war, was er war. Die Gerüchte mögen zwar übertreiben und vielleicht hatte er keine einziehbare Sporne oder Ähnliches, aber so wie er war, war er nicht von Natur aus. Das, was in ihm drin war, gehörte nicht in einen lebenden Menschen hinein.

Vielleicht war er selbst das Vorbild für den Mann aus den Geschichten.

Jim begann schon fast eine gelogene Antwort auf diese Frage zu stottern, als die Frau laut auflachte.

„Hmm, das werden wir dann ein anderes Mal feststellen müssen", sagte Kathrin vergnügt. „Für den Augenblick siehst du nicht wie eine ausgebildete Killermaschine aus."

„Nicht?"

„Nö, eigentlich nicht – so wie du da sitzt und den Rest meiner Schokolade isst."

Kathrin stand auf und klopfte ihm im Vorbeigehen aufmunternd auf die Schulter.

Der Mann sah sich vor die Füße und dachte seine eigenen Gedanken. War er wirklich ein traumatisierter Ex-Krieger? Oder hatte er einfach einen an der Waffel? Das sollte es auch mal geben.

Kathrin fragte sich, ob er tatsächlich besser war als Newski, der der beste Kämpfer war, den sie kannte.

Sie schluckte den Kloß im Hals mit Mühe hinunter. Gekannt hatte. Es musste heißen: *Newski war der beste Krieger gewesen, den sie je gekannt hatte.*

Und wieder musste sie an das schöne, kantige Gesicht denken, das mit schwarzen Haaren mit grauen Strähnen an den Schläfen umrandet war. Newski hatte für solche dunkle

Haare sehr helle Haut und ungewöhnliche, pastellblaue Augen gehabt. Mann, sie alle lagen ihm zu Füßen! Gutaussehend und von Berufswegen gefährlich. Und witzig war er auch. Es gab kein Entrinnen.

Aber es war eh nicht das Aussehen und nicht die Witzigkeit, die sie so lange an ihn gebunden hatten. Er war zu ihr nett gewesen, als keiner nett zu ihr gewesen war. Er hatte sich Zeit genommen, ihr das neue Leben als Schattenkriegerin beizubringen.

In erster Linie war er ihr bester Freund gewesen.

Der Rest?

Alles nur Kinderkram.

„Tut mir leid", sagte Jim auf eine für Kathrin vollkommen unerwartete schüchterne Art und riss sie aus ihren Erinnerungen.

„Was?", fragte sie trocken, weil sie lieber weiter die blauen Augen im Kopf gehabt hätte.

„Ich hätte dich umbringen können. Vorhin."

„Ach, hör doch auf."

„Nein wirklich, ich bin für dich eine größere Gefahr als Hilfe."

„Das glaubst du wohl selbst nicht", sagte Kathrin entschieden. „Genau genommen, bist du, soweit ich die Lage einschätze, meine einzige Chance zu überleben."

„Aber..."

„Hörst du mal endlich auf, dich zu bemitleiden, verdammt nochmal!", pampte ihn Kathrin an.

„Ich hätte dich töten können", versuchte Jim, es ihr noch ein mal zu erklären.

„Weißt du, gewöhnlich", fiel Kathrin ein wenig zu sarkastisch ins Wort, „rechne ich natürlich nur mit einer Knarre oder einem Low-Tech-Persuader unterm Kopfkissen. Es kommt schon mal vor, dass man Leute aus dem Reich der Alpträume reißen muss, die gleich mit einem tätlichen Angriff rechnen und ihr Waffenarsenal zur Hand haben. Es ist nur in seltensten Fällen ein Versuch, mich mit der bloßen Hand zu erschlagen. Also bilde dir bloß nichts drauf ein." Kathrin hatte das Gefühl, dass Jim keine Ahnung davon hatte, wovon sie sprach. Woher auch? Die Menschen in den Schatten waren ein ganz besonderer Schlag von kaputten Leuten. „Denkst du, in meinem Beruf sind alle sanft wie Gärtner? Einer von fünf ist psychisch labil oder glatt ein Psychopath. Wenn die Alpträume haben, muss man auf-passen, dass sie dir nicht mit Explosivmunition in die Birne schießen – auch ohne, dass man versucht, sie zu wecken. Also sei ein großer Junge und krieg dich wieder ein."

Das war nicht ganz die Wahrheit. Es gab eine Handvoll Menschen, die Kathrin um keinen Preis geweckt hätte, wenn sie Alpträume gehabt hätten. Genau genommen hätte sie den Umstand, diese speziellen Leute schlafend vorzufinden, dazu genutzt, einen gezielten Kopfschuss abzugeben. Oder zwei.

Pro Person.

Zum Wohle der Allgemeinheit.

Was waren denn das für Leute, für die es nicht unge-wöhnlich war, bewaffnet zu schlafen und beim Aufwachen Menschen anzugreifen?

Hielt sie ihn jetzt für psychisch labil oder für einen Psychopathen?

Das Telefon klingelte und Jim hob den Hörer ab.

„Hier ist die Rezeption", es war die Empfangsdame und sie flüsterte panisch. „Tut mir leid, dass ich sie wecke, aber hier kam grade die Polizei und sie suchte nach einem Paar, das jemand umgebracht haben soll. Ich sagte, dass niemand im Hotel ist, weil Sie so nette Leute sind und unmöglich jemanden umgebracht haben können. Die Polizisten wollen trotzdem das Hotel durchsuchen, ich hab sie aber in den anderen Flügel geschickt. Beeilen Sie sich! Laufen Sie!", und sie legte auf.

„Sie kommen", sagte Jim. Kathrin war bereits am Packen.
„Wie viel Zeit haben wir noch?"
„Nicht mehr als zwei Minuten, die Frau hat sie in den anderen Flügel geschickt."
„Gut."

Jim machte das Licht aus, zog die schweren Fenstervorhänge auf und öffnete die Läden. Das Mädel guckte aus dem Fenster hinaus.

Entweder waren es dieselben Kerle, deren Bekanntschaft er vorgestern an einer Tankstelle gemacht hatte, oder es waren nur welche, die ihre Ausrüstung im selben Laden kauften.

Jedenfalls schien es sich gelohnt zu haben, Zeit in die Hotelmutter zu investieren. Das Mädel wusste, was sie tat. Das musste er ihr lassen.

Jim wollte es nicht gelingen, diese Wendung der Ereignisse schlecht zu finden. Nach seinen Alpträumen und dem ganzen Gerede über Straßenlegenden kam ihm jede Ablenkung gelegen. Sein Fleischfresser schrie, hüpfte auf und ab vor Freude, genoss jetzt schon den Siegesrausch und den Geruch des Blutes.

„Sag mal ehrlich, wie viele Leute wie die da, kannst du platt machen?", fragte Kathrin, während sie eine unglaublich suizidträchtige Strategie entwickelte.

„Einige."

„Zwei? Oder ein Dutzend? Nicht die rechte Zeit für Bescheidenheit, mein Freund."

„Auch ein Dutzend, wenn es sein muss."

„Wir haben bescheuerterweise nur eine Knarre. Sobald ich anfange zu ballern, sind wir ruckzuck eingetütet. Wir müssen hoffen, dass es nicht zu viele sind, und sie im Nahkampf kleinholzen. Können wir das?"

Jim kalkulierte seinen Einsatz. Er nickte grimmig.

„Ok. Ich gehe vor." Kathrin pokerte hoch, das wusste sie.

„Nein, wir gehen beide", Jim versuchte sie festzuhalten.

„Hör zu: wenn die Zeit kommt, mich zu retten, musst du bis drei zählen."

„Was ist mit Betäubungspfeilen und all dem Zeug?"

„No risk", antwortete sie und sprang aus dem Fenster.

Jim sah, wie sie auf den Parkplatz ging und die MP in ihrer Hand ziemlich offensichtlich baumelte. *Bis drei zählen und dann retten*. Sie hatte sie nicht mehr alle.

Eine heisere Stimme, die aus dem Wäldchen kam, das an den Parkplatz grenzte, befahl ihr stehen zu bleiben. Gute Deckung, guter Beobachtungsposten. Die Frau blieb im Licht einer gelben Laterne stehen. Was zum Teufel machte sie? Aus dem Schatten traten vier Gestalten hervor, die Sturmgewehre am Anschlag hielten. Die Stimme forderte sie auf, die Waffe auf den Boden zu legen. Das Mädchen folgte dem Befehl und kickte ihre MP ein wenig weg. Ein dumpfer Knall des Schalldämpfers erklang und sie ging zu Boden. Das war wohl die Zeit sie zu retten. Oder sollte er wirklich erst bis drei zählen? Wie ein Blitz traf es Jim, dass sie zu schnell umgefallen war.

Eins. Mittlerweile waren sechs der Angreifer sichtbar.

Das Mädel hatte sie in der Tat nicht mehr alle. Fünf davon sprinteten auf sie zu. Da sie nur einen zurück ließen, mussten sie noch mindestens vier außerhalb in Deckung haben. Von der anderen Seite des Parkplatzes erschienen noch mal drei.

Zwei. Sie war ein Köder, den die Ratten fressen sollten, und er war wohl das Strychnin.

Drei.

Jim sprang aus dem Fenster und rannte brüllend auf die Gruppe zu, die aus fünf Soldaten und dem Mädel bestand, das reglos auf dem Boden lag. Jims Reflexe bemerkten vor ihm das Fehlen des Krankheitsgeruchs an ihr, das sie nach der Betäubung letztes Mal hatte. Im nächsten Augenblick war er in der Mitte der Gruppe.

Die Gegner waren alles andere als schlecht. Trotz des Vorsatzes, möglichst wenig Blut zu vergießen, fand sein Überlebensinstinkt es unumgänglich. Die Angreifer schossen nicht, weil die Wahrscheinlichkeit, eigene Leute zu treffen, höher war, als ihn zu erwischen. Die zahlenmäßige Überlegenheit hatte Jim durch seine Schnelligkeit wettgemacht. Er riss die Panzerung auf, biss in die darunter liegende Haut und brach Knochen...

Kathrin hob den Kopf und schaute sich um. Die Leute, die sie holen wollten, waren mit ihrem Helfer beschäftigt und achteten nicht auf sie. Sie sah die Gruppe am anderen Ende des Parkplatzes, die sich schnell näherte. Um Kathrin schien sich keiner mehr zu kümmern. Sie musste schnell dafür sorgte, dass die Typen nicht zu nah kamen.

Ihre MP war zu weit weg, aber eines der Sturmgewehre der Bösewichte war aus den Händen seines Besitzers gesegelt und lag jetzt sympathisch griffbereit. Mit gefesselten Händen schnappte sie danach. Die Angreifer hatten M7

Carabines von Colt-Compaq, die Schweine! Auf der Straße gab es sie noch nicht mal zu stehlen, geschweige denn zu kaufen.

Kathrin drehte das Gewehr richtig herum. Es war gesichert! Soldaten! Immer nach Vorschrift!

Normalerweise brauchte man zum Entsichern einer so großen Waffe beide Hände, die mehr als vier Zentimeter auseinander waren.

Die Truppe näherte sich.

Kathrin wälzte sich auf das Gewehr in einer Parodie des Liebesakts und drückte es mit einem Knie auf dem Boden, damit es nicht wegrutschte, und zerrte an dem Hebel. Es machte *Klick* und sie drehte sich auf den Bauch und eröffnete das Feuer. Nach nur wenigen Sekunden hatte sie schon zwei erwischt, weil sie nirgendwo auf dem leeren Parkplatz Deckung gefunden haben.

Sie leerte das Magazin des M7 und stellte fest, dass sich auf der anderen Seite des Parkplatzes keiner mehr bewegte.

Jim war fast fertig, als das Mädel brüllte, dass sie einen lebend brauchte. Er schmiss seinen letzten Gegner auf den Boden und hielt ihn mit dem Fuß auf dem Boden fest. Grabesstille.

Das Mädel kam rückwärts zu ihm und hielt ein Sturmgewehr in den zusammengebundenen Händen. Sie hob entschuldigend die Schultern und zeigte auf ihre Handschellen. Er nahm in jede Hand eines der Metallreifen und brach mit einer schnellen Drehbewegung die Verbindung dazwischen auseinander. Für einen Moment flackerte so etwas wie Fassungslosigkeit in ihren Augen auf, die sie aber wohl in Anbetracht der Situation auf später verschob. Jedenfalls sagte sie nichts.

Er hob ein Sturmgewehr auf. Das Mädel wartete darauf,

dass er ihr etwas Privatsphäre mit dem Soldaten ließ.

Jim ging ein paar Schritte zur Seite und drehte sich zum Wäldchen um.

Das Mädel näherte sich zu dem auf dem Boden liegenden Soldat, der nicht verletzt zu sein schien. Sie beugte sich über den Mann.

„Nach wem sucht ihr?", fragte Kathrin. Sie benutzte ihre gefährliche Stimme, die aber deutlich an Wirkung verlor dadurch, dass sie außer Atem war.

„Nach dir, du Miststück", keuchte der Soldat.

„Wie ist mein Name?"

„Elizabeth Kreutz." Kathrin wusste, dass es nicht alles war. Sie schaute nach ihrem Helfer um. Er stand wachsam mit der Knarre im Anschlag und war zu weit weg, um zu hören, was hier gesagt wurde. Sie beugte sich noch tiefer und sprach leiser.

„Ist das der einzige Name, den ihr kennt?", fragte sie. Der Soldat lachte und Kathrin hätte ihm gern die Zähne mit dem Gewehrkolben ausgeschlagen.

„Das wüsstest du wohl gerne, du Schlampe?"

„Ist das der einzige Name, den ihr kennt?", wiederholte Kathrin und stand auf. Der Mann lachte irre.

„Ist das der einzige Name, den ihr kennt?" Das war eine faire Warnung. Sie hob das Sturmgewehr, zielte auf sein Knie. „Also?"

„Machste eh nicht", behauptete der Soldat. Kathrin drückte augenblicklich ab und der Mann krümmte sich vor Schmerz. „Strapaziere nicht meine Geduld. Das nächste Mal schieße ich dir in den Bauch und gehe. So ein harter Typ wie du hat bestimmt schon mal gesehen, wie man an einem Bauchschuss krepiert?" Der Mann schwieg. Kathrin hob die Waffe und stellte sich breitbeinig über den Mann und zielte dahin, wo sein Magen sein mochte. Dann, als ob sie sich nicht sicher war, schaute sie auf die Magazinanzeige des Gewehrs und der Mann folgte ihr mit den Augen. Das Magazin war halbvoll.

Kathrin lächelte zufrieden.

„Nisah. Wir wissen von Nisah", keuchte der Soldat.

Mündungsfeuer flackerte kurz auf und das Mädel stampfte in der nächtlichen Stille zu ihren Wagen. Jim folgte ihr. Sie hatte das Sturmgewehr immer noch in der Hand, hatte aber auch ihre MP aufgehoben. Er ging zur Beifahrerseite. Sie widersprach nicht und setzte sich hinters Steuer. Sie sah aus, wie jemand, der gerade sehr schlechte Nachrichten bekommen hatte.

Akkurate Schüsse fielen, als Jim gerade einstieg. Er spürte die Einschläge von mehreren Kugeln. Er fiel in den Wagen hinein, röchelte, hörte den Motor aufheulen und wurde bewusstlos.

Kathrin war am Rande des Wahnsinns, am liebsten wäre sie jetzt wieder ausgestiegen und hätte den Schützen gefunden und ihn ausgiebig gefoltert, um alles von ihm zu erfahren, was die Soldaten über Nisah wussten, und dann hätte sie den Typen, sofern er danach noch lebte, angezündet und bei lebendigen Leibe verbrannt, weil er ihren Helfer erwischt hatte, das Biest!

Aber der Helfer durfte nicht ins Gras beißen, schon deswegen – aber nicht ausschließlich –, weil er der einzige war, der auf ihrer Seite stand.

Deswegen raste sie zum Krankenhaus. Sie würden ihn zusammen flicken, selbst wenn sie die Knarre dem Arzt an die Schläfe halten musste.

Keiner durfte sagen, dass sie sich nicht um ihr Team

kümmerte.

Kathrin fuhr so schnell, wie sie sich bei den verschneiten Straßen traute. Sie heulte vor Wut und Verzweiflung. Der Mann wurde immer wieder für kurze Zeit wach. Als sie vor der Notaufnahme hielt, machte er gerade die Augen auf.

„Fahr weiter…", röchelte Jim.

„Es ist die Notaufnahme", versuchte Kathrin ihn zu überreden, ohne zu merken, dass ihr Tonfall erschreckend dem von Jim ähnelte, als er versucht hatte, sie zu überzeugen, dass er für sie gefährlich war.

„Nützt nichts... Fahr weiter..."

„Du wirst verbluten..."

„Fahr weiter… Vertraue mir", und er wurde wieder bewusstlos.

Na gut. Kathrin fuhr weiter.

Sie fuhr nur solange, wie sie brauchte, um aus der Stadt hinauszukommen und einen geeigneten Feldweg zu finden. Sie bog ab und schaltete den Motor aus. Sie machte die Innenbeleuchtung an.

Er lebte noch. Der neue graue Pullover war blutdurchtränkt. Kathrin zählte sechs Eintrittswunden. Sie konnte hier nicht mehr für ihn tun, als ihn die Wunden zuzukleben und ihm eine Infusion mit der isotonischen Lösung zu geben, die Newski für solche Fälle immer dabei hatte. Letzteres hatte sie vorher noch nie selbst gemacht. Das einzige Mal, dass sie so was auch nur gesehen hatte, war vor drei Jahren, als Ingram schwer verletzt im Morgengrauen am Mainufer fast verblutet wäre. Kathrin versuchte sich daran zu erinnern, was Newski damals gemacht hatte. Hoffentlich gab es in der Erste-Hilfe-Kiste eine idiotensichere Anleitung.

Aber das alles würde nichts nutzen. Konnte nicht nutzen.

Mit solchen Verletzungen konnte man nicht überleben. Jedenfalls nicht, wenn man keine Mannschaft an Unfallchirurgen zur Hand hatte.

Kathrin arbeitete trotzdem mit höchster Sorgfalt, aber eigentlich nur, um ihr Gewissen zu beruhigen. Danach deckte sie ihn mit einer noch von der Hinfahrt im Auto herumfliegenden Decke zu und lehnte beide Sitze zurück. Sie schaltete die Innenbeleuchtung des Autos aus, um die Batterie zu schonen.

Er war seit der Krankenhauseinfahrt nicht mehr zu Bewusstsein gekommen und atmete ganz flach. Kathrin saß auf dem Fahrersitz und hörte seinen Atemzügen zu.

Nach einiger Zeit beschloss sie, dass sie in dieser Nacht nicht mehr weiter fahren wollte, und ließ das Auto weiter den abschüssigen Weg hinunter in den Wald rollen. Damit sie besser in Deckung waren.

Ihr Kopf wurde schwer. Sie stieg aus dem Auto und schaute nach oben. Die Sterne und die Milchstraße waren hell im Nachthimmel und fügten sich zu einem Muster zusammen, das sie nicht verstand.

Er würde sterben. Es gab da nichts, was sie noch tun konnte, weil sie ihn nicht in die Notaufnahme gebracht hatte. Daran war sie jetzt ganz klar und eindeutig schuld. Weil sie auf die absurden Delirium-Behauptungen eines Schwerverletzten gehört hatte, statt ihr Urteilsvermögen zu benutzen.

Für ihr Team konnte sie nichts mehr tun, aber an seinem Tod trug sie ganz allein die volle Verantwortung.

Seltsam, dass es sie so schwer traf, obwohl sie ihn nur so kurz gekannt hatte.

Die Morgendämmerung war nicht mehr allzu weit. Bald würde es beginnen, hell zu werden. Kathrin hatte das Gefühl für Zeit verloren. Das war normal, wenn man die letzten Ereignisse betrachtete.

Der gestrige Tag war anstrengend, aber nichts im Vergleich zu der darauf folgenden katastrophalen Nacht.

Irgendwann beschloss Kathrin, das Zelt aufzubauen. Als sie am Auto war, lebte er immer noch. Sie begann mit ihrer Arbeit und hörte auf dem halben Weg auf – sie konnte nicht mehr weiter machen. Nicht mehr weiter rennen.

Die Soldaten wussten über Nisah Bescheid. Das hieß, es gab ganz bestimmt ein dreckiges verlogenes Arschloch zu Hause in den Schatten, das sie mit Information versorgte. Oder jemand hörte ihr Mobiltelefon ab, was momentan auf dasselbe hinauslief – sie konnte nicht auf Unterstützung aus Europa zählen. Sogar Neunmalklug war nicht über den Verdacht erhaben. Man hörte auch schon ab und an davon, dass ein Team vom eigenen langjährigen Schieber oder sogar einem Teammitglied verkauft wurde.

Gott im Himmel, sie brauchte diesen halbtoten James Taylor!

Er war der einzige, dem sie noch vertrauen wollte.

Und er konnte auf gar keinen Fall diese Nacht überleben.

Eigentlich war er ein guter Kerl gewesen. Und ihre letzte Chance.

Die Hoffnung schwand und wie aus heiterem Himmel kullerten dicke fette Tränen über Kathrins Gesicht.

Das Adrenalin war längst abgebaut und Kathrin kam sich dumm und unbrauchbar vor, wie sie da im Schnee weinte. Sie wollte, dass es alles aufhörte: das Laufen, das Sterben und das Töten, die Kälte, die Sorge um Benzin und Wasser, die Besorgnis, dass eine ihrer Identitäten auffliegen könnte, der Verdacht, dass sie bei dem Gig irgendwas übersehen haben könnte, was dazu führte, dass die Jungs jetzt tot waren, und nicht zuletzt die Trauer um ihren Sterbenden.

Sie ließ alle Hoffnung fahren.

Es sollte ein Ende haben.

Sie hatte es versucht.

Sie hatte es all die Jahre versucht. Und eine Weile hatte sie es geschafft. Zu überleben.

Für Mama und Papa und sogar für Susi.

Weil sie gewollt hätten, dass sie es mit aller Kraft versuchte. Und möglichst lang durchhielt, bevor sie ihnen folgen musste.

Aber sie konnte nicht mehr.

Das würden sie doch verstehen, oder?

Kathrin gab auf.

Sie rollte sich im Schnee zusammen und schlief weinend ein, um ihrer Realität zu entkommen.

Jim wachte langsam auf. Irgendwo in der Ferne hinter dem Bergkamm ging die Sonne auf. Zuerst wusste er nicht, wo er war. Dann erkannte er den Wagen des Mädchens.

Das letzte, woran er sich erinnern konnte, war der Parkplatz vor dem Hotel mit einem Wäldchen an der Seite.

Er stellte fest, dass er unter mehreren unsauberen Decken lag. Er wunderte sich auch darüber, dass der Dreck Blut war. Es roch nach seinem Blut.

Dann entdeckte er, dass er am Tropf hing. Panikartig riss er die Nadel aus seiner Ellenbeuge. Der Pullover, den er sich gestern Abend gekauft hat, war der Länge nach aufgeschnitten. Das fand Jim schade. Er zählte sechs Einschusslöcher in seinem Oberkörper, die mit einer gummiartigen Substanz überzogen waren. Jim kannte das Zeug nicht, vermutlich war es eine Art Pflaster.

Damit konnte er die letzte Nacht rekonstruieren.

So gut die Wunden auch verheilt waren, war er doch noch lange nicht wiederhergestellt. Er griff auf den Hintersitz und holte seine alten Klamotten.

Jim wurde schwindlig, als er aus dem Auto stieg, und er musste sich noch mal setzten. Als er wieder langsam aufstand, klappte es besser.

Das Mädchen entdeckte er sofort. Er folgte dem zwei oder drei Mal gegangenem Pfad und fand sie im Schnee schlafend. Das halb aufgebaute Zelt stand daneben.

Sie konnte auf keinen Fall hier weiter liegen bleiben!

Ein Wunder, dass sie noch nicht erfroren war.

Er ging in die Hocke und rüttelte sie.

Ohne sich zu bewegen machte sie die Augen auf.

Entsetzt starrte sie ihn an ohne zu blinzeln.

„Komm, Mädchen, steh auf." Kathrin reagierte nicht. „Willst du hier erfrieren oder was? Wie bescheuert bist du, bei solchen Temperaturen draußen zu schlafen?" Sie bewegte sich immer noch nicht. „Steh auf. Was ist denn los mit dir?" Sie machte eine unkontrollierte Bewegung in seine Richtung. „Was?"

„Wie hast du das gemacht?", murmelte sie und starrte ihn unverändert entsetzt an.

„Was?"

„Überlebt." Jim schaute sie an, dann sich selbst.

„Ich bin unkaputtbar", sagte er und kam sich dabei albern vor. Aber irgendwas musste er ja antworten.

„Wie fühlst du dich?", ließ sie nicht locker.

„Mies", das war die reine Wahrheit.

„Gut. Mit diesen Löchern in der Brust solltest du tot sein", sagte sie ein bisschen vorwurfsvoll.

„Mache ich nächstes Mal. Danke, im Übrigen."

„Wofür?"

„Für die Kochsalzlösung."

„Gern geschehen."

Jim hatte keine Lust dazu, ihr weitere Details zu erzählen.

Merkwürdigerweise stellte die wirre Behauptung, er wäre unkaputtbar, das Mädchen vorerst zufrieden. Jim hielt ihr die Hand ausgestreckt entgegen, um ihr beim Aufstehen zu helfen.

Sie guckte seine Hand scheel an und stand ohne seine Hilfe auf.

Kathrin hatte in den letzten Jahren schon einige Leute nach einer Schießerei gesehen, und das, was der Kleine abbekommen hatte, war definitiv mehr als genug, um ins Gras zu beißen.

Ja, nach allem, was sie wusste, müsste er tot sein. Aber er war weder tot, noch besonders schlimm dran. Was war an ihm schon normal?

Unter gegebenen Umständen sollte man aber positiv denken: er lebte.

Das war doch das, was sie wollte, oder?

Ursachenforschung konnte man später betreiben. Es war jetzt wirklich nicht die Zeit fürs wissenschaftliche Interesse.

Vielleicht halluzinierte sie auch nur? Das wäre auch in Ordnung.

Kathrin hatte durch ihren kurzen unerholsamen Schlaf furchtbare Kopfschmerzen bekommen. Ohne etwas anderes zu sagen, torkelte sie zum Auto und suchte nach Lebensmittelrationen.

Ghra hatte sie Trockenfutter genannt.

„Chili oder Gulasch?", fragte Kathrin, als sie wieder zurück war.

„Was?"

„Trockenfutter", Kathrin hielt ihm beide Verpackungen

hin und merkte, dass selbst dieses geringe Gewicht ihr wie eine halbe Tonne vorkam. „Selbstaufwärmendes Essen. Schmeckt schlecht, ist aber warm und nahrhaft." Sie gab ihm die Ration mit Gulasch-Geschmack, weil sie Chili ein kleines bisschen weniger schlimm fand, und zeigte, was man tun musste.

„Schmeckt nicht gut", sagte Jim nach einer Weile.

„Schmeckt wirklich nicht gut", bestätigte Kathrin.

Sie bauten gemeinsam das Zelt auf. Im Auto fand Jim weiße Tarnnetze, die er über das Auto und das Zelt warf.

Er fühlte sich immer noch eher schlecht, obwohl das warme Essen viel geholfen hatte. Das Mädel machte den Eindruck, dass sie heute auf keinen Fall wegkommen würde. Sie stand da im Schnee und sah teilnahmslos auf den Boden. Im hellen Sonnenlicht sah sie noch schlimmer aus.

„Wie geht es dir?", fragte Jim.

„Bin total im Eimer."

„Ich auch."

„Ist unklug, hier zu bleiben", sagte Kathrin in der Hoffnung auf einen Widerspruch.

„Was sollen wir denn sonst tun? Wir sind beide nicht in der Lage, zu fahren oder uns im Notfall zur Wehr zu setzen. Wo sollen wir sonst hin?"

„Stimmt. In die Stadt zurück können wir nicht." Manchmal musste man das Offensichtliche aussprechen.

„Vermutlich nehmen sie an, dass du versuchen wirst, möglichst weit weg zu kommen." Jim versetzte sich in die Lage der Jäger.

„Kann sein."

„Dann bleiben wir hier."

„Genauso gut, wie alles andere", erklärte Kathrin und

war erleichtert, dass sie nicht sofort weiter rennen musste.

Jim hielt sein Gesicht ein paar Minuten lang der Sonne entgegen.

„Ich gehe jetzt schlafen", sagte er schließlich und stand auf.

Als Einladung reichte es Kathrin vollkommen.

Jim ging ins Zelt und legte sich in das Schlafsacknest.

Das Mädchen kam hinter ihm her und deponierte zwei Maschinenpistolen vor dem Eingang, so dass sie nicht im Weg, aber trotzdem in Reichweite waren.

Sie blickte ihn fragend an und er rückte wortlos zur Seite.

„Ich dachte, du wärst tot", sagte sie leise, nachdem sie einige Minuten still Rücken an Rücken gelegen hatten.

„Das dachte ich mal von dir auch", antwortete Jim.

„Wann?" Ihre Stimme hätte überrascht geklungen, wenn sie nicht so müde gewesen wäre.

„Auf dem Parkplatz. Einen Moment lang."

„Oh. Ich dachte, du wärst mit dem Konzept des Lebendköders vertraut", stammelte Kathrin langsam. „Funktingiert mit Soldaten fast immer, sie hören dann auf zu schießen und wollen gucken, was sie da erwischt haben", murmelte sie und schlief ein.

Jim war noch ein bisschen länger wach. Als sie eigneschlafen war, drehte er sich um, legte seinen Arm um sie und schlief mit dem Gedanken ein, dass er eh zu schwach war, um sie zu verletzen.

IV.   Fragen

Als Kathrin aufwachte, war sie allein. Sie fühlte sich besser, ein bisschen von beidem: erholt und beruhigt. Heute hatte sie Hoffnung, dass vielleicht doch alles gut werden würde. Nach so einer Nacht wie der vergangenen konnte es nur besser werden. Sie war gesund – auch nicht selbstverständlich nach einem Zusammenstoß mit einer gepanzerten Söldnertruppe. Gut, sie wussten, wer sie war, aber das war erst mittelfristig ein Problem. Hier im Wald war es piep-egal, ob sie Nisah oder Jane Smith hieß.

Und natürlich der Hammer des Tages: ihr Helfer überlebte auf mirakulöse Weise. Apropos mirakulös, es war nun an der Zeit, dass er einige Fragen beantwortete. Natürlich erforderte das einen gewissen Einsatz ihrerseits: er würde seine Geheimnisse nicht herausrücken, wenn sie *seine* Fragen nicht beantwortete. Dass er Fragen hatte, stand für Kathrin fest. Neugier war natürlich und in ihrem Geschäft überlebenswichtig.

Stimmte schon: je mehr er über sie wusste, umso mehr konnte er weiter erzählen. Aber von Nisah wusste er nichts. Er stand zu weit weg, um gehört zu haben, dass der Soldat diesen Namen genannt hat. Da hatte sie extra darauf geachtet.

Nein-nein, von Nisah sollte er nichts erfahren.

Er war ein guter Kerl, dieser James Taylor. Zwar grimmig und ein bisschen asozial, aber trotzdem ein guter Kerl. Er hatte schon zwei Mal die Gelegenheit gehabt, sie im Stich zu lassen, und hatte es nicht gemacht.

Kathrin krabbelte aus dem Schlafsack, kämpfte gegen das Verlangen, in der verhältnismäßigen Wärme des Zeltes zu bleiben, zog ihre Stiefel an und trat in den späten Abend. Sie wunderte sich einmal mehr darüber, wie wunderschön hell die Sterne hier waren. Der Kleine Bär zwinkerte ihr mit dem Polarstern zu.

Verdammter Norden!

Der Helfer saß draußen vor dem Zelt und braute etwas auf dem Bunsenbrenner. Er hatte sich offensichtlich auch etwas erholt. Ohne etwas zu sagen, hielt er ihr einen Becher Kaffee hin. Kathrin setzte sich dankend auf eine Kiste und nippte daran. Zurück im Bankenland möglichst bald ins Café Laumer gehen, um die Erinnerung an diese Brühe zu vergessen.

„So, wieso lebst du noch?", fragte Kathrin.

„Sehr freundlich."

„Bist du wirklich unkaputtbar?"

„Jedenfalls reicht Schneiden, Schlagen und Schießen für gewöhnlich nicht aus."

„Beeindruckend. Und wie machst du das?"

„Ich bin einfach so."

„Beschleunigte Regeneration, oder was? Was ist mit Schuss ins Herz? Verätzungen? Oder Verbrennungen?"

Jim grinste.

„Kann ich wohl schlecht an mir selbst ausprobieren."

„Stimmt." Kathrin merkte nicht, wie sie das ehrgeizige Forschergesicht bekam. „Eine Vermutung musst du doch haben."

„Wieso?"

„Naja, es geht dann doch ums Überleben, oder nicht? Eine Liste: Bauch, Arme, Beine, Hintern: eine Nacht Schlaf und alles gut. Kopf, Herz, Schlagader: Aluminium-Sarg.

Nicht?"

„Wenn es um Aluminium-Särge geht, ist ein Schuss ins Herz wahrscheinlich ein guter Tipp."

„Aha. Du musst mir mal erzählen, wie du das machst."

„Willst du mir auch ins Knie schießen, wenn ich es nicht tue?"

„Nützt wahrscheinlich eh nix", sagte Kathrin und trank den Rest des Kaffees aus, bevor er ganz kalt wurde. „So wie du bist, bist du definitiv eine Klasse für dich."

„Was soll denn das heißen?"

„Nur eben, dass es wohl nicht so viele Leute gibt, die solche Reflexe und alles haben und auch noch tödliche Verletzungen über Nacht wegstecken können. Das alles ist schon... naja... einmalig, möchte man meinen", sagte sie mit Faszination in den Augen.

Jim wusste, dass sie es gut meinte. Für ihn allerdings war alles, was dieses Thema anging, sogar ihre Komplimente, schlecht und keine willkommene Unterhaltung.

Einige Male war er schon in die Situation gekommen, dass er vor Augen anderer Leute mit allem Kämpfen musste, was er hatte. In all jenen Fällen war *Missgeburt* noch einer der harmloseren Ausdrücke, mit denen er bedacht wurde. Jetzt tauchte dieses Mädel auf und nicht nur, dass sie keine Angst vor ihm hatte, sie bewunderte ihn regelrecht dafür, wofür ihn andere hassten.

Vielleicht hatte sie einfach noch nicht genug von ihm gesehen.

Sie war schlau: es war nur eine Frage der Zeit, bis sie dahinterkam, dass es für sie am klügsten war, wenn sie getrennte Wege gingen.

„So, ich nehme an, du leidest unter Gedächtnisverlust.

Wie lange geht denn deine Erinnerung zurück?", schoss Kathrin ins Blaue einer plötzlichen Eingebung folgend.

„Zweieinhalb Jahre", antwortete Jim und wunderte sich nicht mal darüber, dass sie dahinter gekommen war.

Kathrin rutschte näher ans Feuer und wärmte ihre Hände und Füße.

„Ich schätze du bist im Krieg gewesen. Als du Alpträume hattest, hast du Soldaten-Sprech gesprochen." Jim fragte sich, ob sie mit Absicht, von einem unerwünschten Thema zu einem noch schlimmeren wechselte. „Jedenfalls hast du eine sehr ordentliche Nahkampftechnik."

„Jetzt zu dir", schnitt Jim ab, bevor sie noch mehr Dinge ansprach, die er nicht hören wollte. „Wie ist die Lage?"

„Nicht so gut."

„Ach wirklich? Bitte ausführlicher."

„Was willst du wissen?"

„Ist zum Beispiel Elizabeth Kreutz dein richtiger Name?"

„Was hat denn das mit der Lage zu tun?"

„Du hast gefragt, was ich wissen will, und ich will das wissen."

Kathrin sah ihn an und schüttelte den Kopf.

„Nein, ist nicht mein richtiger Name." Jim nickte. Es machte sie sympathischer, dass sie es nicht bestritt.

„Was ist denn nun alles auf der Minusseite?"

„Punkt eins auf der Minusseite: mein Team ist tot. Punkt zwei: unser Auftritt in dieser dreimal verfluchten Militärbasis war für dortiges Personal nicht ganz so überraschend."

„Du meinst, weil jemand die Leute von eurem Kommen unterrichtet hat, bevor ihr dort überhaupt aufgetaucht seid?"

„Nein. Viel schlimmer: sie sind davon unterrichtet worden, *während* wir da gerade auftauchten. Glaube ich jedenfalls."

„Hast du irgendeine Idee, wer?"

„Die einzige denkbare Erklärung ist, dass sie Zugang zu Informationen meines Teams oder meines Schiebers hatten."

„Kann es sein, dass sie eins eurer Telefone abgehört haben?"

Kathrin dachte nach. Die Einwegtelefone, die sie dabei hatten, waren nagelneu und unbenutzt gewesen. Niemand kannte deren Nummer. Es war zu abwegig, dass die Telefone alleine zu dem Ausmaß an Katastrophe geführt hatten.

„Das wäre natürlich drin", sagte Kathrin ohne auf die Schwachstellen der Theorie einzugehen. „Punkt drei auf der Minusseite: die Leute kennen meine aktuelle Identität."

„Also Elizabeth Kreutz?", hackte Jim nach.

„Ja. Punkt vier: ich habe hier so gut wie keine Nachschubmöglichkeiten."

„Fürs Erste bist du gut ausgerüstet."

„Fürs Erste. Und Punkt fünf, und das sage ich dir wirklich im Vertrauen: ich bin in Besitz von dem, weswegen der Einbruch – wie ich schätze – überhaupt erst stattfand."

„Habt ihr zufällig etwas mitgenommen, wofür ihr eigentlich nicht bezahlt wurdet?"

„So in der Art."

„Und wo ist das?"

„Kann ich dir wirklich schlecht zeigen." Kathrin hatte wenig Vorfreude darauf, was sie machen musste, um den kleinen Datenträger wieder in der Hand zu halten.

„Das stimmt wahrscheinlich sogar."

„Nimm es nicht persönlich, es ist nur..."

„Persönlich genommen."

„Jaja. Aber du hast nicht nach der Plusseite gefragt", sagte Kathrin und lächelte. „Ich habe einen Helfer, der

Gerüchten zufolge unkaputtbar ist."

Und dich versehentlich eigenhändig in Stücke reißen könnte,
ergänzte Jim bitter in Gedanken.

Sie erzählte ihm nicht alles. Was genau hatten sie geholt,
zum Beispiel. Wie genau starben ihre Leute? Woher in
Europa kam sie? Wieso vermutete sie, dass jemand aus dem
Team sie verraten hatte?

Und wer zum Teufel war Nisah?

Die Situation, in der Kathrin war, war nun mal ein Berufsrisiko. Es hätte genauso gut kommen können, dass
jemand von den Jungs überlebt hätte und sie jetzt tot wäre.
Wenn man sein Geld in einem solchen Gewerbe verdiente,
durfte man nicht über die Schattenseiten der Schatten
klagen.

Die Schattenseiten der Schatten.

Jim starrte ins Feuer und fragte sich, was der kommende
Tag bringen mochte.

Irgendwann packten sie und brachen auf.

Als sie an einem Dorf vorbei fuhren, brach das Mädchen
mit geübter Hand einen alten Geländewagen auf, der in einer Einfahrt stand. Sie ließen ihr altes Fahrzeug mit Schlüssel
im Zündschloss zurück und fuhren weiter. Jims Einwand,
dass man nach dem Auto fahnden würde, winkte sie mit der
Begründung ab, dass wenn die Polizei damit anfinge, sie
beide schon längst über alle Berge wären.

Spätestens in dreißig Stunden würden sie in Black Town
sein, dachte Jim und schlief auf dem Beifahrersitz ein.

Sie hatten kameradschaftlich beschlossen, dass wenn sie
einmal gefunden worden waren, es nur eine Frage der Zeit

war, bis sie wieder gefunden werden würden, und es daher mehr Sinn machte, alles auf Geschwindigkeit statt Heimlichkeit zu setzen. Daher fuhren sie und schliefen abwechslungsweise, bis sie nach dem Rest der Nacht und dem darauffolgenden Tag ihr Ziel erreichten.

Kathrins Götter waren ihr hold und ohne irgendwelche weitere Zwischenfälle fuhren sie in Black Town eine Stunde vor Mitternacht ein. Kathrin beschloss, dass sie ein Bordell oder ein Stundenhotel für die Nacht suchen sollten.

Es dauerte nicht lange, bis Kathrin eine hinreichend zwielichtige Absteige in einer miesen Gegend fand. Dort gaben sie sich als Freier und Nutte aus.

Das erste, was gemacht werden musste, war sich unter heißes Wasser zu stellen.

Als Jim nach dem Duschen ins Zimmer kam, fand er das Mädel auf dem Bett mit einem Handtuch auf dem Kopf, der wie ein Turban gebunden war. Vor ihr auf dem Bett lag ein Bündel Geldscheine.

Das war es dann wohl.

„Was hast du denn morgen vor? Nachdem du mich abgeliefert hast", wollte Kathrin wissen, nachdem sie Jim das Geld gegeben hatte.

„Weiß ich nicht. Zu einem Autohändler gehen."

„Und dann?"

„Ein Motorrad kaufen."

„Und dann?"

„In den Norden fahren."

„Wieso?"

„Nur so."

Wenn Kathrins Befürchtungen der Realität entsprachen,

würde sie drüben im Bankenland Hilfe von jemandem brauchen, der fern von den Intrigen der dortigen Straße war. Jemand, dem sie vertrauen konnte. Jemand, der ihr bei der Sache half, die vor ihr lag.

Ganz ehrlich: bis sie die Situation genauer unter die Lupe genommen hatte, konnte sie nicht auf die Hilfe ihrer üblichen Schattenkumpels vertrauen.

Von den drei Leuten, die über alle Zweifel erhaben waren, waren zwei Schmalspurdealer. Mit ihnen Kontakt aufnehmen, würde ihrem Todesurteil gleich kommen – *wenn* Kathrins Befürchtungen der Realität entsprachen. Aber das Risiko konnte sie nicht eingehen. Nicht für die zwei. Nicht nach dem, was sie für sie damals getan hatten.

Von dem dritten hatte sie seit mehreren Monaten nichts mehr gehört. Das letzte, was sie von seinen Plänen wusste, war ein Gig in Fernost. Er war intelligent, dreist und ein guter Kämpfer – alles, was sie im Moment gut gebrauchen konnte – aber sie konnte es sich beim besten Willen nicht leisten, ihn zu suchen.

Das ließ ihr genau einen möglichen Verbündeten: ihren subtil rätselhaften Helfer hier. Außer ihm hatte sie niemanden mehr, auf den sie sich verlassen konnte – weder hier, noch im Bankenland.

Aber sie *hatte* immerhin *einen* Verbündeten!

Sie war nicht allein!

Die Euphorie, die sie zuerst bei diesem Gedanken hatte, wich der Angst, dass er nicht mitkommen würde. Was konnte sie ihm bieten, außer Geld, das er nach den Zehntausend nicht mehr brauchte und wahrscheinlich nicht mal mehr wollte? Nichts.

Natürlich bezahlte sie ihn jetzt, aber das war was anderes – das war Status Quo. Sein Mitleid wollte sie nicht. Mitleid erlaubte keine Gleichberechtigung. Das hatte sie aus dem

Blickwinkel des Bemitleideten und auch auf der anderen Seite erfahren. Deswegen konnte sie ihn auf gar keinen Fall um Hilfe bitten. Es war sehr wichtig, dass ihr Helfer und sie auf der Augenhöhe arbeiteten. Wenn das nicht möglich war, dann mussten sie sich in dieser Stadt trennen.

Sie konnte ihn einfach nicht um Hilfe bitten.

Aber ohne ihn wäre sie niemals so weit gekommen.

Unabhängig davon, wie es nun weiter gehen würde, war sie ihm dankbar und wollte es auf irgendeine andere Art als durch die vereinbarten zehn Riesen zeigen. Ein Trinkgeld war wohl kaum angebracht. Sie wollte unbedingt, dass er wusste, wie viel ihr seine Unterstützung bedeutete.

Gefühle vortäuschen, das konnte sie gut. Aber echten Gefühle zeigen, war eine vollkommen andere Sache.

Gefühle zeigen hatte sie sich abgewöhnt.

Jim legte sich auf die andere Hälfte des Doppelbettes und wartete. Das Mädchen, wie auch immer sie hieß, tat ihm Leid.

Jemand anders würde einfach fragen, ob er, Jim, nicht einfach mit nach Europa kommen und weiter beim Überleben helfen würde.

Sie würde so was nicht machen. Sie war von der Sorte, die Hilfe kaufte und nicht darum bat. Wieso gab sie ihm nicht einfach mehr Geld? Das würde alles sehr viel unkomplizierter machen.

Wenn er gekonnt hätte, wäre er einfach mitgekommen, ohne sich weitere Gedanken darüber zu machen, wer wem was schuldig war. Einfach zu zweit in den Wagen springen und weiter fahren. Aber wenn das Ziel der Reise auf der anderen Seite eines Ozeans lag, war das nicht so einfach.

Man musste *fliegen*. Keine besonders angenehme Vorstellung.

Jims Wissen über diese Form der Fortbewegung war sehr beschränkt, aber er verband mit Flugreisen strenge Passkontrollen, solche komplizierte und teure Dinge wie Visa und noch teurere Tickets. Für das Mädel war das alles bestimmt nicht mal ein müdes Lächeln wert – sie hatte ja schließlich einen Diplomatenpass und mehr Geld, als sie brauchte. Aber für ihn, einen Niemand aus dem Wald, wie sie ihn sehr treffend genannt hatte, waren das ernsthafte Probleme.

Jim beobachtete, wie sie unruhig durch das Zimmer hin und her lief. Sie begann wieder einmal in ihrem schwarzen Rucksack zu kramen. Dann kam sie zu ihm, setzte sich auf ihre Seite des Bettes und hielt ihm ihren silbernen Flachmann entgegen.

„Da ist noch was drin", sagte sie. „Ich möchte, dass du ihn als Andenken behältst."

„Ich brauche es nicht, um mich an dich zu erinnern", antwortete Jim und diese kleine Geste der Frau bestärkte seinen Entschluss.

„Ich weiß. Nimm ihn trotzdem. Bitte." Er nahm den Flachmann und hielt ihn in der Hand. Das Metall fühlte sich kühl an. Die Oberfläche hatte viele kleine Kratzer und Dellen.

„Was hast du denn vor, wenn du wieder drüben bist?", fragte er schließlich.

„Herausfinden, wer mein Team auf dem Gewissen hat. Und sein Blut vergießen. Vorzugsweise in Strömen."

„Schaffst du es denn allein?"

„Wird schon irgendwie gehen."

„Wären noch mal zehn Riesen für mich drin, wenn ich mitkäme? Hier hält mich nichts und das Geld kann ich gut gebrauchen", sagte Jim und versuchte es möglichst lässig klingen zu lassen.

„Du?"

„Ich bin bestimmt ein Team wert. Dazu bin ich noch unkaputtbar", pries Jim sich fröhlich an.

„Willst du nicht hier bleiben? Ich dachte, du wolltest in den Norden fahren."

„In Europa war ich auch noch nie."

„Und du willst noch mal Zehntausend?", fragte Kathrin sicherheitshalber nach.

„Ja, und du trägst sonstige Unkosten."

„Abgemacht", sagte sie überrascht von dieser Wendung und von der bequemen Lösung des Problems. „Dann auf nach Europa! Wenn wir das ganze überlebt haben, machen du und ich eine Rundreise: Rotterdam, Söldner-Messe, Berlin, Rom, die Inseln."

„Ich brauche aber noch irgendwelche Dokumente. Für die Einreise."

„Ausgerechnet das ist gar kein Problem", winkte Nisah ab und dachte an Chet.

„Was für Wetter ist denn bei euch so?", fragte Jim, weil er fühlte, dass sein übereilter praktischer Einwand seine Absicht, ihre Gefühle zu schonen, verraten hatte.

„Vor zehn Tagen waren es um die 5 Grad."

„Das ist nicht viel wärmer als hier – normalerweise", meinte Jim. Kathrin rümpfte die Nase.

„Celsius, nicht Fahrenheit."

Er hatte ihr angeboten mitzukommen – und das für einen lachhaften Preis. Es klang so, als ob er im Wesentlichen aufs Geld aus war. Zehntausend waren in Frankfurt ein recht witzloser Betrag, aber hier konnte man lange ganz gut davon leben. Ein Bild von ihrem Noch-Helfer auf der Treppe seines neuen glänzenden Wohnmobils mit einem neuen hübschen Motorrad entstand vor Kathrins innerem Auge.

Irgendwas stimmte hier nicht. Eigentlich alles.

Alles war Gegenteil dessen, was er bisher gewesen war.

Beim ersten Versuch, ihn anzuheuern, hatte Kathrin ihm die Kohle praktisch in den Hintern schieben müssen und jetzt sollte er plötzlich seine Finanzlücken entdeckt haben?

Kathrin rekapitulierte die Unterhaltung. Was sagte er? *Ich brauche aber noch irgendwelche Dokumente.* Naja, wenn man auch nur einen winzigen Gedanken daran verschwendete, was die nächste Hürde auf dieser hirnverbrannten Fahrt sein musste, kam man relativ bald auf die formellen Anforderungen der zivilen Luftfahrt.

Natürlich nur, *wenn* man darüber nachgedacht hatte.

War das wirklich nur ein Zufall?

Oder war seine soziale Kompetenz doch nicht ganz so tief vergraben, wie sie angenommen hatte?

Kathrin drehte sich um und studierte ihren Helfer. Er lag mit geschlossenen Augen auf dem Bett und sah betont nonchalant aus.

Sie wollte sich bedanken, aber das hätte seine Bemühungen kaputt gemacht, sie im Glauben zu lassen, dass er nicht aus ritterlichen, sondern aus wirtschaftlichen Gründen seine Unterstützung angeboten hatte. Dann öffnete er die Augen und fragte sie etwas. Sie hatte es zuerst nicht verstanden, weil sie von so viel Edelmut noch zu sehr bewegt war.

Dann sagte er es nochmal.

Kathrin schluckte.

„Wer ist Nisah?", wiederholte Jim.

Darauf war Kathrin nicht vorbereitet.

Sie hätte mit allem gerechnet – nur damit nicht.

Es kam wie ein Schlagring aus einem Hinterhalt, mitten in die Zähne.

Wo konnte er den Namen gehört haben? Auf dem Parkplatz vor dem Hotel? Aber er stand doch zu weit weg! Sie hatte doch aufgepasst!

Ihre Gedanken überschlugen sich.

Wenn sie es ihm nach dieser direkten Frage nicht sagen würde, wäre das ziemlich schäbig – vor allem, nachdem er so nett gewesen war.

Da sie beschlossen hatte, ihm zu vertrauen, musste sie wohl mit offenen Karten spielen. Oder?

Aber Nisah war die Grundlage ihrer Existenz. Ohne diese fünf Buchstaben war ihr ganzer Ruf, ihr ganzer beruflicher Lebenslauf dahin.

Anderseits, wenn es schon die Militärjungs wussten, machte es keinen Sinn, es vor ihrem eigenen Angestellten zu verheimlichen, oder?

„Das bin ich. Mein Künstlername, so zu sagen. Unter dem kennt man mich auf der Straße. Nisah, die mit Sirius und Newski für Neunmalklug gearbeitet hat. Das ist meine Referenz. Meine eindeutige Bezeichnung. Und das wird das sein, das mir nach dem Tod der Jungs Arbeit bringen muss."

„Gut", sagte Jim. Das reichte ihm schon vollkommen. „Wohin fliegen wir denn?"

„Frankfurt am Main. Das ist in Deutschland."

„Bankenland?"

„Ja, Bankenland."

„Alles von Interesse bis an die Zähne bewaffnet und bewacht?"

„Das hat Vor- und Nachteile."

„Aus unserer Sicht eher Vorteile", meinte Jim. „Und du denkst daran, dass ich keinen Pass hab."

„Ich hab mal vor paar Jahren jemanden kennen gelernt."

Sie ging ans Telefon und redete längere Zeit in einer seltsamen Sprechart, die sich wie ein verkrüppeltes Englisch anhörte. Dann teilte sie Jim mit, dass sie beide in fünf Stunden einen Termin hätten, und schlug bis dahin ein Nickerchen vor.

Jim war ohnehin müde. Sie schliefen fast gleichzeitig auf dem zu einem anderen Zweck bestimmten Doppelbett ein.

Als Kathrin aufwachte, stellte sie überrascht fest, dass sie ihren Arm um den Mann neben ihr gelegt und ihr Gesicht in seinen wilden Haaren vergraben hatte. Das war ihr nicht nur unangenehm, sondern regelrecht peinlich. Sie beruhigte sich damit, dass er so fest schlief, dass er es gar nicht bemerkt haben konnte.

Mit neuem Elan sprang sie auf. Die nächste Hürde war das Treffen mit Chet, dem Schieber aus San Francisco, der sich aus nicht näher bekannten Gründen vor ein paar Jahren in die Provinz abgesetzt hatte.

Chet war einer ihrer persönlichen Kontakte. Das Team kannte ihn nicht und wer auch immer im Bankenland gegen sie wettete, hatte den Wissenshändler nicht in seinem Adressbuch.

Für Chet musste man sich aber hübsch machen.

Sie schlich auf den Gang und kam mit ein paar Schmink-utensilien zurück. Das Geräusch der zufallenden Tür weckte ihren Helfer.

„Habe ich von einer Kollegin geborgt", präsentierte sie mit einer wichtigtuerischen Miene ihre Beute. „Verkleidung muss gut sein. Ich hab mal einen gekannt, der bei einem Gig in eine Anwaltskanzlei reinkommen musste. Der Wachmann von dem Laden hatte sofort auf den Alarmknopf gedrückt, sobald er den Typen gesehen hat. Nächstes Mal saßen wir fast einen ganzen Tag im Einkaufzentrum, um ihm einen Anzug zu finden, in dem er nicht wie ein verkleideter Schläger aussah." Sie war aufgekratzt und redete zu viel, sie merkte, dass sie zu viel redete und konnte nicht aufhören.

Es ging voran. Es gab was zu tun. Und es gab einen hinreichenden Grund für Hoffnung.

„Ist es das, was du machst? Datenbeschaffung? Industriespionage?"

Kathrin antwortete nicht. Die eine Sache war es, die Sachen, die das Hier und Jetzt betreffen zu erzählen. Etwas anderes war es, die Vergangenheit vor ihm auszubreiten.

„Wahrscheinlich werden wir hierhin zurückkehren, um noch ein paar Stunden zu schlafen", sagte sie und zwang sich, wieder halbwegs geschäftsmäßig zu reden. „Ist aber trotzdem klug, alles mitzunehmen, was wir brauchen – nur für den Fall. Das unbedingt Notwendigste kommt in die Rucksäcke und der Rest ins Auto."

Die Gefühlsduselei war weg und Kathrin war wieder professionell.

Chet kannte sie als eine oberflächliche Erscheinung mit zweifelhaftem Kleidungsstil und Kathrin hatte keine Lust, ihn mit der Korrektur ihrer Persona zu behelligen.

Jim hatte seinen Rucksack umgepackt und hielt den Flachmann in der Hand.

Waren alle Frauen so kontrollbesessen und er einfach nicht gewohnt, mit ihnen umzugehen? Oder war es nur diese eine?

Das Mädchen schminkte sich im Bad. Das Ergebnis fand Jim nicht so gut. Dazu hatte sie irgendwas mit ihren Haaren gemacht, die jetzt das Dreifache ihres natürlichen Volumens hatten und in alle Richtungen abstanden. Zusammen mit den grellen Farben im Gesicht sah sie lächerlich aus.

„Du siehst lächerlich aus", sagte Jim.

„Charmant wie immer. Warte erst mal ab, wenn ich die passenden Klamotten anhab. Der Name ist Chayenne, im Übrigen."

„Diesmal also Chayenne", sagte Jim für Kathrins Geschmack ein wenig zu zynisch.

„Ja", sagte sie hart. „Dieser Beruf fordert Opfer. Auch von dir. Musst dich auch ein wenig verkleiden."

„Muss das sein?"

„Ich führe die Diskussion nicht noch einmal", sagte sie drohend.

„Meinetwegen", antwortete Jim und seufzte.

„Gut. Hier hast du zwei Tausend Dollar. Wir haben uns zwar auf eins geeinigt, aber du solltest einen Hunderter oder zwei drauflegen, um die Wertschätzung für die Schnelligkeit zu zeigen."

„Und wozu brauche ich den Rest?"

„Für Eventualitäten. Ohne Geld fühlt man sich nackt. Besonders, wenn man in dunklen Hinterzimmern operiert."

Sie hatten bei einem Einkaufzentrum gehalten und das Mädel hatte für sich Kleidung gekauft, die unglaublich billig aussah. Für ihn hatte sie auch ein paar Sachen mitgebracht. Als sie sich im Auto umzog und eine Netzstrumpfhose anzog, sah er auf der Innenseite ihres rechten Oberschenkels einen frisch zugeklebten Schnitt.

Jim musste eine Jacke aus Krokodillederimitat anziehen.

Das Mädchen kommentierte die Prozedur mit Kichern.

Sie bat ihn, ihren mysteriösen schwarzen Rucksack zu nehmen, und hängte sich stattdessen eine goldene Handtasche an einer Kette an die Schulter.

Jim nahm den Rucksack. Der wesentliche Inhalt bestand aus einem großen, eher schweren, flachen Gegenstand.

Sie gingen in einen Nachtclub und nach einer kurzen Unterhaltung zwischen Kathrin und dem Barkeeper führte man sie in ein Hinterzimmer.

„Hallo Chayenne Schätzchen!", flötete der Herr der Gerüchte, ein kleiner Mann mit Lachfalten und nicht identifizierbarer Herkunft.

„Chet, mein Lieber! Das ist Dave. Dave, das ist Chet."

„Heyho Dave, ich freue mich ja sooo deine Bekanntschaft zu machen", sagte Chet und wickelte neckisch seine massive goldene Kette um den Finger.

„Hoy Chet", sagte Jim und verdrehte mental die Augen.

„Möchtet ihr was trinken? Ein Prosecco? Ich habe zwei Kisten unter größten Mühen aus Napa Valley herausgeschmuggelt. Die Zölle sind unmenschlich! Oder wollt ihr lieber was anderes?"

„Oh, vielen Dank, mein Herz!", quietschte Kathrin. „Seit *Ewigkeiten* keinen kalifornischen Wein mehr getrunken. Seit…" Kathrin versank demonstrativ in einer offensichtlich sehr angenehmen Erinnerung.

„Chayenne hat dich wärmstens empfohlen", warf Jim seinen heimlich eingeübten Satz ein, in einem Versuch seiner Rolle gerecht zu werden.

„Ach, ich zehre noch von dem kleinen Gefallen, den ich ihr und Snafu vor dreihundert Jahren in San Francisco gemacht hab."

„Kleiner Gefallen? Du hast uns das Leben gerettet!",

lachte Kathrin vergnügt.

„Ach hör doch auf!"

„Nein, wirklich. Er tut hier nur so bescheiden. Snafu und ich saßen ganz schön in der Klemme. Waren zur Fahndung ausgeschrieben und Chet hat uns neuen Fummel und neues Papierzeug besorgt, mit dem wir es tatsächlich aus der Stadt geschafft haben. Oh Mann, wenn ich nur daran denke…"

„Hihi, war nicht eure Glanzstunde, oder?"

„Gar nicht. Gar nicht. Aber ist lange her. Snafu und ich waren jung und brauchten das Geld. Brauchten ziemlich viel Geld", erzählte sie Jim mit Nachdruck, als wollte sie ihr vergangenes Missgeschick entschuldigen. „Aber seitdem sind wir gewachsen. Sind besser geworden."

„Das muss ich dir aufs Wort glauben." Chet zwinkerte Kathrin zu. „Denn ich hab seitdem nie wieder was von Chayenne, der Freundin von Snafu gehört. Aber ich habe von einer Nisah gehört, die für den berühmten Neunmal-klug arbeitet, und auch ab und an auf unserer Seite des Teiches anzutreffen ist. Sie soll ja auch mit Snafu ganz dicke sein. Kennst du die?"

Kathrin hob höflich die Augenbrauen. Sie war schon lange in diesem Geschäft und war geübt darin, sich böse Überraschungen nicht anmerken zu lassen. Aber in jenem Augenblick musste sie hart daran arbeiten.

Was war denn das für ein Dreck?

Zuerst die Militärjungs, dann der Helfer und jetzt auch noch Chet. Alles Leute, die nichts von Nisah zu wissen brauchten!

Woher wusste Chet das? Hatte Snafu gelabert? Nein, doch nicht der Snaf – bei der Menge an makabren Sachen, die Kathrin *über ihn* erzählen konnte, würde ihm das nicht in den Sinn kommen.

Abgesehen davon machte Snaf sowas nicht.

Chet machte nicht den Eindruck, Böses im Schilde zu führen, aber was hieß das schon. Was sollte sie jetzt machen? Alles abstreiten?

Konnte es sein, dass grad jeder wusste, wer Nisah war?

Hatte jemand vielleicht ihr Foto irgendwo in der Schatten-Zeitung veröffentlicht?

Ach zum Henker. Es wussten ja *wirklich* alle, dass sie Nisah war.

Jim beobachtete diese zwei Leute, die in einer Welt wie aus einem schlechten Film lebten, und konnte die Situation nicht einschätzen.

Das Mädel war für einen Augenblick sehr erschrocken gewesen und Jim, der nicht ganz verstand weswegen, fuhr seine Alarmbereitschaft reflexartig hoch.

Inzwischen beruhigte sich ihr Herzschlag wieder und die Frau schien eine Entscheidung zu treffen. Jim zog sich unauffällig zurück, damit er sie und den kleinen Mann besser gleichzeitig im Auge behalten konnte.

„Mhm, schon", sagte Kathrin resigniert. „Die soll sich in den letzten Tagen ganz massiv in den Dreck gesetzt haben." Chet musterte sie ernst.

„Wir kennen uns nicht gut, das stimmt", sagte er nachdenklich. „Aber Snafu wäre mir bestimmt ganz *fürchterlich* böse, wenn ich nicht alles täte, um dir zu helfen."

„Wäre er das?"

„Ja."

„Dafür ruft er aber mächtig selten an", rutschte es Kathrin heraus.

„Nun, wir kennen ihn beide gut genug, um zu wissen..."

„Womit er meistens denkt?", schlug Kathrin vor.

„Das ist nicht das, was ich sagen wollte. Stimmt aber."

„Weißt du eigentlich, wo er ist?"

„Japan? Oder war das Südkorea? Keine Ahnung."

„Beruhigend zu wissen, dass er sich bei seinen anderen Freunden auch nicht abmeldet."

„Wir trösten uns gegenseitig", sagte Chet. „Oder lassen uns trösten", fügte er lasziv mit einem Blick auf Jim hinzu. „Was kann ich für dich tun?"

Nachdem die Frau erklärt hatte, was sie brauchten, machte Chet ein Foto von Jim und ging in ein Hinterzimmer, um das Bild in den Pass einzufügen.

Der Alkohol machte Kathrin müde. Sie hätte lieber nichts trinken sollen, aber das wäre unhöflich gewesen.

Dass Snaf ausgerechnet jetzt wieder verschollen war, war Pech. So war das immer mit ihm. Sie hätte für seine Loyalität die Hand ins Feuer gelegt – und das hieß einiges – aber zuverlässig war er nicht. Mal war er da, mal war er weg. Und in diesem Beruf musste man damit rechnen, dass er eines Tages für immer weggehen würde.

Auf einem kleinen Tisch in der Ecke stand ein Festnetztelefon. Kathrin nutzte die Gelegenheit, so lange Chet in seinem Kämmerchen bastelte, und rief am Flughafen an, um sich nach passenden Flügen nach Deutschland zu erkundigen. Die Auswahl an Verbindungen war nicht all zu groß: eine nach Düsseldorf und eine nach Frankfurt. Die nach Düsseldorf mit Transit in London. Die andere eine Direktverbindung. Kathrin gähnte so beherzt, dass sie sich fast den Kiefer ausrenkte. Beide am Nachmittag.

So weit, so gut.

V.   Der Flughafen

Sie fuhren wieder zum Stundenhotel zurück und Kathrin fühlte sich elendlich müde. Es war schon sehr früh am Morgen und Schlaf war rar gewesen in den letzten Tagen. Erst recht erholsamer Schlaf. Den hatte es gar nicht gegeben.

Ihre Augen brannten.

Irgendwie schaffte sie noch, das Auto ohne Blechschaden zu parken, und dann torkelte sie blind hinter ihrem Helfer her durch die schmuddeligen Flure der Absteige in das Zimmer, das sie vorhin bezogen hatten.

Ihre Gedanken hingen der Realität ein paar Sekunden hinterher.

Sie folgte eisern ihrer selbstauferlegten Regel, dass man sich unabhängig vom Zustand abschminken musste, bevor man schlafen ging. Dann warf sie sich aufs Bett und schlief im selben Moment ein, in dem sich ihre Augen schlossen.

Jim hielt es mit seiner Körperpflege kurz. Schlaf war etwas, das zurzeit Mangelware war, deswegen wollte er möglichst viel davon haben.

Trotzdem starrte er einige Minuten in die Decke und musste einige lästige und unbequeme Gedanken abwehren.

Die gleichmäßigen Atemzüge der Frau beruhigten ihn schnell und auch er schlief ein.

Zwei Stunden später war es immer noch eher dunkel als hell, als der schrille mechanische Ton eines Weckers Kathrin aus dem Schlaf riss.

Dreck.

Kathrin fühlte sich nicht erholt. Lediglich arbeitsfähig. Was würde sie für acht Stunden störungsfreien Schlaf geben! Bald. Bald.

Sie musste nur noch durchhalten, bis sie sich in ihren Flugzeugsitz fallen lassen konnte. Dann konnte sie nichts mehr daran hindern, ein langes Schwätzchen mit Morpheus zu halten.

Von der anderen Seite des Bettes hörte sie das mittlerweile bekannte verschlafene Knurren.

Wann war es eigentlich für sie und ihre Paranoia so selbstverständlich geworden, neben jemandem einzuschlafen, den sie gerade mal sechs Tage kannte?

„Wann brechen wir auf?", fragte Jim und streckte sich.

„Wir sortieren uns, entscheiden, was wir mitnehmen können. Entsorgen den Rest. Und dann."

„Erkläre ordentlich, was du mit *uns sortieren* meinst?"

„Wir sollten uns mal anschauen, was wir so an Zeug dabei haben, das uns Schwierigkeiten bei der Sicherheitskontrolle bereiten könnte. Knarren, Messer, Granaten – was es nicht alles gibt, das der Schattenkrieger von heute mit sich herum schleppt."

„Ach, ich verstehe", sagte Jim und ein ungutes Gefühl entstand wieder in seinem Magen. „Welche Art von Kontrollen haben sie denn da?"

„Das übliche, nehme ich an", sagte Kathrin. Jims Blick blieb fragend. „Unsere Taschen werden durch ein Röntgen-Gerät geschoben und wir müssen durch einen Metalldetektor gehen. Alles kein Teufelszeug. Es wäre mir ganz recht, wenn wir da nicht zu sehr auffallen würden. Nur für den Fall, dass jemand aus dem Bankenland ein Auge auf die hiesigen Flughäfen hat. Wir sollten unter dem Radar bleiben, wenn du weißt was ich meine."

Kathrin konnte das Gähnen nicht unterdrückten. Sie sammelte ihre Gedanken. Trotz des Nickerchens war sie immer noch sehr müde. Sehr, sehr müde. Ihre Augen unternahmen unter der Komplizenschaft der Lider einen Versuch, sich in die Dunkelheit zu verabschieden.

„Was passiert eigentlich, wenn so ein Metalldetektor anschlägt?", fragte Jim und versuchte, unbesorgt zu wirken.

„Man schaut nochmal genauer nach. Meistens ist es Kleingeld oder Kaugummipapier oder irgendein Schmuckstück, das man vergessen hat abzulegen." Kathrin unterdrückte einen weiteren hartnäckigen Gähner. „Bei Frauen bereiten manchmal BH-Haken Schwierigkeiten."

„Was wäre, wenn sich herausstellen würde, dass all diese Dinge nicht der Grund für den Alarm sind?"

„Ich denke, dann werden die Grenzer ungehalten und filzen einen, bis sie zufrieden sind. Und wenn sie nicht zufrieden sind, dann darf man nicht an Bord gehen. Bestenfalls. Wenn die Kollegen sich besonders verarscht fühlen, dann buchten sie einen vielleicht sogar als Sicherheitsrisiko für ein paar Tage ein."

Mit ihrer Menge an Glück werden sich die Kollegen auf jeden Fall besonders verarscht fühlen.

Jim schloss die Augen. Blut pochte in seinen Ohren.

Metalldetektoren.

Es gab eine ganz einfache Lösung.

Ein kleiner, bequemer Teil von Jim, irgendwo ganz weit tief in seinem Verstand, war sogar ganz froh darüber, eine Ausrede zu haben, um nicht mit ihr nach Deutschland mitkommen zu müssen. Dieser Teil von ihm wäre glücklich gewesen, weiter so zu machen wie bisher. Von einem Tag in den nächsten sein sinnloses, unnützes Leben zu leben, ohne Verantwortung für jemand anderes als sich selbst zu tragen.

Es war einfacher, sich keine Gedanken zu machen. Ihm konnte nichts passieren. Etwas zu Essen würde er im Wald immer finden. Keine Schlägerei konnte für ihn wirklich gefährlich werden. Kälte war ärgerlich, aber mehr auch nicht.

Er musste immer nur aufwachen und durch den Tag gehen.

Jetzt war er ein Teil von diesem merkwürdigen Gespann, zu dem sie beide sich innerhalb von einer Woche entwickelt haben. Sie passte auf ihn auf. Das war ein Gefühl, an das er sich gewöhnen konnte.

Im Gegenzug gab er auf sie Acht.

Dabei *wollte* er es doch. Er wollte mitkommen und ihr helfen.

Das schlimmste war aber nicht die Tatsache, dass er sie im Stich lassen musste, sondern dass er ihr erklären musste, wieso er das tat. Er konnte natürlich jetzt einfach aus dem Fenster springen und verschwinden, aber das war eine kindische Reaktion, die nicht mal der bequeme Teil von ihm gut hieß. Er könnte es nicht ertragen, wenn sie auseinander gingen und sie ihn für feige hielt. Was auch immer ihre Reaktion auf sein Geheimnis sein mochte, es war besser, als wenn sie denken würde, er hätte gekniffen. Jims Blick fiel auf die keramische Pistole, die immer noch vor der Frau lag, die ihre Hose vor sich ausbreitete und sie von außen und innen untersuchte.

Jim fiel wieder die frische Narbe auf ihrem Oberschenkel auf.

Fehler mag er viele haben, aber ein Feigling war er nicht.

Jim holte tief Luft.

„Wir haben ein Problem."

Kathrin deklarierte ihre treue Cargo-Hose als risikofrei.
In den letzten achtundvierzig Stunden waren bemerkenswert wenige Dinge schief gelaufen. Es war wohl an der Zeit, dass ihnen wieder irgendwas um die Ohren flog.
Aber da Kathrin und ihr Helfer dauernd sowohl unter einander als auch mit anderen Parteien mal größere, mal kleinere Scherereien hatten, war sie für einen Panikanfall noch nicht bereit, bloß weil ein weiteres Problem angekündigt wurde.
Milde interessiert fummelte Kathrin ein Stück Plastiksprengstoff aus der Tasche in ihrem BH, wo andere Frauen Push-Up-Pölsterchen trugen. Sie wusste gar nicht, dass sie es noch hatte. Das Ding war mindestens fünfhundert Mark wert. Sie seufzte und pfefferte es in den Abfallkorb.
Sie hatte eh keine Zünder.

„Was denn?", fragte sie, ohne die Aufmerksamkeit so richtig auf Jim zu richten.
„Ähm…" Es ärgerte Jim, dass sie ihn nicht ansah. Es gab ihm das Gefühl, dass sie ihn nicht ernst nahm. „Ich kann nicht durch den Metalldetektor gehen."
„Wieso das denn?"
„Ähm."

Kathrin lag schon etwas Spitzes auf der Zunge: *Du wiederholst dich* oder *Ähm ist keine ordentliche Begründung.*
Ein Blick auf den Mann genügte ihr, um zu wissen, dass sie lieber die Klappe halten sollte.

„Rück schon raus", sagte sie und versuchte nicht schnippisch zu klingen. Sie zog sich an und wartete geduldig.

„Du erinnerst dich an unser… Gespräch… im Hotel, bevor…"

„Bevor du angeschossen wurdest", unterbrach Kathrin.

„Ja, natürlich."

„Was du da sagtest über Gentechnik, Frankensteins Monster und ähnliches?"

„Ja."

„Und über verstärkte Knochen und künstliche Muskeln? Den Teil, den du in der ganzen Geschichte am wenigsten glaubst?"

„Ja, erinnere mich auch daran", sagte Kathrin erheblich weniger ungeduldig, als sie in Wirklichkeit war.

„Meine Knochen… Also… Sind zum Teil mit etwas überzogen. Mit Metall. So dass sie nicht… Nicht brechen."

Kathrin schwieg.

Sie war sich nicht sicher, ob er sie nicht verarschte. Der Gedanke blitzte in ihrem Kopf auf, dass er vielleicht kalte Füße bekommen hatte und aus dieser Nummer raus wollte.

Aber dafür war die Ausrede zu durchgeknallt.

Bevor sie sich eine Meinung bilden konnte, hatte ihr geistig verwirrter Helfer ein Messer in der Hand. Und bevor Kathrin aufspringen und ihm das Ding unvernünftigerweise aus der Hand schlagen konnte, schlitze er sich den Unterarm entlang der Elle auf.

Danach legte er das Messer ruhig irgendwo ab und, während sie fassungslos ihn anstarrte, zog er sie ans Licht und hielt ihr die klaffende Wunde vor die Nase.

Am Blut störte sich Kathrin berufsbedingt nicht.

Sie beugte sich vorsichtig vor und untersuchte das Loch im Arm des Mannes, der es nicht für nötig hielt, wenigstens formhalber Anzeichen für Schmerzen zu zeigen.

Unter all den Schichten des durchgetrennten Muskelgewebes glitzerte es.

Na, das war definitiv etwas, das man erst mal verdauen musste.

„Das ist nicht nur hier so", sagte Jim. „Ich habe an mehreren Stellen nachgeschaut."

„Entschuldige bitte, aber wie bist du auf die Idee gekommen, in dir mit einem Messer zu stochern?"

„Eine Kettensäge ist mal an meinem Bein gebrochen", sagte Jim verlegen. Kathrin verschluckte sich und musste husten.

„Kettensäge?"

„Kettensäge." Weil Kathrin schwieg, fuhr er wasserfallartig fort. „Deswegen kann ich nicht durch die Sicherheitskontrolle am Flughafen. Wenn sie dort nach Metall suchen, werde ich wohl ziemlich auffallen. Sie können so viel an mir herumfummeln, wie sie wollen, und mich bis auf die Haut ausziehen, werden aber nichts finden. Da fühlen sie sich bestimmt verarscht genug, um mich einzubuchten und dich zumindest aufzuhalten. Von Unter-dem-Radar-bleiben kann gar keine Rede sein, wenn du mich dabei hast."

„Eins nach dem anderen. Ich kaue noch an der Kettensäge rum. Wie ist dein Bein mit einer *Kettensäge* in Konflikt geraten?", sagte Kathrin und begann einen Kopfkissenbezug in Streifen zu reißen.

„Kannst du dir das nicht denken?"

„Hmm, wenn du so fragst, ist es völlig klar. Komm mal her", sagte sie und Jim kam mit seinem tropfenden Arm zu ihr. „Die Desinfektion können wir uns sparen, oder?"

„Ja."

„Nur interessenshalber: nach dem Kettensägenzwischenfall – warst du danach im Krankenhaus?"

„Nein."

„Hab es mir fast gedacht. Aber den Arm zu Vorführungs-zwecken aufschlitzen? Musste das sein?"

„Hättest du es sonst geglaubt?"

„Weiß nicht. Wahrscheinlich nicht", gab Kathrin zu und beendete ihre Tätigkeit als Sanitäter.

„Siehst du. So hast du wenigstens Zeit gespart."

„Ich? Was ist mit deiner Zeit?", wunderte sie sich.

„Ich hab Zeit. Wenn ich eins habe, dann ist es Zeit. Es ist ja nicht so, dass mich das lange behindern würde." Jim fuchtelte mit seinem verbundenen Arm, um zu beweisen, dass alles nur halb so wild war.

„Ich vergaß: unkaputtbar", sagte Kathrin nachdenklich. „Da arbeitet man seit Jahren in den Schatten, denkt, man hätte schon alles gesehen, und dann kommt so was." Sie sah ihn forschend an. „Und neulich, als ich zu deiner Unterhaltung den ganzen Dreck über Cyberzombies verzapft habe, hast du es nicht für nötig gehalten, mir zu sagen, was du für einer bist? Dann hätte ich mir den Stress nicht gegeben, deinen vorzeitigen Tod zu beweinen."

„Woher hätte ich denn wissen sollen, dass es soweit kommt? Außerdem wirst du mich wohl kaum *beweint* haben. Wir kennen uns doch kaum."

Kathrin legte den Kopf ein wenig schräg und sah den Mann schweigend an, bis er nach ungefähr hundertfünf Sekunden die Augen abwendete.

Meinte er es tatsächlich, so wie er es sagte? Oder fischte er nach einem Widerspruch ihrerseits, der bestätigte, dass sie jetzt Partner waren?

Ganz so leicht ließ sie sich nicht manipulieren.

„Finde trotzdem, dass du es mir hättest sagen sollen", sagte sie milde vorwurfsvoll. „Hast mich geschlagene

Stunde darüber sinnieren lassen, ob es dich nun gibt oder nicht gibt. Komme mir schon ein bisschen verarscht vor. War nicht fair von dir."

„Ich habe nicht damit gerechnet, dass du es rausfindest." Jim breitete defensiv die Arme aus.

„Das ist mir schon aufgefallen, du Held der Voraussicht. Aber mal ernsthaft: halb so wild, das Ganze, oder? Gut, du hast zusätzlich zu der bereits festgestellten Unkaputtbarkeit noch eine zweite Komponente. Verstärkte Knochen sind bestimmt nicht schlecht – das sage ich dir als jemand, der mal einen offenen Oberschenkelbruch hatte. Und einen Bruch im Ellenbogengelenk."

„Was nützt mir das, wenn ich deswegen nicht mit dir mitkommen kann?"

„Packe deinen Pessimismus wieder ein. Das macht Dinge komplizierter, das stimmt schon. Aber mit der ganzen Unkaputtbarkeit kommen ja doch ein paar Fragen auf…"

„Welche Fragen?" Jims Nackenhaare stellten sich vorsorglich hoch.

„Ach, ich weiß nicht. Wer dich gebaut hat, vielleicht? Wann das war? Wie sie dich überhaupt so unkaputtbar hinbekommen haben? Wir können, glaube ich, ganz sicher sein, *wofür* man dich gebaut hat."

„Ja? Wofür denn?" Jim hatte kurz Lust, sich zu Unrecht angegriffen zu fühlen, eher er sich daran erinnerte, dass es hier genau darum ging: Dinge beim Namen zu nennen.

„Wir haben diese Unterhaltung schon mal geführt. Ich möchte dich nicht durch angenommen Un-Intelligenz beleidigen."

„Beleidige ruhig darauf los", sagte Jim. Sie sollte es aussprechen, damit sie ein für alle Mal verstand, mit wem sie sich eingelassen hatte.

Kathrin stand auf und sah zum Fenster hinaus in die kristallklare Kälte des subpolaren Wintermorgens.

Was wollte er hören? Was war hier zu besprechen? Sie sind innerhalb von kürzester Zeit einen Weg gegangen, den manche Teams auch nach Jahren nicht bewältigt haben.

Sie passten aufeinander auf.

„Mir ist es schon klar, dass du irgendwie ein wenig anders bist." Jim riss entsetzt die Augen auf. „Ich meine, abgesehen von der Unkaputtbarkeit und dem Metallgedöns", stellte Kathrin es richtig. „Du bist schneller und stärker als fast alle Krieger, die ich kenne. Und die anderen, die mogeln." Kathrin sah ihn lange an und grinste. „Aber ich bin trotzdem noch nicht bereit, dich Killermaschine zu nennen."

„Nein? Immer noch nicht?"

„Um eine Killermaschine zu sein, muss man eine *besondere* Geistesverfassung haben."

„Ja?"

„Natürlich. Und die hast du nicht."

„Ich bin mir grad nicht sicher, ob das gut oder schlecht sein soll."

„Definitiv gut." Kathrin lächelte.

„Ich verstehe dich nicht. Hast du keine Angst?", fragte Jim.

„Ich habe einen denkbar falschen Beruf, um Angst vor gefährlichen Leuten zu haben. Ich hab dich als einen anständigen Kerl kennen gelernt." Kathrin sagte jedes folgende Wort mit Nachdruck und hoffte, dass er es endlich verstand, wie lächerlich diese Unterhaltung war. „Ich habe keinen Grund, meine Meinung zu ändern." Sie dachte einen Augenblick nach und schüttelte sich, als sei die Idee, die sie eben hatte, vollkommen absurd. „Nur weil du schwer tot zu kriegen bist? Ein bisschen übertreiben."

„Fürchtest du dich nicht davor, dass ich dich umbringen könnte, wie damals im Hotel?"

„Die Diskussion schon wieder? Sagen wir mal so: mein Leben macht sowieso Überstunden. Mehr verrate ich nicht: ich will auch eine rätselhafte Vergangenheit haben. Damit du weißt, wie das für mich ist."

„Du kannst mich mal. Musst du alles ins Lächerliche ziehen?"

Jim war kurz vor Verzweiflung, weil sie sich so hartnäckig weigerte, die Gefahr anzuerkennen, die er darstellte. Sogar er selbst hatte unter ihrem Einfluss vollkommen vergessen, wie schutzlos sie nachts war, wenn sie nur eine Armlänge entfernt neben ihm schlief.

Man konnte Jims Nachlässigkeit vorgestern Morgen entschuldigen, als er sie im Schnee schlafend fand. Er war selbst kaum auf den Beinen und sie war kalt gewesen, wie der Schnee, in dem sie gelegen war. Da hatte er einfach nicht daran gedacht, welchem Risiko er sie aussetzte, wenn er ihre Wärmeflasche spielte.

Und diese Nacht? Das war nicht zu entschuldigen. Er konnte so müde sein, wie er wollte, aber er hätte daran denken müssen, dass er auf dem Boden, in einem sicheren Abstand, zu schlafen hatte.

Dass es diese zwei Nächte gut gelaufen war, hieß nicht, dass solche Dinge wie im Hotel nicht nochmal passieren würden. Sie würden mit Sicherheit passieren. Die Frage war nur, wann.

Er könnte sie umbringen und es nicht mal merken, weil sie zu dumm war, um Angst vor ihm zu haben.

„Ok, ganz im Ernst: hast du schon über deine Situation

nachgedacht?", fragte Kathrin.

„Welche Situation?", fragte Jim, denn über seine Situation nachdenken, war genau das, was er eben die ganze Zeit gemacht hatte.

„Wie alt magst du sein? Dreißig? Fünfunddreißig? Maximal vierzig. Glaubst du, sie haben dich beim ersten Anlauf so..." Kathrin stockte. Ganz vorsichtig und behutsam sprach sie das Wort aus, das am besten auf das zutraf, was sie meinte. „... gezüchtet?" Jim sog die Luft scharf ein. „Und dann die Operation – wahrscheinlich eher eine ganze Reihe davon. Reha? Dein Training? Was glaubst du, wie viel Geld sie für dich ausgegeben haben?"

Aus dieser Perspektive hatte Jim es noch nie gesehen.

„Noch spannender ist die Frage, was dann schief gelaufen sein mag?"

Jim machte lediglich eine Geste, die Kathrin zum weiterreden antreiben sollte.

„Leute geben eine unmoralische Menge an Geld für dich aus und wildern dich dann artgerecht aus? Ich glaube kaum. Obwohl... Vielleicht ist ihnen die Kohle für deinen Unterhalt ausgegangen. Nein... In dem Fall hätten sie dich eher an den Meistbietenden verschachert. Aber irgendwie glaube ich, dass da ein spektakulärer Gig deinerseits dahinter steckt."

„Ich habe nicht darüber nachgedacht."

„Ich glaube, wäre ich nicht so akut damit beschäftigt, meinen eigenen Arsch zu retten, könnte ich viele herrliche Theorien für deinen Werdegang ausdenken."

„Ja?"

„Ich habe dir ja schon meine Vorliebe für Stadtlegenden erzählt. Und *Straßen*legenden sind dann die nächstgruselige Stufe."

„Und in die willst du mich einsiedeln?"

Kathrin war schon kurz davor zu sagen, *Du hast das Potenzial für den wahren Horror.* Aber sie schwieg.

Salz und Wunde und so.

„Hör mal,", sagte Kathrin stattdessen entschuldigend. „Ich will ja nicht sagen, dass das Thema nicht spannend sei, oder dass aus dieser Richtung gar keine Gefahr drohe. Aber gerade haben wir eine ganz andere, leider sehr aktuelle Problempalette an der Backe. Vielleicht lassen wir das Thema erstmal sein? Bis die Zeiten ruhiger sind? Ja?"

„Du sagst es so, als ob es irgendwann eine Zeit geben wird, in der wir gemeinsam über solche Dinge nachdenken könnten." Jim klang vorwurfsvoll.

„Ja. Wieso denn nicht?"

„Wir haben nach wie vor das Problem, dass ich nicht mit dir mitkommen kann."

„Ach das", Kathrin stimme wurde eine Stufe unentspannter. „Bevor wir darüber weiter sprechen, muss ich noch eins wissen: *willst* du überhaupt mit mir mitkommen?"

Jim fluchte und wunderte sich, wie sie seinen kurzen Augenblick des Zweifelns bemerken konnte.

„Ja", sagte er fest und erinnerte sich rechtzeitig an das Spiel, dass sie spielten. „Ich brauche das Geld."

„Gut."

Jim war unendlich erleichtert und besorgt gleichzeitig.

Er rechnete fest damit, dass sie ihn noch mal fragen würde, ob es da noch mehr gab, das sie wissen musste.

Von dem Fleischfresser und anderen Dingen konnte er nicht mit ihr sprechen. Hätte sie ihn gefragt, hätte er gelogen. Das wusste er ganz genau und schämte sich dafür.

Vertrauen hin oder her, aber hätte sie ihn gefragt, hätte er sie angelogen.

So war das kein Vertrauensbruch in dem Sinne: sie hatte ihn *nicht* gefragt – er hatte *nicht* lügen müssen. Deswegen war er erleichtert.

Besorgt war er darüber, dass er nach wie vor nicht wusste, wie es weitergehen sollte. Von seiner Warte aus gefährdete er sie mehr, als er ihr nützte.

„Gut, dass wir darüber gesprochen haben", sagte Kathrin wieder in hellerer Stimmung. „Jetzt können wir uns um dringendere Dinge kümmern. Wir haben ernstzunehmende Chancen, dich durch die Sicherheitskontrolle durchzubekommen. Kannst du lügen?"

Jim sah sie scheel an.

„Überhaupt nicht. Ich kann bestenfalls im passenden Moment meine Klappe halten."

„Das ist doch schon mal was. Bereite dich schon mal darauf vor." Kathrin lehnte sich zurück. „Ich muss nachdenken und uns die passenden Worte zurechtlegen."

„Je weniger Text ich habe, desto besser", sagte Jim.

„Zwei Dumme, ein Gedanke."

Drei Stunden später waren sie bereits am Flughafen und Kathrins größtes Problem war nach wie vor die Müdigkeit. Trotz des riskanten und möglicherweise sogar hirnverbrannten Gigs, der ihr bevorstand, war sie noch nicht ganz betriebsbereit. Aber das würde schon werden: wenn die ersten Beamten mit den Handschellen klimperten, wie Gespenster mit ihren Ketten, würde sie alles richtig machen.

Die Frage war nur, ob man von ihrem Partner dasselbe sagen konnte.

Kathrin hielt es für nötig, noch mal die Namen und die Geschichte durchzugehen. Dann tranken sie noch einen Kaffee und gingen an den Schalter der einzigen Gesellschaft, die an diesem kleinen Flughafen interkontinentale Flüge anbot. Die junge Frau hieß ihrer Beschilderung zu Folge Miss Bloom. Das kleine Messingplättchen neben der Verglasung sagte aus, dass hier gleichzeitig auch die erste Passkontrolle für europäische Länder stattfand.

Umso besser.

„Guten Morgen, Miss Bloom", begrüßte Kathrin. „Ich hätte gern zwei Tickets für den vier Uhr Flug nach Düsseldorf. Mit Rückflug."

„Ich schaue mal, ob noch Plätze verfügbar sind. Welche Klasse möchten Sie fliegen?"

„First class, bitte. Wenn es geht."

„Wissen Sie schon, wann Sie zurückfliegen möchten?"

„Morgen in drei Wochen. Da gibt es doch eine Rückverbindung, oder?"

„Ganz genau. Auf welche Namen darf ich buchen?"

„Franziska Weingärtner und Derrick Cline."

„Sie sind Bürger von einem der Deutschen Länder oder haben Sie gültige Visa?", fragte Miss Bloom. Kathrin hielt ihren sehr guten deutschen Diplomatenpass in der Hand und Jim seinen mittelmäßigen kanadischen.

„Ich bin eine deutsche Diplomatin", sagte sie und schob ihren Pass vor. Miss Bloom überprüfte ihn sorgfältig: sie studierte die Ein- und Ausreisestempeln aus einer Dutzend europäischen Ländern und dazu den Ländern des nordamerikanischen Kontinents. Sie hatte daran nichts auszusetzen.

„Damit ist alles in Ordnung."

„Außerdem gehöre ich dem NATO-Corps an. Daher braucht mein Angestellter im Verteidigungsgebiet kein Visum. Sie brauchen dann nur seinen Pass", behauptete Kathrin.

„Ja…", man konnte im Gesicht von Frau Bloom den Kampf sehen, den Faulheit gegen Pflichtbewusstsein führte. Kathrins freundliche und absolut vertrauenswürdige Gelassenheit unterwanderten das Pflichtbewusstsein. „Das ist auch in Ordnung. Möchten Sie bar bezahlen?"

„Nein, mit Kreditkarte."

„Sehr wohl", sagte Miss Bloom und einige Minuten später hatten Kathrin und Jim die Tickets und noch neun Stunden Zeit, um sich der Herausforderung der Sicherheitskontrolle zu stellen.

Der Kauf der Flugtickets war wieder eine von Nisahs rätselhaften Aktionen.

Verstand Jim, einfacher Trottel aus dem Wald, einfach nicht, wie man sich illegal über die Grenze schmuggelte?

Oder war die Frau einfach nur irgendwie im Hirn verdreht?

„Wieso Düsseldorf?", fragte er, als sie durch einen endlosen Korridor im Flughafen schlenderten.

„Weniger Sicherheit als in Frankfurt. Wir fliegen über Düsseldorf rein, schlagen unsere provisorischen Zelte in Köln auf und hoffen, dass es uns ein bisschen Zeit zur Vorbereitung kauft."

„Wieso denn Köln?"

„Geringer Überwachungsgrad der öffentlichen Plätze. Köln ist Kirchenterritorium. Dort haben die Machthaber andere Prioritäten."

„Welche?"

„Was weiß ich. Analoge Geheimnissen sind nicht mein Spezialgebiet."

„Im Gegensatz zu den digitalen? Im Bankenland?"

„Ja. Jedenfalls kann man ins Bistum relativ unproblematisch einreisen. Von Köln aus sind wir mit dem Zug in zwei Stunden in Frankfurt. Die innerdeutschen Einreisekontrollen am Bahnhof sind zwar nicht ohne, aber sie kennen sich mit den Pässen aus Übersee nicht aus und es wird denen hoffentlich nicht auffallen, wie gelogen deiner ist."

„Wie lange willst du dann in Köln bleiben?"

„Zwei-drei Tage. Nur Atem holen."

„Und wo sollen wir wohnen? Wieder im Puff?"

„Nein-nein. Hab in Köln eine Wohnung", sagte Kathrin. „Noch Fragen?"

„Wieso hast du mit Kreditkarte bezahlt? Hinterlässt das nicht Spuren? Bezahlt man bei solchen Unternehmungen nicht am besten in Bar?"

„Woher beziehst du denn solches Wissen? Guckst du etwa diese eine Serie… wie heißt sie… *Schattenläufer*? Also hör zu und lerne: bar bezahlen macht das Terroristenscoring höher, obwohl es normalerweise die Zahlungsart der Wahl wäre. Wenn man allerdings ich ist und einige sehr gut gefälschte, sich ständig wechselnde Firmenkreditkarten sein eigen nennt, dann kann man auch damit bezahlen. Wenn der ganze Spuck hier vorbei ist, mache ich dir auch ein paar. Die Frage ist, ob wir jetzt zurück in unsere Absteige fahren und versuchen, noch ein-zwei Stunden zu schlafen, oder hier rumlungern?"

„Hier sind wir wahrscheinlich sicherer." Jim roch gebratenen Bacon.

„Das denke ich auch. Im Flugzeug werden wir zum Schlafen genug Zeit haben." Kathrins Magen verlangte ein Croissant und ihr Kopf – einen Kaffee.

„Vorausgesetzt, wir schaffen es ins Flugzeug rein."

Darauf antwortete Kathrin nicht.

Es waren vier Beamte, die an der Sicherheitskontrolle

standen.

Und es waren knapp hundert Passagiere, die sich in der Schlange davor eingereiht haben.

Daher stellte sich Kathrin auf eine entsprechende Warterei an. Das war nicht so gut. Mehr Zeit für sie, sich vorzubereiten – das schon. Nur dumm, dass ihr im Hochstapeln unerfahrener Helfer ordentlich Gelegenheit hatte, nervös zu werden.

Es waren zwei Schwarze, einer dick und einer dünn, eine Blondine um die Vierzig und ein Mann, der wie ein Halbindianer aussah, die heute Dienst hatten. Kathrin nutzte die Zeit, um sie zu beobachten und deren Gruppendynamik zu studieren.

Der Druck auf Jim wuchs.

Es war neu für ihn, auf diese Weise mit Problemen fertig zu werden. Er umging sie, wenn es möglich war. Wenn nicht, ging er durch sie hindurch.

Herumtricksen, manipulieren, berechnend sein – das war nicht seins.

Der Plan, den das Mädel vor ihm ausgebreitet hatte, war nicht besonders ausgeklügelt. Er belief sich im wesentlich darauf, dass sie hemmungslos log und er tapfer schwieg.

Tapfer schwieg und ruhig blieb.

Jim konnte wahrscheinlich schon ruhig bleiben. Konnte das der Fleischfresser auch?

Als nur noch fünf oder sechs Menschen vor ihnen waren, zeigte Kathrins Organismus unmissverständlich an, dass er die Gefahr erkannt hatte und entsprechende Vorbereitungen traf. In ihren Eingeweiden zog sich etwas zusammen, als eine vernünftig bemessene Menge Adrenalin ihren Kreislauf belebte. Ein Kribbeln lief über ihren Rücken. Sie zuckte unwillkürlich zusammen, aber sie wusste, dass die Bewegung keinem aufgefallen war.

Kathrin schaute in ihr Selbstbefinden: in ihre Vorfreude auf den Adrenalinrausch, in ihre Sorgen, in ihre Hoffnung, in ihre Trauer, in ihren Zorn. Daraus formte sie Emotionen, die ihr in dieser Situation passend erschien.

„Alles in Ordnung bei dir?", fragte sie Jim leise, aber nicht zu leise. Genau richtig, dass man es um sie herum hörte, aber nicht aufmerksam darauf wurde.

Jim schluckte und nickte.

„Denk daran, was wir geübt haben. Atme langsam und alles wird gut. Ja?"

Jim atmete langsam und glaubte weniger denn je, dass alles gut werden würde. Das wachsame Auge der Blondine streifte ihn.

„Nicken ist ja schön und gut, aber irgendwann musst du trotzdem reden."

„Ich weiß. Ich bereite mich darauf vor", sagte Jim und blickte sorgenvoll nach vorn, wo nur noch ein Passagier die Frau mit den vielen Namen von dem Metalldetektor trennte.

„Mach nur, was wir geübt haben", erinnerte sie ihn noch einmal.

Was jetzt kam, widerstrebte Kathrin aus tiefstem Herzen: sie legte ihren Rucksack mit all dem darin, das ihr Sicherheit gab, in eine Holzkiste. Dem folgten ihre Schuhe, ihr Gürtel und ihre Jacke. Dann schob einer der Beamten, der dünne Schwarze, die Kiste in ein altes Röntgengerät und Kathrin fühlte sich nackt und unvollständig. Sie hatte sich unwohl gefühlt, als sie im Stundenhotel ihre Waffen weggelegt hatte, aber immer bewaffnet zu sein, war eine erst in den letzten Tagen erworbene Gewohnheit. Manche Dinge in ihrem

Rucksack waren ihre Talismane gewesen, seit sie in die Schatten gekommen war. Unter anderem war auch ihr wichtigstes Arbeitsgerät darin. Sie hatte es seit dieser Katastrophe von einem Gig nicht mehr verwendet, und es war unwahrscheinlich, dass sie es brauchte, ehe sie in Deutschland ankam. Und doch fühlte sie sich ohne … unvorbereitet.

Wie erwartet passierte nicht das Geringste, als sie durch den Metalldetektor spazierte. Sie nahm ihre Habseligkeiten wieder in Empfang.

Irgendwas knackte in ihrem Hals.

Spannung stieg.

Sie drehte sich nicht um. Sie wartete.

Bis es Piep machte.

Sie wusste, dass es kommen würde, und doch erschreckte es sie.

Dann drehte sie sich um und lächelte ihrem nervösen Helfer zu, dessen Blick auf sie gerichtet war.

Der dicke Schwarze kam auf ihn zu und sagte etwas.

Dann streckte der Helfer die Arme aus und der dicke Schwarze fummelte mit einem Hand-Metalldetektor an ihm herum. Das Ding piepste frenetisch, aber in einer anderen Stimmlage, und der Beamte drehte sich hilfesuchend zu der Blondine mittleren Alters um.

Sie beide redeten nun auf der Helfer ein, der nur stumm und dumm an ihnen vorbeiguckte.

Die Blondine wurde unruhig und das übertrug sich auf ihre Leute. Der dünne Schwarze und der Halbindianer, die beide ein wenig abseits standen, zogen dezent Pfeffersprays.

Der dicke Schwarze und die Blondine öffneten die Holster ihrer alten witzlosen Knarren. Alt und witzlos mochten sie ja sein, aber Kathrin hatte gar keine.

Sie musste sich daran erinnern, dass es hier nicht um Knarren ging. Sondern um ihre *spezielle Begabung*, wie Newski es halb-scherzhaft und halb-ehrfürchtig genannt hatte.

Der Helfer holte tief Luft und versuchte etwas zu sagen. Sein Mund klappte wieder zu. Er blickte hilfesuchend zu Kathrin.

Sie musste eingreifen.

„Gibt es ein Problem?", fragte sie freundlich, aber mit Autorität.

„Bleiben Sie zurück, Miss", sagte der Habindianer bestimmt und streckte ihr die Innenfläche seiner Hand entgegen. Kathrin wollte möglichst schnell den Umstand beseitigen, dass die Leute hier noch keine Gelegenheit hatten, ihren hervorragenden Diplomatenpass zu bewundern.

„Franziska Weingärtner, NATO-Corps. Das hier." Blick auf Jim gerichtet. Wohl dosierte Verärgerung, ein Hauch Verachtung, viele schlaflose Nächte in der Stimme. Dann eine künstlerische Pause. „Ist mein Personenschutz." Resignation. Das beeindruckte. Jetzt bloß keine Zeit verlieren. „Was ist also das Problem?"

„Ihr Mitarbeiter. Er hat unerlaubte Gegenstände und er weigert sich, diese zur Kontrolle vorzulegen", sprach die Blondine sie zum ersten Mal an.

Kathrin schaute zuerst die Blondine, dann den Halbindianer und zum Schluss Jim an.

„Derrick, wir haben es geübt", sagte sie ruhig und freundlich. „Mach es genauso, wie wir es geübt haben." Keine Reaktion. Jims Blick blieb glasig und unfokussiert. „Atme tief durch. Alles ist in Ordnung. Du bist sicher hier. Wir sind unter Freunden."

„Das bleibt noch zu zeigen", kommentierte der dünne Schwarze. Kathrin warf ihm einen langen bösen Blick zu.

„Wieso weigert er sich, die Gegenstände, die er mit sich führt, uns zur Kontrolle vorzulegen?", fragte die Blondine.

Sie sprach höflich, aber nicht freundlich.

„Es gibt keine", sagte Kathrin. „Das sind irgendwelche Implantate, die seine Knochen unterstützen. Die piepen halt." Langeweile in der Stimme, als hätte sie es schon hundertmal gesagt.

Die Beamten wechselten kritische Blicke.

Zu recht.

Kathrin tischte ihnen ja eine ziemlich hanebüchene Geschichte auf. Gleich würden die intelligenten Fragen kommen und sie hoffte, dass sie an alle möglichen Einwände gedacht und passende Antworten vorbereitet hatte.

Sie rief alle ihre Götter an, dass ihre spezielle Begabung sie nicht im Stich ließe. Denn die musste die Hauptrolle in dieser Vorstellung übernehmen: sie machte aus Kathrins wilden Behauptungen völlig glaubhafte Fast-Wahrheit.

„Wieso sagt er denn das selber nicht?", begann das Kreuzverhör. Gut, das war offensichtlich.

„Er hat Lütow-Psychose." Lüge mit noch mehr Lügen stützen. Konnte klappen, musste aber nicht.

„Wie bitte?"

„Eine Art Kriegstrauma. Derrick fällt in eine Schockstarre, wenn er mit seinen Erfahrungen im Krieg konfrontiert wird. Dazu gehören leider auch seine Verwundungen und die medizinischen Eingriffe, die diese nach sich zogen. Inklusive des ganzen Blechs, das ich schon erwähnt habe."

Die Blondine und der Halbindianer berieten sich kurz. Er und der dicke Schwarze bildeten so eine Art Korridor vor Kathrin und ihrem stummen Begleiter, so dass sie keine Wahl hatten, als mitzukommen. Sie zog ihren Helfer am

Ärmel und er setzte sich zögernd in Bewegung.

Wie erwartet kamen sie in einem kleinen Verhörzimmer an. Diese Art von Räumen bereitete Kathrin berufsbedingt Unbehagen.

Sie dirigierte ihren Helfer zu einem unbequemen Stuhl und setzte sich daneben. Die Beamten nahmen ihnen gegenüber Platz.

„Zeigen Sie uns erst einmal ihre Papiere", sagte der Halbindianer.

„Klar", sagte Kathrin und schob ihnen die beiden Pässe und ihren NATO-Dienstausweiß zu.

„Wieso haben Sie sein Dokument?"

„Sie sehen doch, in welchen Zustand er ist. Ich reise mit ihm nicht das erste Mal."

Die Beamten brüteten über Franziska Weingärtners Diplomatenpass und verglichen ihn mit all den nützlichen Informationen, die in einer Check-Liste über verschiedene deutsche Pässe standen. Ein leichter Störfaktor war durchaus angebracht.

„Derricks Psychiater sagt, dass Konfrontation der Weg der Heilung sei." Sagte Kathrin beiläufig, als wäre sie gelangweilt. „Sieht nicht danach aus, oder?"

Der schwarze Schluckte bereitwillig den Köder.

„Wo war er? Im Krieg, meine ich", fragte er.

„Zuletzt im Kessel von Denver, kurz nach dem Crash", sagte Kathrin. Die Schlacht um Denver war ein legendäres Gemetzel gewesen. Newski hatte sie mit einem Söldner in München auf der Messe bekannt gemacht und sie dachte, dass sie glaubhaftes Wissen aus zweiter Hand hatte. Die Rechnung ging jedenfalls auf, die beiden Männer zeigten plötzlich neuen Respekt.

„So? Auf welcher Seite denn?"

„Spielt es eine Rolle?"

„Ja. Wir wollen die Glaubhaftigkeit feststellen."

„Sind wir vor Gericht?"

„Nein, aber sie wollen sicherlich ihren Flug bekommen. Daher raten wir Ihnen die Frage zu beantworten. Auf welcher Seite hat er gekämpft?"

„Bei den Westlichen."

„Was wichtiger ist, was es mit der Reaktion des Metalldetektors auf sich hat", sagte der Habindianer mit einer tiefen unheilverheißenden Stimme. „Sie sagten, das seien medizinische Implantate?"

„Richtig."

„Er sieht nicht aus wie jemand, der solch schwere Verletzungen erlitten hat. Auch wenn es fünf Jahre her ist."

„So lange schon? Wie die Zeit vergeht. Ist wirklich erstaunlich, was für einen Unterschied besonders gute Ärzte in besonders guten Krankenhäusern mit besonders guten innovativen Behandlungsmethoden ausmachen, nicht? Der Herr hier ist von der Sorte, die einen Onkel oder einen Vater oder Ähnliches haben. Und dazu noch ein Kriegsheld in eigenem Recht."

Der Schwarze nickte, der andere guckte unverändert grimmig.

Manche waren auch in diesem Land gleicher als die anderen.

Kathrin fühlte sich gut und sicher. Das war zwar beruhigend, aber ein bisschen Nervosität wäre schon gut gewesen. Newski behauptete immer, dass ein zu sicherer Mensch die Bullen noch misstrauischer machte, als einer der sich in Lügen verstrickte.

Es lief hier alles fast zu gut. Ihre sechs Jahre in den Schatten sagten ihr, dass genau dann die Dinge aus dem

Ruder liefen.

„Wenn es so eine Behandlungsmethode gäbe, würde sie nicht viel breiter eingesetzt werden?", fragte der skeptische Schwarze.

„Haben Sie ein Ahnung, was das kostet?", antwortete Kathrin. „Wahrscheinlich mehr, als unsere drei Einkommen zusammen."

„Und wie kann er sich das leisten?"

„Habe ich den Vater oder Onkel schon erwähnt?"

„Werden Sie nicht frech!", bluffte der Kerl sie an.

„Wie reden Sie mit mir?", schlug Kathrin zurück. „Sie haben wohl die Kleinigkeit übersehen, dass ich Mitglied des NATO-Corps bin!"

„Wollen Sie sich mit uns anlegen?"

„Nein, nicht im Geringsten!", sagte sie in dem Tonfall, der das Gegenteil behauptete. „Aber wie Sie schon festgestellt haben, will ich meinen verdammten Flug bekommen, und ich will meine verdammten Muskeln mitnehmen. Was wollen Sie jetzt noch von ihm?"

„Leibesvisitation."

Kathrin produzierte eine Mischung aus Lachen und Husten, die äußerste Zweifel an der geistigen Gesundheit ihrer Befrager zum Ausdruck brachte.

„Ha! Sie sind wohl lebensmüde! Glauben Sie, er lässt Sie?" Kathrin hob die Stimme und unterstützte es mit abgehackten, harten Gesten. Kalkulierte Aggressivität hatte das Sirius genannt.

„Mal eine ganz dumme Frage: wieso beschäftigen Sie ihn denn überhaupt?", fragte der Halbindianer, der ruhig und gelassen blieb.

„Als ob ich eine Wahl hätte! Außerdem: ich kann in meisten Situationen selbst auf mich aufpassen, und in den anderen ist es drecksegal, wenn er ein paar Trottel totprügelt – in Notwehr, selbstverständlich."

„Darf man fragen, was Sie beim NATO-Corps machen, Frau Weingärtner?"

„Versorgungsoffizier."

„Was zum Kuckuck ist ein Versorgungsoffizier?", fragte der Halbindianer, unklar, ob seinen Kollegen oder Kathrin.

„Das ist jemand, der halb- bis illegale Einkäufe auf dem Schwarzmarkt tätigt und… andere Beschaffungskanäle benutzt, habe ich recht?", sagte der Schwarze.

Kathrin lächelte und zuckte mit den Schultern.

„Gut. Wir können Ihnen so weit entgegenkommen: er zieht sich bis auf Unterwäsche aus und wir gehen nochmal mit den Handmetalldetektoren durch."

„Steht man aber vorm gleichen Problem, oder? Wovor haben Sie eigentlich Angst? Dass wir an Ihnen vorbei irgendwelche Knarren oder ähnliches schmuggeln? Wenn ich das wollte, würde ich einfach mein Diplomatengepäck bemühen, nicht?" Die Beamten antworteten nicht. „Allora, wir schauen mal, was geht."

Kathrin holte tief Luft.

Sie sprach ganz leise und nett, als sie ihrem Helfer erklärte, dass sie ihm jetzt seine Jacke ausziehen würde. Dabei sah sie zum ersten Mal seit mehreren Minuten in sein Gesicht und bemerkte erst jetzt die unheilvolle gelbe Augenfarbe, die sie damals an der Tankstelle gesehen zu haben glaubte. Damals, als er sie das erste Mal gerettet hatte. Und die sie auf jeden Fall im Hotel gesehen hatte, nachdem er von seinem Alptraum aufgewacht war.

Sie hatte sich ja darüber beschweren müssen, dass alles zu gut lief…

Als sie mit minimal zitternden Händen den Ärmel seines

Hemdes hochgeschlagen hatte, sah er sie an, aber bewegte sonst keinen Muskel.

Sie konnte fühlen, dass die Beamten zusammen mit ihr den Atem anhielten.

Die gelben Augen waren ein Element des Unguten, aber noch arbeitete alles für Kathrin.

„Ich zeige Ihnen mal was, Gentlemen. Kommen Sie bitte her mit ihrem Spielzeug. Aber vorsichtig. Denken Sie an einen Pit Bull."

Der Impuls, die beiden einfach zu meucheln, schoss durch Kathrin. Aber sie war erfahren genug in dieser Branche, um zu wissen, wie das enden würde.

Sie könnte zwar diese zwei alte Männer außer Gefecht setzten – sogar ohne Hilfe. Danach müsste sie aus dem Flughafen fliehen, sich mit weiteren Sicherheitsleuten und der Polizei anlegen... Eine weitere Partei, vor der sie aktiv weg rennen müsste.

So zu handeln, wäre unprofessionell.

Die Beamten kamen näher und stellten sich strategisch günstig.

Die Narbe auf dem dicht behaarten Arm ihres Helfers, die in Wirklichkeit nur wenige Stunden alt war, sah aus, als sei sie vor mehreren Jahren entstanden.

„Machen Sie Piep", sagte sie sanft zu dem Halbindianer, der das Metalldetektorlein in der Hand hielt.

„Na gut", sagte er. Er imitierte Kathrins beschwichtigenden Tonfall, obwohl es sich mit seiner tiefen dunklen Stimme eher nach Barry White anhörte. Das Gerät zeigte Metall an, obwohl es nur die metallfreie Haut, die metallfreie Muskeln und die metallfreie Knochen darunter erfassen sollte. Die Beamten wechselten einen Blick.

Kathrin holte zum Todesstich aus.

„Hören Sie, das ist so ziemlich alles, was ich in dieser Sache tun kann. Wenn Sie wollen, durchsuchen Sie ihn weiter. Aber auf Ihre eigene Gefahr. Im Übrigen habe ich Termine mit Leuten einzuhalten, die wichtiger sind als Sie, ich oder der Herr hier. Ich muss diesen oder allerspätestens den nächsten Flieger nach Deutschland nehmen. Wenn sie uns beide nicht durchlassen, werde ich allein weiterreisen und lasse ihn hier sitzen. Wenn Sie nicht einen bedingt zurechnungsfähigen Denverschlacht-Veteranen auf Ihrem Flughafen herumlaufen lassen wollen, müssen Sie ihn bis zur meiner Rückkehr in Ihre Obhut nehmen."

Bähm!

Die Beamten zogen sich vorsichtig zurück und es war klar, dass nach Miss Bloom gerade diese zwei Herren die gleiche Schlacht austrugen: sollten sie das tun, was bequem war, oder das, was richtig war?

Wenn der seltsame Mann und die Frau Versorgungs-offizier, die ganz klar keine Zivilistin im eigentlichen Sinne war, tatsächlich auf Ärger aus waren, würden sie in kürzester Zeit das Problem der Sky Marshals werden.

Die beiden Beamten waren sich einig, dass es in diesem Falle auf sie selbst zurück fallen würde, dass sie ihnen die Boarding-Erlaubnis gegeben hatten, aber das Schlimmste, was dann passieren konnte, wäre eine Suspendierung und wahrscheinlich eine interne Untersuchung.

Wenn sie jetzt versuchen würden ihre Pflicht bis zum bitteren Ende zu erfüllen, könnte es tatsächlich genau dazu kommen: zu ihrem Ende. Die Frau konnte ihre Drohung leicht wahr machen und den Kerl hier einfach stehen lassen. Sie konnten sie nicht im Geringsten daran hindern. Und was der Mann mit Ihnen anstellen konnte, wollten sie sich nicht mal vorstellen. Sie mussten ja schließlich an ihre Familien denken. In diesen Zeiten ohne einen Mann im Haus...

Und es war ja nicht so, dass sie komplett geschludert hätten: die Erklärungen der Frau und das Verhalten der beiden erschien den Männer glaubwürdig.

Die Beamten versuchten das Gesicht zu wahren. Sie verlangten von Kathrin eine Adresse für Derrick Cline, irgendeine handschriftliche Erklärung und schoben ihr einen Stapel Formulare vor die Nase, die sie an seiner statt ausfüllen musste.

Anschießend ließen sie sie gehen.

Jim stand vor einem riesigen Panoramafenster und triumphierte still über den Fleischfresser.

Spätestens als die Frau angefangen hatte, die Sicherheitsleute anzupöbeln, hatte er seine ganze Konzentration gebraucht, um nicht an Ort und Stelle ein Blutbad anzurichten.

Der aggressive Teil von ihm hatte sich solange gegen seinen Verstand geworfen, bis seine Selbstbeherrschung zu bröckeln begonnen hatte.

Er hatte Angst bekommen.

In seinem Kopf hatte er Szenen davon gesehen, wie er mit einer routinierten Bewegung einem Mann das Genick brach, wie er dem anderen mit den Zähnen die Schlagader aufriss, wie die Frau endlich alles verstand und sich zu retten versuchte. Sie tat ihr Möglichstes, um an die Waffen der Sicherheitsleute zu kommen. Aber sie war viel zu langsam für ihn, zu zerbrechlich. Das Blut hatte ihn betrunken gemacht. Er konnte nicht aufhören. Der Fleischfresser brüllte in seinem Kopf. Jim hatte die Kontrolle verloren. Knochen knackten und die Frau lag auf dem Boden, der starre Blick aus den toten Augen auf ihn gerichtet.

Er hatte wirklich Angst bekommen und diese Angst hatte anscheinend den Unterschied gemacht zwischen diesem und all den Malen davor, wenn der Kampf zwischen Jim und seinem Fleischfresser auf Messers Schneide gewesen war. Es war das erste Mal gewesen, dass Jim gewonnen hatte.

Das war ein Anfang.

„Das ist doch prächtig gelaufen, oder?", fragte Kathrin, als sie beide eine verdächtig nach Personentransport aussehende Antonov 220 aus dem Fenster betrachteten.

„Wenn du meinst."

„Findest du nicht? Wir sind schneller raus, als ich erwartet habe. Ich glaube, es war geschickt von mir, damit zu drohen, dich auf dem Flughafen aussetzen zu wollen."

„Was ist eigentlich aus deinem Unter-dem-Radar-bleiben geworden?"

„Man kann nicht alles haben. Habe beschlossen, dass ich, wenn ich mich zwischen deiner Muskelmasse und der Heimlichkeit entscheiden muss, lieber die Muskelmasse nehme."

„Wirklich? Da wird's einem ja warm ums Herz."

„Ironie? Du machst Fortschritte. Haja, wir müssen doch irgendwann mal Glück haben. Wenn man vom Bankenland aus hier nach jemandem sucht, kann man das kaum manuell machen. Also werden sie irgendwelche Suchkriterien benutzen: vielleicht suchen sie nach allein reisenden Frauen; vielleicht suchen sie nach Passagieren, die eine Reise ins Bankenland gebucht haben; mit Sicherheit suchen sie nach allen meinen Namen, die sie kennen, zu denen die Weingärtner-Identität wahrscheinlich nicht gehört. Dann sehe ich auch noch herrlich durchschnittlich aus, man verwechselt mich erfreulich oft. Vielleicht trifft ein einziges Mal *Fortuna fortis adiuvat* auch auf uns zu. Meinst du nicht, wir haben es uns langsam verdient?"

„Was trifft auf uns zu?"

„Das Glück hilft den Mutigen. Latein."

Jim schüttelte den Kopf. Glück war etwas, das nur anderen Leuten passierte. Das Mädel und er hatten auf der ganzen Bandbreite Pech. Sie hatten zwar bis jetzt immer geschafft mehr schlecht als recht aus jeder brenzligen Situation herauszukommen, aber das hieß nicht, dass es so bleiben musste.

Auf einmal bemerkte er, dass gerade im Augenblick er und das Mädel wieder anfingen, akutes Pech zu haben.

Etwas gefiel ihm nicht. Etwas war nicht richtig.

Das Durcheinander eines Ortes, an dem so viele Menschen zusammen kamen, hatte einen alarmierenden Geruch verschleiert und vor Jim verborgen, so dass die Jäger sich unbemerkt annähern konnten.

Er suchte in der Menge.

Auf der anderen Seiten der Sicherheitskontrolle, in der großem Eingangshalle mit den vielen Ventilatoren, die die verbrauchte Luft umwälzten, sah er sie schließlich. Männer in schwarzen Anzügen. Sie schwärmten aus, als wüssten sie, wie man Großwild treibt.

Jim zischte nur, dass das Mädel sich ducken sollte, und sie fiel hinter ihm auf die Knie und war aus dem Blickfeld der Jäger verschwunden. Sie krabbelte schnell in den Schutz der nächsten Ecke. Wie zufällig drehte er sich um und schaute auf die Männer in schwarzen Anzügen, die nun direkt vor der Absperrung standen.

Vielleicht konnten sie es dieses eine Mal tatsächlich unter Glückgehabt verbuchen: was sie gerettet hatte, war die Sicherheitsschleuse, die zwischen ihnen und dem Rudel lag, und einige hundert unbeteiligte Menschen, die zwangsläufig Zeugen davon werden würden, was auch immer die Jäger mit Nisah vorhatten.

Jim sah einem von ihnen direkt in die Augen. Der Mann nickte und sprach irgendwas in sein Headset.

Er und seine Kollegen verschwanden spurlos in der Menge.

„Ich bin wohl aufgeflogen", sagte Kathrin irgendwo weiter unten und fluchte herzhaft.

Jim nickte.

VI.   Deutschland

Jim und das Mädel nahmen Platz in der ersten Klasse des Flugzeugs. Sie setzte sich ans Fenster und ließ sich sofort Kissen und Decke bringen.

„Was nun?", fragte Jim.

„Jetzt schlafen wir. Sie werden wohl kaum unseretwegen das Flugzeug umdrehen lassen."

„Haben wir nicht etwas zu bereden?"

„Nicht hier."

Sie schlief schon, da war die Maschine noch nicht mal in der Luft.

Wie lange war es her, dass er diese Frau kennengelernt hatte? Fünf Tage? Sechs?

Also vor sechs Tagen war er im Wald gewesen und jetzt saß er im Flieger nach Europa. Sein Leben hatte sich völlig verändert und es sah nicht so aus, als ob das Ende der Fahnenstange schon erreicht wurde.

Hinter dem Fenster sah man über den dunkelblauen Wolken einen gelben Streifen am Horizont.

In diesen sechs Tagen waren am laufenden Band merkwürdige Dinge passiert. Die merkwürdigste von allem war wahrscheinlich die Frau selbst, die auf alles so völlig anders reagierte als normale Leute.

Zu allem Überfluss hatte sie ihn auch noch zum Nachdenken gebracht. Auf einmal fing er an in seiner Vergangenheit herumzustochern. Vor einer Woche hatte er, wenn überhaupt, nur mit einem milden Interesse daran gedacht. Die Frau aber machte sich jene Gedanken, die er sich eigentlich hätte machen sollen. Sie sah Zusammenhänge, auf die er allein nicht gekommen wäre.

Eine Weile sinnierte Jim darüber, dass anscheinend jemand *richtig* viel Geld in die Hand genommen hatte, um ihn… Zu züchten? Zu bauen? Man hatte ihn ausgebildet, das zu werden, was er jetzt war. Nämlich eine Waffe. War er nur ein wissenschaftliches Experiment, ein Prototyp? Oder war er tatsächlich benutzt worden? Was hatte man ihn gezwungen zu tun? Wie viele Menschen hatte er umgebracht? Aus welchem Grund?

Wie hatten er und seine Schöpfer sich getrennt? Hatten sie ihn wirklich freigesetzt, weil sie kein Geld mehr hatten, ihn weiter zu unterhalten? War er ihnen entlaufen, wie ein ausgebrochener Sträfling? Dachten sie vielleicht, dass er umgekommen war, oder suchten sie ihn womöglich noch? Wie war er in seinem Wald gelandet? Der Wald fühlte sich an wie Heimat vom ersten Augenblick an, an dem er sich erinnern konnte. Von dem allerersten Tag im kühlen kanadischen Sommer, als er um die Mittagszeit angefangen hatte zu existieren.

Mit so was wie Sehnsucht dachte er an den Wald im Spätsommer. An den Duft der Gräser. Die Farbe des Himmels. Den Krach der Grashüpfer.

Der Schnee im Winter, wie er unter den Stiefeln quietscht. Der Rauch eines Holzofens vermischt mit der kalten scharfen Winterluft. Die blaue Dunkelheit der Polarnacht. Die Stille.

Im Frühjahr blühten die Sträucher. Es sah aus wie Schnee aus kleinen weißen Blümchen, um den die ersten aufgewachten Bienen summten. Wie Honig zum Atmen.

Im Herbst die Farbenvielfalt der Laubbäume.

Leuchtendes Rot und Gelb und alle Töne dazwischen, die wie ein Feuer den ganzen Wald erfassten. Pilze und Preiselbeeren auf der Speisekarte der Natur.

Das war sein zu Hause. Er kannte nichts anderes. Es war das einzige, woran sein Herz hing.

Er dachte weiter an seinen Wald – jetzt schon mit Vorfreude, dorthin zurückzukehren, und schlief dabei ein.

Als sie in London landeten, war es kurz nach Mitternacht. Als Jim aufwachte, schaute die Frau schlaftrunken aus dem Fenster und gähnte.

Der Transitstop war kurz und ereignislos. Jim bekam von dem ersten europäischen Land, auf dessen Boden er stand, nichts mit, bevor er in den nächsten, wesentlich kleineren Flieger stieg und es wieder verließ.

Der Flughafen in Düsseldorf war leer. Ihre Maschine schien die einzige zu sein, die innerhalb der letzten Stunden gelandet war. Trotzdem warteten sie zusammen mit den anderen Passagieren mindestens eine Stunde, bis ihr Gepäck kam.

In den frühen Morgenstunden, wenn die Verbrecher schon ein Bett gefunden und die rechtschaffenen Bürger noch ein letztes Mal ihrem Wecker eine Galgenfrist abgerungen hatten, stiegen Kathrin und ihr Begleiter aus einem Taxi, dass sie aus Düsseldorf bis zum Kölner Dom gefahren hatte.

Ein kurzer Spaziergang bei leichten Plusgraden kam Kathrin wie Urlaub in den Tropen vor.

Das übelste Schlafdefizit war beseitigt worden. Aber Kathrin war trotzdem noch nicht bereit, sich auf den Weg nach Frankfurt zu machen. Die aufwändigere Route über London, Düsseldorf und Köln sollte ihre Ankunft in Frankfurt zumindest ein wenig verschleiern.

Selten hatte sie sich so darauf gefreut, ihre Kölner Wohnung zu betreten.

„Wieso hast du denn eine Wohnung in Köln?", fragte Jim, als sie durch die verwinkelten Gassen der Innenstadt liefen.

„Weil ich einen respektablen Teilzeitjob hab, bei dem sich eine Wohnung in Köln sehr gut macht."

„Was machst du denn?"

„Ich bin eine ganz passable Informatikerin und arbeite gelegentlich als selbstständige Beraterin bei IT-Projekten für Kaufhausketten."

„Kannst du das nicht aus Frankfurt machen?"

„Kann ich schon, aber je besser die Identität – dazu gehört auch eine Wohnung – umso weniger Leute kommen auf die Idee, dumme Fragen zu stellen. Außerdem arbeite ich in diesem Geschäftsbereich hauptsächlich in Köln und Düsseldorf."

„Wieso machst du das?"

„Für die Abwechslung, schätze ich. Oder den Bezug zu der Realität. Außerdem nehme ich mit der Identität an Fortbildungen und Lehrgängen Teil, um nah am Kunden zu bleiben, neuesten Entwicklungen mitzubekommen. State of the art und so."

„Ich verstehe."

„Keiner – bis auf dich, offensichtlich – weiß was davon und ich hab eine Ecke mehr zum Untertauchen."

„Keiner? Nicht mal deine Freunde?"

„Keiner wie in niemand. Lässt wohl kaum Interpretationsfreiraum."

Kathrin hatte eine unauffällige, aber gute Zweizimmerwohnung in der Innenstadt. Von ihren drei Wohnungen war diese diejenige, die sie am wenigsten bewohnte. Sie war ganz in Weiß möbliert. Kathrin fand, dass die Behausung einer Unternehmensberaterin so aussehen sollte. Sie war sogar mal so weit gegangen, Kollegen zu sich nach Hause einzuladen.

Wie aus einem Katalog sah die Wohnung aus: nicht bewohnt. Ein ungeübtes Auge verwechselte es meistens mit gut aufgeräumt.

Jim fühlte sich wegen der eingeschränkten Bewegungsfreiheit während der Reise nicht wohl. Er hüpfte ein paar Mal auf und ab und machte ein paar Liegestützen. Das Mädchen ließ ihren Koffer im Flur liegen, holte sich ein großes Glas Wasser aus der Küche und stellte es auf den Schreibtisch, der im Wohnzimmer stand. Sie legte sich bäuchlings auf den Boden neben Jim, der noch immer mit den Liegestützen beschäftigt war.

Sie zog von unter dem Sofa ein Notebook hervor, ein großes und massives Gerät. Danach verschwand sie im Flur und kam mit ihrem Rucksack zurück. Jim verfolgte sie aufmerksam. Ein zweites Notebook erschien auf dem Tisch. Es war nur halb so groß wie das erste und interessanterweise gepanzert. Das hatte sie also die ganze Zeit mit sich herumgeschleppt.

Um das Mädchen und die zwei Rechner wuchs in einigen Minuten ein Dschungel aus Kabeln.

Jim legte sich auf das Sofa und schlief zum Geklapper der Tastatur ein.

Er wachte am nächsten Tag erst am späten Nachmittag wieder auf. Der Kabeldschungel war genauso wie gestern Abend, nur die beiden Computer waren ausgeschaltet.

Jim schlich durch die Wohnung. Die Tür zum Schlafzimmer war offen und er schaute hinein. Das Schlafzimmer war genauso Weiß in Weiß wie der Rest der Wohnung. Nur das Bett war schwarz bezogen.

Das Mädchen schlief mit Kopf unter der Decke. Hätte Jim es nicht besser gewusst, hätte er gezweifelt, dass sich unter diesem Daunenhaufen überhaupt ein Mensch befand. Wie damals im Zelt.

Sie war so winzig ohne ihre Winterkleidung, den schwarzen Rucksack und ihre Waffen. So zerbrechlich.

Er schloss vorsichtig die Tür und kehrte ins Wohnzimmer zurück. Er schaltete den Fernseher an und wartete.

„Ich denke, es reicht, wenn wir hier drei Tage bleiben", sagte Kathrin, als sie abends Tiefkühlpizza aßen. „Wenn man uns direkt nach der Landung erwartet, ist es besser, wenn wir nicht sofort auftauchen."

Jim nickte zustimmend. „Was denkst du, woher der Wind weht?"

„Ich fürchte, dass es mein Schieber ist. Ich habe fünf Jahre lang mit ihm zusammen gearbeitet."

„Hast du vor, mit jemandem Kontakt aufzunehmen?"

„Nein. Angenommen, es ist Neunmalklug. An seiner Stelle würde ich als erstes versuchen, mich auf der Straße möglichst unbeliebt zu machen. Ein guter Weg wäre, überall zu erzählen, dass ich mein Team – kaltblütig, versteht sich – umgebracht hätte; er hätte es kommen sehen, aber konnte tragischerweise die Jungs nicht mehr rechtzeitig warnen. Du weißt schon."

„Ich weiß."

„Es gibt eine halbe Handvoll Leute, die es nicht glauben würden. Aber sie sind keine Krieger. Ich kann sie einfach nicht mit hineinziehen."

„Wie sicher bist du dir, dass er es war?"

„Nicht hundertprozentig", sagte sie zögernd. „Wir waren zwar nie besonders dicke miteinander, aber wir haben gut und professionell jahrelang zusammen gearbeitet. Es wäre schon ganz schön bitter, wenn er... Aber er ist nun mal der erste nahliegende Verdächtige. Er hatte die denkbar beste Gelegenheit."

„Und ein Motiv?"

„Geld? Jeder ist käuflich."

„Und wenn er es nicht gewesen ist?"

„Dann bin ich erleichtert und suche weiter."

„Was für Anhaltspunkte hast du denn eigentlich?"

„Abgesehen von der Gelegenheit und dem klassischen Motiv? Du erinnerst dich sicher noch an unsere spektakulärste Flucht vor der Mörder-Spezialeinheit? Ich möchte dich im Übrigen auf ihre Waffen hinweisen: sie sind so neu, dass man sie noch nicht mal stehlen kann. Woher haben sie es gewusst, dass ich, beziehungsweise wir, in dem blöden Hotel waren?", Jim zuckte mit den Schultern. „Standortbestimmung übers Telefon war das einzige, was uns in der Situation verraten konnte."

„Kein Peilsender am Wagen?"

„Hatten Ghra und Ingram am Tag des Bruchs kurzgeschlossen."

„Hotels auf der Strecke zwischen der Tankstelle, wo man dich zuletzt gesehen hat, und Black Town absuchen?"

„Außer Black Town kommen fünf andere Flughäfen in ähnlicher Entfernung in Frage."

„Seid ihr über Black Town auf dem Hinweg geflogen?"

„Nein. Wir sind aus dem Nord-West-Territorium mit Autos gekommen."

„Gut", beendete Jim sein Kreuzverhör. „Das Telefon. Für die Standortbestimmung braucht man die Nummer, nicht? Woher hätten sie die Nummer haben können?"

„Das ist ja die Crux: woher? Was glaubst du, wie lange ich mir über eine andere Erklärung den Kopf zerbrochen habe?" Sie kratze sich am Hinterkopf. „Woher konnten sie die Nummer eines Telefons wissen, mit dem noch nie telefoniert worden ist? Die Nummer war niemandem bekannt. Niemandem."

„Ah", sagte Jim. „Du hast in der Nacht Neunmalklug angerufen und um Hilfe gebeten, während ich geschlafen habe."

Kathrin dachte kurz daran, was zwischen dem Anruf bei Neunmalklug und ihrem Auftritt auf dem Parkplatz passierte. Am grauen Schatten im Gesicht ihres selektiv hypersensiblen Helfers war leicht erkennbar, dass er sich gerade ebenfalls daran erinnerte. Er hatte wieder die gequälte Pose angenommen, die Kathrin so mächtig auf den Keks ging.

Er übertrieb damit ein bisschen.

„Ja, habe ich", sagte sie. „Und eine halbe Stunde später hatten wir eine Begegnung der Spetsnaz-Art und du warst tot, beziehungsweise wärest tot, wenn du ein normaler Mensch wärst."

Der Ausdruck *normaler Mensch* spuckte Jim danach den ganzen Tag im Kopf herum. Er war eben kein normaler Mensch. War es der Grund, wieso sie ihn mitgenommen hatte? Weil sie ihn für strategisch wertvolle Ausrüstung hielt? Weil sie keine Rücksicht drauf nehmen brauchte, dass er ihr wie ihre früheren Partner wegsterben konnte?

Was dachte sie überhaupt?

Kathrin schlief viel, recherchierte und badete jeden Tag. Sie musste ihre Narbe am Bein immer überkleben und die Haut um die Wunde wurde rot von dem Pflaster. Wenn sie schon keine geistige Entspannung finden konnte, wollte sie wenigstens ihrem Körper Erholung von den Strapazen der letzten Wochen gönnen.

Was war denn ihr größtes Problem? Dass sie niemandem trauen konnte?

Ganz so schlimm war es auch wieder nicht. Sie hatte einen Partner, der definitiv ihr gegenüber und nicht Neunmalklug loyal war. Und abgesehen davon war er ein ganzes Team wert.

Das nächste Problem war, dass sie nicht wusste, was für ein Empfang sie in Frankfurt erwartete. Wenn wirklich ein massiver Verrat ihres Schiebers hinter dieser ganzen Katastrophe steckte, war es ziemlich wahrscheinlich, dass sie an jeder Straßenecke einem gezückten Messer oder einer entsicherten Knarre begegnen konnte.

Diese Unsicherheit, die gerade Kathrins Leben mehr als alles andere, inklusive Trauer und Wut, dominierte, konnte man in einem Wort auf den Punkt bringen: Neunmalklug.

Die Frage nach der Lösung ihrer zwei Probleme beschäftigte Kathrin, während sie Informationen sammelte, während sie badete, während sie Fast Food holen ging und sogar noch in ihren Träumen.

Zuerst musste sie sich sicher sein, dass es tatsächlich Neunmalklug war, der die Schuld am Tod von ihren Freunden trug.

Natürlich würde sie es dem Verräter – ob Neunmalklug oder jemand anders – heimzahlen. Gar keine Frage. Das gehörte sich so. Letztes Mal hatte sie es auch getan.

Natürlich war Rache eine unchristliche Angelegenheit.

Natürlich machte Neunmalklugs Tod Newski nicht wieder lebendig.

Aber Kathrin hoffte, dass sie danach wieder besser schlafen konnte.

Jim fragte sich, was sie stundenlang im Badezimmer tat. Er hatte das Gefühl, dass sie sich nur noch dort einschloss, vor dem Computer saß und schlief. Sie brütete irgendwas aus.

Den ersten Tag nach ihrer Ankunft, schlief er selber fast komplett durch. Die restlichen zwei Tage lag er einfach auf dem Sofa, auf dem er auch nachts schlief, und guckte fern, obwohl er kaum was verstand.

Eine Reportage war über einen Riesen-Frachter, der aus unerklärlichen Gründen ausgebrannt war, noch bevor er seinen Trockendock verließ. *Frida Maersk* war der Name. Die Frau kam einer Wolke heißen Dampfs und Badezusätze hinein und setzte sich an den Rand des Sofas. Zuerst sah sie mit stolzen Blick und einem höchst zufriedenen Lächeln auf die Bilder des schwimmenden Monstrums. Er wollte sie fragen, was es damit auf sich hatte, aber sie kam ihm zuvor, indem sie vielsagend mit den Augenbrauen wackelte und schweigend wieder davon stapfte.

Er konnte nicht einschätzen, was genau ihn auf diesem bevorstehenden Feldzug erwartete.

Wie gut waren die Gegner, mit denen die Frau es zu tun hatte? Mit denen sie *beide* es zu tun hatten.

Wenn das mit dem Frachter stimmte, dann waren sie und ihr Team wirklich gut gewesen.

Leute, die gut sind, neigen dazu, Feinde zu haben, die gut sind.

Eins war sicher: es würde hart werden.

„Ich mache unser Date für morgen klar", sagte Kathrin an ihrem dritten Tag in Köln. „In vierundzwanzig Stunden wissen wir, ob mein alter Schieber Dreck am Stecken hat."

„Da bin ich mal gespannt."

„Weißt du, wir sollten einkaufen gehen", sagte Kathrin

eine Weile später.

„Was denn?", fragte Jim unmotiviert.

„Klamotten. Wir werden in Frankfurt als Geschäftsfrau und Leibwächter auftreten."

„Wieso?"

„Weil die sichersten Orte in der Stadt die Banken selber, die guten Hotels, Restaurants und Bars sind – eben jene Lokalität, die auf Banker und ihren Dunstkreis ausgelegt sind. Man kommt da nur rein, wenn man dazu gehört."

„Du gehörst dazu?"

„Nein, aber sie merken es nicht."

„Und dafür brauchen wir neue Kleidung?"

„Vor allem du. Ich hab genug."

„Und was für Klamotten?"

„Wenn wir als Geschäftsfrau und Personenschützer durchgehen wollen, wird es auf Business formal hinauslaufen. Du weißt schon: Anzug und Krawatte."

Jim drehte sich zu ihr um. Sie hatte offensichtlich den Verstand verloren. Sie wollte ihn allen Ernstes in einen Anzug stecken. Er dachte, mehr als die Zuhälterverkleidung konnte sie von ihm nicht verlangen.

Er schwieg in der Hoffnung, dass sie scherzen würde. Das wäre ihre Art, ihn zu ärgern. Aber sie sagte nichts und wartete auf seine Reaktion.

Er hatte noch nie einen Anzug getragen.

„Das geht nicht", sagte er schließlich.

„Doch."

„Nein. Vergiss es." Jim drehte sich weg.

„Ich weiß, nichts ist schlimmer für einen richtigen Mann, der aus der Wildnis kommt, als sich von einem Stadtmädchen einkleiden zu lassen." Sagte sie in einem genervten

Singsang und rollte mit den Augen. „Da du das Arbeitsverhältnis so bereitwillig verlängert hast, muss du leider auf mein Wort vertrauen. Wir werden wesentlich weniger Probleme damit haben, dich ins Bankenland zu bekommen und dort unauffällig herumzurennen, wenn du die richtigen Klamotten trägst." Jim konnte sich dieser Logik nicht widersetzen. „Komm. Ich versuche es möglichst schmerzfrei für dich zu gestalten", sagte Kathrin versöhnlich.

Sie verließen die Wohnung in Richtung Mittelstraße. Bei Sør hatte Kathrin gute Erfahrungen mit ihren Jungs gemacht. Sie waren genial gewesen, aber wenn es mal ums Verkleiden ging, waren sie ohne sie aufgeschmissen.

Sie waren ein verdammt gutes Team gewesen. Sirius und Newski hatten die Planung gemacht, sie waren auch die besten Nahkämpfer im Team gewesen. Sie selbst hatte die Datenextraktion und eventuelle Nachbearbeitung gemacht. Ingram hatte sich um die Einbruchelektronik gekümmert und ihr bei der Hardware geholfen. Er hieß so, weil er nur die MAC-12A benutzen wollte. Der blonde, überraschend zierliche Ghra war ihr Fahrer und Akrobat gewesen, der immer dafür plädiert hatte, übers Dach einzusteigen, und immer zum Lachen aufgelegt gewesen war.

Sie waren keine einfachen Schattenkrieger gewesen, die außer Muskelkraft nichts in die Waage werfen konnten – deswegen waren sie so gefragt gewesen. Sie hatten immer saubere – sofern es ging – und elegante Arbeit gemacht.

Ein gutes Team tot, und wieso? Ja, wieso eigentlich?

Kathrin blieb vor einem Schaufenster stehen, während ihr vergangenheitsloser Helfer weiter lief. Sie sah ihm hinterher, weil sie eigentlich nur schätzen wollte, welche Anzuggröße er wohl brauchte.

Hatte sie ihn überhaupt schon mal mit Verstand angeguckt? Wilde Haare, selten rasiert, alte Jeans, kariertes Flanellhemd unter einer alten, gefütterten, früher einmal schwarzen Lederjacke.

Wie würde er in einem Anzug aussehen?

Oh, schwierig.

Jim drehte sich um und fand sich Gegenstand einer Musterung. Als das Mädchen das sah, blickte sie kurz ins Schaufenster neben sich und holte wieder auf.

Die Stadt war anders als die Orte, die Jim von zu Hause kannte. Zum einen war sie viel größer und lauter, mit Straßenbahnen und einer nicht endenden Flut von guten, gepflegten Wagen, die nicht alle ausschließlich Geländewagen waren. Zum anderen war das Volk voll von Mitgliedern der Bevölkerungsgruppen, die es drüben gar nicht gab: Nonnen, Punks, offensichtliche Transvestiten und was nicht alles.

„Sag mal, Köln ist doch Kirchenland, wie überleben denn hier die ganzen bunten Vögel?"

„Köln ist zwar katholisch, aber tolerant. Jedenfalls solange die Jungs in St. Pantheleon nicht so viel zu sagen haben."

„Was für Jungs?"

„Opus Dei – sind gruselig, scheuchen die dortigen Nonnen rum. Wenn sie es schaffen sollten, das Bistum unter ihre Kontrolle zu bekommen, wird es hier schwer werden." Sie standen jetzt gegenüber von Sør. „Zeit, James-Anziehen zu spielen", sagte Kathrin. „Ganz so schlimm wird es schon nicht werden", ergänzte sie schnell, als sie sein gequältes Gesicht sah.

„Ich sollte mehr Geld von dir verlangen", murmelte Jim aus dem Mundwinkel, als sie das Geschäft betraten.

„Wird in Form von Markenanzügen geliefert", konterte Kathrin. Sie teilte dem Verkäufer mit, dass sie eine formelle Bekleidung für den Herrn brauchten.

„Oh, für einen besonderen Anlass?", fragte der Verkäufer und Kathrin fragte sich, ob er sie oder Jim gieriger ansah.

„Es geht um eine sehr formelle Familienfeier", Kathrin wurde die rebellische Einzeltochter aus dem reichen Hause, die gerade den Weg der Versöhnung ging. „Ich möchte meinen Freund meinen Eltern vorstellen", sagte Kathrin und kassierte einen Blick, der *Viel Glück* sagte. „Wir brauchen einen Anzug, ein-zwei Hemden und eine Krawatte. In unauffälligen Farben. Ach, mein Freund spricht nur Englisch."

„Alles klarrro", der Verkäufer begutachtete Jim und verlangte von ihm sich umzudrehen. Jim schielte fragend zu Kathrin hinüber und nach ihrer auffordernden Geste drehte er sich unsicher um die eigene Achse. Kathrin amüsierte sich verhalten darüber, wie der Verkäufer auf sein Hinterteil guckte. „Ich würde sagen wir fangen mit Größe 52 an", sagte der Verkäufer. „Welche Farbe?"

„Dunkel", sagte Jim düster.

„Natürlich", kommentierte der Verkäufer. „Wir suchen Ihnen schließlich einen Anzug und keine Badehose."

Kathrin grinste, als sie Jims hilflosem Blick begegnete, dem die Note des Bedauerns in der Stimme des Verkäufers nicht entgangen war.

Jim musste für den einen Augenblick der Schwäche büßen, in dem er Mitleid mit dieser Sklaventreiberin hatte. Das Mädchen und der Verkäufer amüsierten sich prächtig: sie verschwanden und tauchten wieder auf mit Anzügen, Hemden und Krawatten. Sie drückten Jim alles in die Hand und schoben ihn in eine Umkleidekabine.

Jim begann sich umzuziehen. Die erste Hose war zu

klein, die andere ging. Er zog das Jackett an und kam wieder hinaus. Sie saß auf einem Hocker mit einem Glas Sekt in der Hand, der Verkäufer stand daneben und die beiden begutachteten ihn mit leuchtenden Augen.

Die Sklaventreiberin lächelte zufrieden.

„Können Sie uns bitte noch ein Schlückchen Prickelwasser bringen?", bat Kathrin den Verkäufer, um für ein paar Minuten seiner Aufmerksamkeit zu entkommen. „Das sieht schon ganz gut aus. Hier sind noch die Schuhe." Jim suchte sich ein Paar aus, das weder Muster noch Bommel hatte, und zog sie an. „Zieh das Jackett aus", sagte Kathrin und reichte ihm das Hemd.

„Ich sehe noch nicht, wie du versuchst, das hier für mich schmerzfrei zu gestalten", beschwerte sich Jim.

„Für jemanden, der unkaputtbar ist, bist du eine ganz schöne Memme. Fühlst du dich wenigstens wohl darin?", fragte Kathrin.

„Nein."

„Schade. Der Anzug ist wie für dich gemacht. Einen besseren finden wir hier nicht."

„Ich will mir gar nicht vorstellen, wie der Anzug aussieht, nachdem mir fünf Kerle mit Schlagstöcken begegnet sind", sagte Jim grimmig und streckte seine Arme, um die Grenzen der Bewegungsreichweite auszuloten.

„Wenn dir Kerle mit Schlagstöcken begegnen, ist der Anzug deine allerletzte Sorge", sagte Kathrin und stand auf. „Wir bezahlen jetzt und gehen in ein Damenmodengeschäft. Du kannst dich dann ausruhen und mir im rechten Augenblick sagen, dass ich gut aussehe."

Sie sagte es so komisch, dass Jim sich nicht sicher war, ob sie flirtete oder sich über ihn lustig machte.

In dem anderen Geschäft nahm er sich eine Zeitung und setzte sich auf ein Sofa in der Nähe der Umkleidekabinen. Das Mädel kam immer wieder zu ihm und zeigte ihm ihre Funde, die er weitgehend ignorierte.

Irgendwann hatte sie ein schwarzes Kleid an. Jim gefiel es und er nickte, daraufhin verschwand sie wieder. Er schaute ihr über die Zeitung drüber hinterher und hatte das Gefühl, etwas gefunden und wieder verloren zu haben.

Es war der Tag, an dem Jim entdeckte, dass Nisah weiblich war.

Ja, er hatte sie schon bis auf die Unterwäsche ausgezogen gesehen. Er hatte auch schon bemerkt, dass unter unförmigen Hosen und schwarzen Hemden all die richtigen Kurven an all den richtigen Stellen waren. Aber die Konsequenzen dieser Kurven waren ihm erst jetzt bewusst geworden.

Wie war sie wirklich? Sie spielte in jeder Situation die Rolle, von der sie sich den schnellsten Weg zu ihrem Ziel versprach. Für die Empfangsdame im Hotel in Manitoba war sie eine Urlauberin mit einem grimmigen Ehemann, für die Beamten am Flughafen war sie ein NATO-Offizier, für den Verkäufer gerade eben war sie ein verwöhntes Kind reicher Eltern.

Was spielte sie für ihn? Irgendwann in der ganzen Zeit musste sie auch mal sie selbst sein, aber wann? Als sie in diesem schwarzen Kleid vorbei stolziert war? Hatte sie sich da über neuen Fummel gefreut oder hatte sie ihn damit dazu bringen wollen, etwas zu denken oder zu tun, was ihr nützte?

Schließlich verließen sie das Geschäft und Jim trug ihre und seine Einkaufstüten, ohne die Antwort auf seine Fragen gefunden zu haben.

„Du hast ja ganz ordentlich Geld ausgegeben", sagte er.

„Wir wollen professionell aussehen", zuckte Kathrin mit den Schultern. „Billige Klamotten sitzen schlecht."

„Würde mir nicht auffallen."

„Natürlich nicht. Außerdem habe ich einen exklusiven Personenschutz zu einem unglaublich günstigen Preis bekommen. Dadurch ist mein Budget für Klamotten plötzlich höher geworden."

Jim war sich wieder nicht sicher, ob sie sich über ihn lustig machte.

Wahrscheinlich hatte sie ihn durchschaut. Wahrscheinlich wusste sie, dass er sie nicht des Geldes wegen begleitete, sondern weil er ihr helfen wollte und sich für sie verantwortlich fühlte, was ja wirklich lächerlich war. Man konnte diese Frau nicht für hilflos halten, wenn man seinen Verstand beisammen hatte.

Als Jim so über sie nachdachte, blieb sie stehen und nach einem Moment der Unentschlossenheit lief sie weiter.

Am nächsten Tag standen sie früh auf. Kathrin zog einen Anzug an, von dem sie überzeugt war, dass er ihr Glück brachte. Dazu gab es auch die Glücksschuhe und die Glücksknarre: eine keramische Uzi, die jeder liebte, der sie sich leisten konnte.

Nach einigen letzten Griffen war sie auch mit dem Erscheinungsbild ihres Helfers zufrieden. Einige letzte Details, ein Paar von irgendjemandem vergessene Manschettenknöpfe, ein Hauch von Aftershave, und keiner würde in ihm mehr den Penner von gestern erkennen.

Jim und das Mädchen fuhren nach Frankfurt mit einem dieser schnellen Züge von Schenker-DeutschePost, über die er in den letzten Tagen im Fernsehen eine Reportage gesehen hatte. Natürlich fuhren sie in der vollkommen leeren ersten Klasse.

Jim sah zu, wie Bäume und Städte mit 300 Stundenkilometern an ihnen vorbei flogen.

Er musste den Anzug anziehen und sich rasieren. Diese Demütigung konnte er ihr niemals verzeihen.

Das Mädchen hatte die Haare wieder zusammengebunden, wie an dem Abend, an dem sie sich kennen gelernt hatten. Außer dieser konnte er keine Ähnlichkeit zwischen dieser eleganten Frau und dem übermüdeten Mädel mit der MP in der Hand erkennen.

Ihren schwarzen Rucksack hatte sie gegen einen Aluminiumaktenkoffer getauscht.

Sie sah ebenfalls zum Fenster hinaus und verfolgte die Hügel, auf die ersten Sonnenstrahlen fielen, und die Täler, aus denen die Nebelschwaden aufstiegen.

Der Frankfurter Bahnhof gehörte zu Hessen, aber da sie direkt aus Köln gekommen und bereits dort durch die Grenzposten gegangen waren, gingen sie mit den anderen Passagieren zu dem Non-Stop-Service in die Innenstadt.

Von der Station des Non-Stoppers, war das Hotel in dem sie ein Zimmer reserviert hatte, nur einige Minuten entfernt. Es hieß Hilton und war sowohl groß als auch teuer.

Der Concierge begrüßte das Mädel mit einem weiteren Namen, den Jim vorher nie gehört hatte. Das wunderte ihn nicht mehr. Sie schob ihm ein paar Geldscheine zu, die sorgfältig irgendwo verstaut wurden, und der Concierge begleitete sie nach oben.

Das Zimmer war so elegant und luxuriös ausgestattet, dass Jim sich fast vergessen und anerkennend gepfiffen hätte – was natürlich nicht gut zu seiner Rolle gepasst hätte.

„Du weißt, dass unser Haus sich nicht in eure Straßenschlachten einmischt", sagte der Concierge, nachdem er die Tür von Innen geschlossen hatte.

„Das weiß ich", sagte Kathrin.

„Du bist ein sehr guter Gast und darum bist du hier willkommen."

„Das ist sehr freundlich, Teddy", sie zählte ein paar weitere Scheine ab. „Es ist im Übrigen nicht meine Absicht, von euch mehr zu verlangen, als in einem Hotel mit einem sehr guten Ruf üblich ist." Kathrin gab ihm das Trinkgeld. Der Concierge war noch nicht fertig. Die Gerüchte haben offensichtlich schon die Runde gemacht, obwohl der gescheiterte Gig gerade mal zwei Wochen her war und bis auf sie keiner darüber irgendwas aus erster Hand wissen konnte. Kein gutes Zeichen.

„Es wird gemunkelt, dass du mächtig Kacke am dampfen hast", sagte der Concierge.

„Wird es das? Ich hab sie nicht auf dem Gewissen, wenn du es wissen willst."

„Das ist mir egal, Nisah", sagte Teddy, dem es zwar egal sein mochte, der aber trotzdem neugierig war. „Unser Haus legt Wert darauf, sowohl in den Banken als auch auf der Straße seinen Ruf zu wahren. Es gehört nicht zu unserem Model, Gäste zu verpfeifen, was auch immer sie mit ihren Partnern angestellt haben mögen. Ich habe dich auf deinen Standardnamen eingetragen. Von deinem Kumpel habe ich nichts gehört. Das Gebäude ist im üblichen Maße bewacht und mehr kann ich nicht tun."

„Gut, vielen Dank und richte deinem Chef meine besten Grüße aus."

„Selbstverständlich. Ach, wir haben einen neuen Service: gegen eine geringe Gebühr lagern wir deine Sachen für ein, drei, fünf oder zehn Jahre ein, falls du verschwindest und nicht ordentlich auscheckst."

„Hmm, kann nicht schaden. Was kostet das für drei Jahre?"

„Zweihundert Mark."

„Das geht ja. Das machen wir, oder James?"

„Gut. Deine Kreditkarte wird entsprechend belastet", sagte Teddy, der Concierge.

„Hervorragend", sagte Kathrin.

„Hast du nicht Angst, dass sie dich hier finden werden?", meldete sich Jim zu Wort, nachdem der Concierge gegangen war.

„Mich hier zu suchen, macht ziemlich viel Sinn. Aber keiner, der in den Deutschen Ländern überleben will, ist so blöd, sich mit Hilton anzulegen."

„Wieso?"

„Weil es ein illegales Krankenhaus ist."

„Wozu braucht man ein illegales Krankenhaus?"

„Weil wir hier im zivilisierten Land sind. Es ist hier gegen das Gesetz auf Leute zu schießen oder einzustechen. Wenn man mit entsprechenden Beschwerden in ein Krankenhaus kommt, stellt man Fragen und ruft die Polizei beziehungsweise die Fin-A."

„Und hier interessiert es die Leute nur, dass du die Rechnung hinterher begleichst."

„Dabei scheren sie sich nicht mal darum, mit was du Handel getrieben hast, um das Geld dafür zu beschaffen."

„Du meinst also, es ist eine Übereinkunft zum Wohle der Allgemeinheit."

„Ja. Wenn es den Laden hier nicht gäbe, wären die Schatten deutlich leerer."

„Sieht aber nicht wie ein Krankenhaus aus."

„Es ist ja in erster Linie ein Hotel. Hier übernachten Prominente und reiche Leute. Selbst wenn sie keinen Entzug machen."

„Was ist die Fin-A?", fragte Jim.

„Die Finanzaufsicht. Sie ist im Bankenland die oberste Instanz, die nicht an Gewaltenteilung glaubt und eine kleine Berufsarmee unterhält. Effektiv ist es so was Ähnliches wie die Polizei. Nur unbestechlich und völlig verständnisfrei. Naja, vielleicht nicht völlig unbestechlich. Erpressbar sind die aber allemal."

„Wie groß ist denn das Bankenland?"

„Zweidrittel von Frankfurt und der Flughafen. Eigentlich gar nicht groß."

„Ist das nicht ein bisschen zu dick aufgetragen?", fragte Jim, nachdem er aus dem Fenster die Skyline angeschaut hatte.

„Was?"

„In einer Penthouse Suite zu wohnen, wenn man in deiner Lage ist?"

„Das ist keine Suite, das ist nur ein größeres Zimmer. Die Alternative ist meine Straßenwohnung und die wird mit hoher Wahrscheinlichkeit überwacht. Uns dort zu greifen, ist deutlich einfacher als hier. Für den einzigen Aufenthaltsort, der uns noch zur Verfügung steht, bin ich noch nicht verzweifelt genug. Das Hotel ist schon in Ordnung und erhöht die Lebensqualität. Außerdem haben wir auch Informationen gesammelt: wenn der Concierge im Hilton schon gehört hat, dass ich in Schwierigkeiten stecke, dann weiß es die ganze dunkle Seite von Frankfurt. Es ist ein deutliches Zeichen dafür, dass ich *tatsächlich* in Schwierigkeiten stecke. Wir haben noch eine halbe Stunde, bevor wir gehen müssen", fügte sie mit einem Blick auf die Uhr hinzu.

Eine halbe Stunde später gingen sie in das Kaffee, in dem das Treffen mit Neunmalklug stattfinden sollte. Sie setzten sich an einen Tisch und bestellten Kaffee.

„Ich werde auf Deutsch sprechen", sagte Kathrin. „Wenn ich denke, dass etwas schief läuft, werde ich meine Handtasche runterschmeißen, und sie nicht wieder aufheben."

„Gut", sagte Jim, der wirklich mittlerweile keine verabredeten Zeichen brauchte, um zu merken, dass die Frau unter Stress stand. Mit Nisahs Aluminiumkoffer in der Hand fühlte er sich ziemlich nützlich.

VII.   *Aurora*

Wie Kathrin befürchtet hatte, kam Neunmalklug nicht.

Für ihn kam seine Assistentin. Aurora war Mitte dreißig und hatte wunderschöne lange kastanienbraune Haare. Sie war insgesamt wunderschön. Die schönste Frau, die Kathrin kannte.

Im Geheimen waren Aurora und Sirius mal ein Paar gewesen. Kathrin wusste nur deswegen davon, weil sie noch in ihren Zeiten als Neunmalklugs unsichtbares Mädchen für fast alles ein oder zwei Mal einen versteckten Kuss gesehen hatte. Gut möglich, dass sie sich in der Zwischenzeit getrennt hatten. Konnte aber auch sein, dass sie noch zusammen waren – in diesem Fall wäre Aurora eine wertvolle Verbündete.

Vorausgesetzt, sie konnte davon überzeugt werden, dass Neunmalklug der Bösewicht war.

„Hallo Nisah", sagte Aurora höfflich, aber nicht sehr freundlich.

„Hallo Aurora. Nimm Platz." Kathrin konnte eine viel herzlichere Begrüßung zu Stande bringen und deutete auf einen sorgfältig platzierten Stuhl ihr gegenüber. „Das ist mein Begleiter. Du brauchst ihn nicht weiter zu beachten."

Jim verstand kein Wort.

Die hinzugekommene Frau, Aurora, war blass und offensichtlich nervös. Sie schenkte Jim nur einen flüchtigen Blick, der nicht mal als Begrüßung taugte.

Es war Nisah, die ihr so viel Angst machte.

„Wo ist dein Chef?" Kathrin führte den Angriff gerade aus. „Ist er tot? Ist er schwer verletzt?", sie klang sarkastischer, als sie es wollte.

„Es heißt, du hättest das Team umgebracht." Aurora war um Fassung bemüht.

„Ach, heißt es das?"

„Stimmt das denn?"

„Nein, natürlich stimmt das nicht", sagte Kathrin ruhig und sachlich. „Ich habe nichts damit zu tun und, wer auch immer dafür verantwortlich ist, wird bluten."

„Wieso sollte ich dir glauben?"

„Wieso solltest du den Anderen glauben? Es steht mein Wort gegen wessen? Der Straße?" Aurora antwortete nicht. „Du schweigst? Also ist es mein Wort gegen das der Straße. Du müsstest als Neunmalklugs Assistentin am besten wissen, wie weit man Gerüchten trauen kann."

Aurora starrte auf den kleinen Mandelkeks, der zusammen mit dem Kaffee kam, und antwortete nicht.

„Gut, dann ist es dein Wort gegen das der Straße", gab sie nach einer Weile zu. „Aber in Gerüchten ist ja immer ein Körnchen…"

„Ach, hör doch auf! Was für einen Sinn macht es denn für mich, hierher zu kommen und mit Neunmalklug oder mit dir reden zu wollen, wenn ich die Jungs umgebracht hätte? Was hätte ich überhaupt davon, sie abzuschreiben? Denk darüber nach, Aurora!"

„Geld. Jeder ist käuflich." Ein Echo Kathrins eigener Worte, die Credo und Selbstkritik gleichzeitig waren.

„Welches Geld?"

„Wolltest nicht teilen, was ihr geholt habt, oder den Erlös davon."

„Hörst du dich reden, Aurora? Was für ein Schwachsinn! Weißt du wie hart es ist, in der Taiga um diese Jahreszeit zu überleben? Ich bin fast erfroren. Zweimal. Ich bin von einer Spetsnaz hochgenommen worden. Ebenfalls zweimal. Sie tauchten einfach aus dem Nichts auf. So wie diese Leute auftreten, zieht es jedem in seinem gesunden Verstand das Höschen aus. Glaub mir. Ich bin mehr tot als lebendig vor Übermüdung durch den Wald gegurkt. Ich wäre schon längst hinüber, wenn ich nicht diesen Mann hier aufgegabelt hätte. Glaubst du nicht, dass angesichts des vorhersehbar haarigen Heimwegs es ein bisschen zu viel Risiko wäre, die Jungs zu meucheln – sogar für ein Schwimmbecken voll Kohle? Ich bin ja nicht lebensmüde." Künstlerische Pause. „Die richtig spannende Frage ist die, wieso Neunmalklug dich schickt", sagte Kathrin. Sie würden jetzt Schritt für Schritt dieses technische Problem durchkauen.

„Dieses Treffen hat keine hohe Priorität. Deswegen hat er mich geschickt. Das ist alles. Er hat eben zu tun." Aurora war nicht mehr ganz so nervös, wie zu Beginn des Treffens. Jedoch war es zweierlei, Nisah für unschuldig zu halten und den eigenen langjährigen Arbeitgeber zu verdächtigen.

„Keine hohe Priorität? Soso. Ich hab dieses Nachrichten-system für Neunmalklug lang genug gewartet: ich weiß, wo es schief laufen kann. Und ich habe die Nachricht mit der höchsten Priorität geschickt." Aurora schaute misstrauisch. „Wie oft habe ich oder jemand anderes von den Jungs in den letzten fünf Jahren ein Treffen mit höchster oder nur zweit-höchster Priorität verlangt?"

„Kein einziges Mal."

„Außer gestern Abend. Wieso ist Neunmalklug ver-dammt nochmal nicht gekommen?" Aurora zuckte mit den Schultern. „Meinetwegen hätte er auch zusätzliche Sicher-heit mitbringen können. Was ist ein Schieber wert, der sich nicht um seine Leute kümmert, wenn sie in Schwierigkeiten sind? Er hätte das Treffen wahrnehmen und mich anhören sollen. Es ist schon mal vorgekommen, dass komplette Teams bei einem Einsatz draufgegangen sind. Oder nur ein einziges Mitglied überlebt hat. *In dubio pro reo,* verdammt noch mal? Woher will er so genau wissen, dass es kein Unfall war?" Kathrin wurde trotz ihrer guten Vorsätze ungehalten und redete immer schneller, wurde immer wütender.

„Ich sage dir doch: das Treffen hat keine hohe Priorität." Die zunehmend aggressivere Art der Schattenkriegerin erschreckte Aurora. Kathrin merkte es und steuerte gegen.

„Gut. Wenn das Treffen keine hohe Priorität hat, wieso zum Henker hat er dich dann zum Treffpunkt für Treffen mit höchster Priorität geschickt?" Kathrin hatte sich mit Aurora immer gut verstanden und wollte wissen, was diese über die Pläne ihres Chefs wusste und auf wessen Seite sie stand.

Daran, dass Neunmalklug tatsächlich falsch spielte, zweifelte sie nicht mehr.

Erste Zweifel erschienen dagegen auf Auroras Gesicht.

Kathrin wechselte das Thema.

„Wie gefällt dir mein neuer Begleiter? Er versteht überhaupt kein Deutsch", fügte sie beiläufig hinzu und rang sich sogar ein leicht anzügliches Lächeln ab.

Aurora warf einen kurzen Blick auf Jim und griff ihren Plauderton auf. „So gar nicht dein Typ. Ich dachte du stehst auf gepflegte Erscheinung und eher den Anzugträgertyp." Jim merkte, dass er das Objekt des Gesprächs geworden war.

„Gelegentlich tut eine Abwechslung gut. Vielleicht ist er eher was für dich? Wenn du möchtest, kann ich dir den guten James überlassen." Durch Oberflächlichkeit getarnt kam Kathrins Schlag für arme Aurora völlig unerwartet: „Sag mal, Aurora, hattest du nicht mal was mit Sirius?" Die

Schieberin sackte in sich zusammen und antwortete nicht. Kathrin hatte ins Schwarze getroffen. „Er war der beste mit Sprengstoff. Konnte ein Haus in die Luft jagen, ohne dass im Nachbargarten ein Grashalm umknickte." Aurora sagte nichts. Kathrin beugte sich vor und griff nach ihrer Hand. „Glaubst du wirklich, ich würde jemanden umbringen, der mir alles beigebracht hat? Und glaubst du, dass Sirius und die Anderen sich alle gleichzeitig von einem Tech-Mädel mit nicht mal halb so viel Lebenserfahrung reinlegen lassen würden?"

Aurora sah zur Seite und versuchte ihre zitternde Unterlippe zu verstecken. Kathrin winkte dem Kellner und bestellte zwei Kaffees, damit die Arme Zeit hatte, sich zu fassen.

Kathrin konnte nur ahnen, wie es ihr ging. Sie wusste noch zu gut, wie sie sich selbst gefühlt hatte, als die Jungs nicht zum Treffpunkt gekommen waren. Erst da hatte sie angefangen daran zu glauben, dass sie nicht mehr kommen würden. Im Kopf hatte sie es schon vorher gewusst: keiner konnte so eine Sauerei von einer Explosion überleben. Aber sie hatte wider alle Vernunft gehofft und war trotzdem zum Treffpunkt gefahren. So hoffte Aurora – wider alle Vernunft – dass Nisah und die Straße sich irren würden und dass Sirius noch lebte.

„Wie?", fragte Aurora nach einer Weile und sah in ihren Kaffee.

„Wir sind problemlos rein, haben eingekauft, haben die Daten übermittelt und auf dem Weg nach Draußen ist etwas schief gelaufen. Wir sind auf demselben Weg wieder raus und irgendwo war da irgendwas... Ich weiß nicht, was passiert ist." Aurora schwieg und Kathrin wartete. „Jetzt musst du meine Situation verstehen", fuhr sie schließlich fort. „Ich bin allein, mein Team ist tot, ganz böse Leute sind hinter mir her. Ich schaffe es wider Erwarten nach Hause und..."

„...dein Schieber ignoriert deinen Hilferuf", viel Aurora ihr ins Wort.

„Du weißt, wovon ich jetzt ausgehen muss."

„Aber ihr seid doch sein bestes Team gewesen. Er war euer Schieber!", redete Aurora verzweifelt auf Kathrin ein.

„Ja. Er war mein Schieber – fünf Jahre lang. Aber du weißt, dass das nichts heißen muss."

„Aber wieso?", fragte Aurora.

„Aus demselben Grund, den du vorhin genannt hast. Wir brauchen uns keine Illusionen darüber zu machen, worum es Neunmalklug unter dem Strich geht."

„Willst du, dass ich was für dich tue?", fragte Aurora.

„Ich möchte, dass du die Angehörigen von Ingram und Ghra auftreibst und ihnen Bescheid gibst, dass sie nicht warten brauchen. Ich habe dafür keine Zeit." Aurora nickte. Kathrin brauchte einen Augenblick Zeit, um den richtigen Tonfall zu finden, damit ihre nächsten Worte nicht wie eine Drohung, sondern wie eine sachliche Feststellung klangen. „Aurora, du wirst Konsequenzen ziehen müssen. Du musst dich entscheiden, wo deine Loyalität liegt. Wenn ich zu Neunmalklug komme, wird es Blut geben."

„Ich weiß. Und er weiß es auch. Er hat vor einigen Tagen klammheimlich zusätzliche neue Muskeln geholt."

„Natürlich", sagte Kathrin. Damit hatte sie gerechnet. „Wann warst du das letzte Mal bei ihm?"

„Letzte Woche. Er hat mir gestern die Daten für dieses Treffen am Telefon gesagt."

„Wusste er von dir und Sirius?"

„Nein."

„Nein? Oder nicht, dass du wüsstest?"

„Nicht, dass ich wüsste", gab Aurora zu.

„Weißt du, wen er als Muskeln geholt hat?"

„Keine Ahnung. Es sind mehrere Teams in der Stadt, die zu den üblichen Verdächtigen zählen."

Kathrin stockte der Atem.

„Wer?"

„Checker, Schrödinger und Ajax."

„Das sind ordentliche Teams", sagte sie erleichtert. „Ich persönlich würde Ajax als den stärksten sehen, aber auch er kocht nur mit Wasser."

„Sehe ich auch so. Allerdings gibt es noch eine schlechte Nachricht: ich habe gehört, dass Marek wieder da ist."

Kathrin wollte fluchen, aber die Worte gefroren ihr auf der Zunge.

Jeder beschissener Schattenkrieger in Deutschland oder sogar auf der Welt, aber nicht Marek.

Vor kaum etwas anderem hatte sie diese Art von paralysierender Angst, wie vor diesem Mann und seinem Rudel durchgeknallter Psychopathen.

„Marek? Wieder da?" Kathrin sprach leise, sie wollte nicht, dass ihre Stimme sie verreit.

„Ich weiß es nicht, ich weiß es wirklich nicht. Aber so heißt es."

„Er und seine Leute sind schon sehr lang nicht mehr gesehen worden", gab Kathrin zu bedenken.

„Es hieß, sie seien im Krieg auf den Inseln drauf gegangen."

„Schön wär's! Den Gefallen tun sie dem Menschengeschlecht nicht. Aber vielleicht sind mir die Götter hold und es ist nur ein Gerücht. Kannst du rausfinden, ob Marek beim Neunmalklug ist?"

„Wenn ich nach diesem Treffen zu Neunmalklug gehe und er weiß, dass ich mit Sirius zusammen war, bin ich tot", sagte Aurora.

„Keiner zwingt dich. Wenn du Angst hast…"

„Ich bin schwanger, Nisah." Es war jetzt an Kathrin zu schweigen.

„Es tut mir Leid, Aurora", war das Einzige, das sie dem noch hinzuzufügen hatte. Daraufhin verließen Jim und sie das Café, wo Aurora immer noch am Tisch saß und ihre unberührte Tasse anstarrte.

„Und?", fragte Jim als sie zum Hotel zurückgingen.

„Mein Schieber war's."

„Bist du sicher?"

„Das war seine Assistentin."

„Ist sie für uns oder für ihn?", fragte Jim.

„Sie ist für uns. Aber sie nutzt uns nichts. Neunmalklug wird ihr wahrscheinlich nicht trauen und sie traut sich sowieso nicht mehr zu ihm."

„Wieso hat er sie dann zum Treffen geschickt?"

Kathrin erklärte das Beziehungsgeflecht zwischen Aurora und ihrem ehemaligen Teamchef. „Ich denke, Neunmalklug hat das mit ihr und Sirius nicht gewusst oder nicht mit Sicherheit gewusst. Ich habe ja auch nur gut geraten. Ich denke, wir werden keine Wahl haben, als dieses Schwein in seinem eigenen Haus hoch zu nehmen."

„Er hat aber zusätzliche Sicherheit, nehme ich an."

„Ja, hat er. Und darin liegt irgendwie das Problem."

„Wie willst du jetzt vorgehen?"

„Weiß noch nicht."

Sie gingen wieder ins Hilton.

Kathrin war nicht wütend. Sie war nicht traurig. Weil sie vorbereitet gewesen war.

Neunmalklug war ein sehr guter Schieber, aber Kathrin mochte ihn nicht. Sie traute Leuten nicht, die sie nicht mochte. Als ihre baldige Aufnahme in der Formation von Sirius und Newski schon festgestanden und sie noch Zugang zu dem System des Schiebers gehabt hatte, hatte sie in weiser Voraussicht darin ein kleines Hintertürchen eingebaut. Mit diesem konnte man – einmal im Intranet – die komplette Elektronik im Neunmalklug'schen Imperium kontrollieren: Festplatten, Kameras, Türen, Tore, Fenster und sogar Heizungskörper.

Das Hintertürchen war ein winziges und es konnte nur direkt an einem der Terminals innerhalb des Gebäudes geöffnet werden, aber Kathrin brauchte jede Kleinigkeit, die für sie war.

Etwas anderes trieb sie in den Wahnsinn. Schon die Möglichkeit, Marek gegenüber zu stehen, versetzte sie in Verzweiflung und gab ihren Nebennieren mehr zu tun, als die beiden Spezialeinheiten letzte Woche. Gegen ihn hatte sie keine Chance, selbst wenn sie bis an die Zähne bewaffnet wäre und er nicht.

Was konnte sie denn gegen ihn und sein ganzes Drecksteam ausrichten? Auch zu zweit hatten sie keine Chance. Da brauchte sie schon einen verdammten Superhelden.

Sie *musste* wissen, ob sie tatsächlich Marek und seine Leuten in ihre Risikokalkulation miteinbeziehen musste. Davon musste sie ihr ganzes weiteres Vorgehen abhängig machen. Solche Gegner erforderten eine ganz spezielle Form der geistigen, körperlichen und materiellen Vorbereitung.

Hoffentlich war es nur ein Gerücht, von Neunmalklug gestreut. Vielleicht dachte er, dass Kathrin nicht zu ihm kommen würde, weil sie eine zu große Angst vor Marek hatte. Damit lag er nicht unbedingt falsch – aber noch war es nur ein Gerücht. Sie musste erst wissen, ob es stimmte.

Wenn sie Neunmalklug wäre, würde sie versuchen, diese Information so lange wie möglich im Stadium eines Gerüchts zu halten.

Sie musste dringend jemanden in die Finger kriegen, der zurzeit für Neunmalklug arbeitete.

„Lass uns mal schauen, wie es um meine Wohnung steht", schlug Kathrin vor, als sie ihre formelle Kluft wieder abgelegt hatten.

„Was erhoffst du dir davon?", fragte Jim.

„In erster Linie ein wenig frische Luft. Schnapp dir deine Jacke und ich zeige dir Frankfurts etwas weniger gepflegte Seite."

„Ich habe zwei Trümpfe: dich und die Tatsache, dass ich mich in Neunmalklugs Überwachungs- und Nachrichtensystem gut auskenne", sinnierte Kathrin, als sie durch die zweifelhafte Gegenden von Gallus wanderten.

„Wird er sie jetzt noch benutzen?", fragte Jim.

„Muss er ja, sonst kann er seinem Handwerk kaum nachgehen."

„Sag mal: was macht eigentlich ein Schieber?"

„Er vermittelt die Aufträge gegen eine gewisse Beteiligung. Meistens weiß man ja gar nicht, für wen man arbeitet. Außerdem macht ein guter Schieber auch einen gehörigen Teil an Zulieferarbeiten – wenn du irgendwelche Dinge im Labor untersucht haben möchtest oder eine ganz exotische Ausrüstung brauchst, zum Beispiel."

„Hast du deine Ausrüstung auch von ihm?"

„Nein. Meine Rechner baue ich normalerweise selbst zusammen und die Waffen haben wir über einen Waffenhändler, den Sirius und Newski aus dem Krieg kannten."

Sie gingen durch verwinkelte und verwahrloste Hinterhöfe, zwängten sich zwischen Hecken hindurch und machten Tore in schlecht in Stand gehaltenen Zäunen auf. Jim merkte sich den Weg. Im Großen und Ganzen war die Stadt doch nicht viel anders als der Wald.

Es wäre falsch zu sagen, dass es ein besonders schäbiges Viertel war, in dem sie schließlich gelandet waren. Es war einfach, aber nicht völlig heruntergekommen. Die Häuser waren seit Jahrzehnten nicht mehr renoviert worden und an vielen Stellen waren sie mit Graffitis versehen. Aber es waren gut gemachte Graffitis.

Es roch nach selbstgekochtem Essen und frisch gewaschener Wäsche.

Jim hatte zuerst angenommen, dass die Wohnung der Frau in einem vom Verbrechen dominierten Viertel lag. Dort, wo bewaffnete Leute, die zur späten Stunde mit schweren Sporttaschen das Haus verließen, nicht weiter auffielen.

Aber hier lebten Familien. Leute aus einfachen Verhältnissen – wie er selber auch. Sie hatten ein unstetes, niedriges Einkommen, dass sie mit ehrlicher, vielleicht nicht ganz legaler Arbeit bestritten.

Jedenfalls witterte Jim überraschend wenige Sachen, die er mit verbrecherischen Aktivitäten in Verbindung brachte.

Irgendwann stand das Mädchen vor der Hintertür eines alten Mehrfamilienhauses. Jim brauchte die Tür nicht mal richtig zu treten, damit sie aufsprang.

Sie waren nun im Treppenhaus und gingen hoch.

Fünf Stockwerke später waren sie auf dem Dach.

Das Mädel packte ein Fernglas aus und studierte die Straße. Dann reichte sie ihm das Ding und zeigte mit dem

Arm die Richtung, in die er schauen sollte.

„Du meinst den Penner vor dem Haus?", fragte Jim und kommentierte, ohne die Antwort abzuwarten. „Er ist keiner."

„Genau. Die Wohnung ist wohl dahin."

„Wozu hast du sie denn benutzt?"

„Für kriminelle Machenschaften."

„Wo wohnst du denn?", fragte Jim, als sie wieder auf der Straße waren.

„Na, da drin."

„Du sagtest doch, dass du die Wohnung für kriminelle Machenschaften benutzt."

„Mein ganzes Leben besteht aus kriminellen Machenschaften. Genau genommen benutzte ich sie für meine kriminellen *Freundschaften*."

„Und wo wohnst du?"

Das war wieder so eine Frage, auf die Kathrin natürlich lügen sollte, und gegenüber jeder anderen Person auch ohne einen weiteren Gedanken gelogen hätte.

„Ich wohne in einer dritten Wohnung. Aber dahin gehen wir erst, wenn wir verschwinden müssen."

„Wieso nicht jetzt?"

„Solange wir im Hilton sind, wissen die Leute, dass wir da sind und auch, wo wir uns ungefähr rumtreiben. Das lässt sich nicht vertuschen und ist gegenwärtig auch gar nicht nötig. Sollen sie doch ruhig denken, dass wir den Ernst der Lage unterschätzen."

„Ich dachte, die Leute wollen dich um die Ecke bringen."

„Ja. Aber ich wette, ich kann ihre Züge besser vorhersagen, als sie meine."

„Um dein Leben?"

„Ja", sagte Kathrin. „Lass mich das so formulieren: ich habe einen Plan."

„Einen Plan? Jetzt muss ich Angst haben."

„Haha, du Scherzkeks. Jedenfalls, was die Wohnung angeht: es wird sicherlich bald eine Zeit kommen, in der lieber niemand weiß, wo wir sind. Dann kommt meine richtige, geheime und absolut legale Wohnung zum Einsatz."

„Und was jetzt? Ins Hotel zurück und was tun?" Jim trat eine leere Bierdose aus dem Wege. „Weiter planen?"

„Genau", bestätigte Kathrin völlig unberührt von seinem Sarkasmus.

Sie machten sich auf demselben Weg zurück.

Dass die Wohnung überwacht wurde, fügte sich nahtlos in Kathrins Einschätzung der Situation. Ihre richtige, geheime und absolut legale Frankfurter Wohnung war für sie eine sichere Zuflucht, solange sie nichts Dummes in ihrer unmittelbaren Nähe anstellte. Wenn ihr kleiner Trick funktionierte, würde sie sie schneller brauchen, als sie noch vor einer Stunde angenommen hatte.

Kathrin rückte ihre Lederjacke zurecht. Let's jive!

Sie spürte den kühlen Lauf einer Pistole im Nacken und versteckte schnell ein Lächeln.

Sie dachte an Newski und Sirius, und Ingram, und Ghra, und Aurora, und deren ungeborenes Kind. Und wieder an Newski. Eine Welle von Wut brach über ihr zusammen. In die Flamme des Zorns kippte der Rachegott eine Flasche Captain Morgan.

Das war gut. Sie war bereit.

„Nisah, Liebes", sagte eine schöne männliche Stimme.

„Hallo Ajax", sagte Kathrin.

„Wieso lebst du denn noch?", fragte die Stimme süffisant.

„Damit ich die Freude haben kann, Neunmalklug eigenhändig umzulegen", antwortete Kathrin in gleichen Tonfall.

„Nun, damit wird es wohl nichts", erwiderte Ajax gut gelaunt. Mit einem schlecht versteckten Triumph in seinen Augen ging er um sie herum, bis sie von Angesicht zu Angesicht standen.

Kathrin sah zu dem angenehmen Gesicht des Schattenkriegers hinauf.

„Du hast uns, schön und gut. Aber denk an deine Manieren. Sie sind dir doch so wichtig", sagte Kathrin auf Englisch. Sie musste ihren Partner mit ins Boot holen, damit er die Situation richtig einschätzte und nicht viel zu früh ihre Befreiung anzettelte.

Ajax drehte sich zu Jim. Man musste kein guter Menschenkenner sein, um seine Meinung von jenem zu erahnen.

„Mein Name ist Ajax", sagte er auf Englisch. Manieren waren Ajax in der Tat wichtig. „Wer bist du?"

„Wolfram", sagte Jim. Kathrin wunderte sich, dass er wie aus der Pistole geschossen einen Künstlernamen parat hatte.

„Wie originell", sagte Ajax und lachte. „Nachdem wir die Höflichkeiten ausgetauscht haben, wollen wir mal ans Geschäftliche."

Ein Van fuhr heran und Ajax und seine Leute dirigierten sie hinein. Man hatte sie durchsucht. Den Koffer, den Kathrin bei sich trug, nahm Ajax an sich. Mit Händen in Handschellen saßen sie und ihr Mitgefangene auf einer Bank im Van. Außer Ajax waren noch vier Schläger und ein Fahrer mit von der Partie.

Kathrins größte Sorge war, dass Wolfram sich von Ajax provozieren ließ und ihn umbrachte, bevor sie ihre Auskunft eingeholt hatte.

„Neunmalklug ist erfreut, dass du lebst und wohlauf bist, mein Herz", fuhr Ajax im Van auf Englisch fort. „Er nimmt an, du hast noch mehr spannende Sachen aus dem Stützpunkt mitgenommen, und er möchte sie haben."

„Gar nicht so schlecht, der Gute", murmelte Kathrin.

„Gib mir die Daten und es endet alles gut für dich."

„Ach wirklich?", kommentierte Kathrin. „Erstens wäre Neunmalklug ganz schön blöd, wen er mich leben ließe", begann Kathrin aufzuzählen. „Zweitens habe ich keine weiteren Daten, als die, die ich übertragen hab. Und drittens habe ich kein Vertrauen in deine philanthropischen Beweggründe."

„Da könnte an allem was dran sein", lachte Ajax nicht mehr so selbstsicher. Das Fahrzeug setzte sich in Bewegung.

Ajax hasste Fremdwörter, weil er sie nicht verstand. Früher hatte Kathrin ihn gern damit geneckt.

Außerdem war Ajax sehr eifersüchtig gewesen, was damals ja auch primär der Grund für die Trennung war. Das Experiment, sich eine ernsthafte Beziehung auf der Straße zu suchen, hätte sie niemals machen dürfen.

Zu hohes Risiko.

„Ihr wollt doch sicherlich nur mich haben", sagte Kathrin nach einer Weile, als nicht Nennenswertes geschah. „Lass doch den Typen laufen."

„Wer ist denn das überhaupt?"

„Ein… Bekannter", sagte Kathrin so eindeutig, dass Ajax ganz genau verstanden zu haben glaubte, dass Jim in jeglicher Hinsicht eben mehr als ein Bekannter war. „Lass ihn gehen. Er weiß von nichts."

„Sieht ja nicht aus, wie einer von deinem üblichen Beuteschema."

„Geht dich das was an?"

„Nicht mehr, meine Liebe, Gott sei Dank nicht mehr. Ich bin nur fasziniert, dass du tatsächlich überall einen findest, der mit dir in die Kiste steigt", sagte Ajax mit Blick auf Jim. „Dass die Typen auf dich immer noch reinfallen, so jung und knackig bist du wirklich nicht mehr", er schüttelte den Kopf. "Sirius ist gerade mal tot und du hast dir schon einen neuen Papa besorgt. Warte mal, oder warst du auf Newski fixiert? Ich persönlich bin überzeugt davon, dass du jeden in deinem Team mal versucht hast flach zu legen."

"Versucht? Du beleidigst mich, Ajax. Gib's doch zu: du bist nur neidisch. Ich war bei meinen Jungs wenigstens erfolgreich. Und so was von. Aber *du* hast bei *deinen Jungs* aber auch wirklich gar keine Chance. Und das macht dich fertig, nicht wahr?" Kathrin Worte waren pures, unverdünntes, speziell auf Ajax und ihre gemeinsame Geschichte zugeschnittenes Gift. Der Tritt, den sie dafür kassierte, war nur eine Bestätigung dafür, dass es sicher in sein System gelang.

„Pass auf, was du sagst, Mädel", sagte Ajax. „Sonst ist dein kurz geratener Bettakrobat hier der erste, der dran glauben muss. Wäre nicht schade um ihn, weil er ja eh nichts weiß."

„Wäre schon *ein bisschen* schade. Im Gegensatz zu dir ist er zu etwas zu gebrauchen", teilte ihm Kathrin auf Deutsch mit, damit es auch wirklich alle verstanden. „Wenigstens weiß er mich nachts besser zu unterhalten als der Fernseher, und erst recht besser, als du damals." Sie lächelte eisig. „Bevor es mir mit dir dann endgültig zu langweilig wurde."

Jim hatte die letzten Sätze nicht verstanden. Die Männer haben angefangen anzüglich zu kichern Er machte die

Augen auf, als Ajax gerade das Mädchen ins Gesicht schlug. Sie nahm es ohne einen Laut hin, beleckte die geplatzte Lippe und sah ihrem Peiniger völlig unbeeindruckt ins Gesicht.

Ajax warf einen harten Blick auf seine Leute und das Kichern verstummte.

Jim machte die Augen wieder zu. Was er sah passte nicht zu dem was er roch. Allerding hatte das Leben mit der Frau ihn gelehrt, sich im Zweifel auf seine Nase zu verlassen.

„Das hat gut getan", sagte Ajax wieder auf Englisch und rieb sich die Hand. „Gib mir die Daten. Sonst bleibt von dir, wenn ich mit dir fertig bin, nichts übrig, um damit die Schweine zu füttern."

„Daran zweifele ich nicht im Geringsten, lieber Ajax. Ich weiß jedoch nicht. Was. Du. Von. Mir. Willst. Wir haben die Daten übertragen, wie verabredet..."

„Nicht die Daten, die ihr übertragen habt, du Kuh!", schrie Ajax. Kathrin war ganz zufrieden mit ihrem Fortschritt. „Die anderen Daten! Die Daten die du nicht liegen lassen konntest und mitgenommen hast!"

„Es gibt keine anderen Daten. Das heißt, es gab sie, aber ich hab sie nicht mitnehmen können. Ich hatte keine Zeit, sie zu überspielen. Geh und hol sie dir selber!"

„Lüg mich nicht an! Neunmalklug sagt, dass du sie haben musst!"

„Und welchen Anlass hast du zu glauben, dass Neunmalklug dich nicht genauso verarscht wie uns?", fragte sie ruhig. „Wissen denn deine Jungs über mein Team Bescheid? Oder hat euch Neunmalklug erzählt, ich hätte sie aufm Gewissen?"

Das sagte Kathrin auf Deutsch. Solche Dinge wollte sie

Ajax' Kollegen nicht vorenthalten. Ein Blick auf deren Gesichter sagte ihr, dass das eine gute Idee gewesen war.

Sie warf einen Blick auf ihren Helfer. Er sah ruhig und entspannt aus, als ob er sich nicht dafür interessierte, dass sie hier am Anfang einer peinlichen Befragung stand. Sehr gut.

„Ich freue mich schon darauf, dich mit eigenen Händen umzubringen, Nisah", sagte Ajax und Kathrin glaubte ihm jedes einzelne Wort.

„Ich muss schon sagen, du nimmst mir die ganze Motivation, zu kooperieren."

„Ich kenne dich: du hast die Daten bei dir. Du wirst mir schon noch sagen, wie ich daran komme. Dein Freundchen hier wird doch bestimmt deine eine oder andere Träne wert sein, wenn ich anfange, ihm die Finger abzuschneiden."

„Wie ich sehe, überschätzt du nach wie vor meine Anhänglichkeit. Trotz Erfahrungen aus erster Hand", sagte Kathrin. „Außerdem gibt es keine Daten, du Vollidiot." Ajax schlug sie wieder.

„Doch, die gibt es und du wirst sie mir geben. Du wirst noch alles bereuen, was du getan hast, wenn ich mich dir und deinem Stricher hier zuwende." Kathrin stellte mit Anerkennung fest, dass Wolfram noch immer nicht ausgetickt war und Ajax sich körperlich bei bester Gesundheit befand. Gegen die Gesundheit seines Geistes arbeitete sie recht erfolgreich weiter.

„Ich werde wohl die Freude, dich abzuschreiben, denen überlassen müssen, die nach mir kommen", sagte sie mit einem Seufzen des Bedauerns.

„Das soll nicht deine Sorge sein, du kleine arrogante Schlampe", schrie Ajax. „Mach den Dreckskoffer auf!"

Jim verfolgte das Ganze weiterhin mit geschlossenen Augen.

Natürlich konnte er den Überredungskünsten seines Fleischfressers nachgeben und sich losreißen, um dann alle im Blutrausch niedermetzeln. Aber seine Nase sagte ihm, dass das noch nicht nötig war. Das Mädchen war entspannt, obwohl dieser Ajax sie die ganze Zeit schlug. Sie hatte noch etwas vor.

Dinge wären einfacher gewesen, wenn sie ihn über ihre bescheuerten Pläne im Vorfeld aufgeklärt hätte, auch wenn es nur ein idiotischer Hinweis in der Form *Bis drei zählen und dann retten* gewesen wäre. Nun, jetzt musste er sich auf seine Nase verlassen.

Das Mädel hatte Mumm in den Knochen, das musste man ihr schon lassen. Obwohl Jim wusste, dass es alles auf eine verdrehte und unnatürliche Art seine Richtigkeit hatte, brachte jeder Schlag, der sie traf, ihn einen Schritt näher an den Rand der Beherrschung. Wenn der Anführer der Gruppe Jim schlagen würde, wäre es besser als dieses Geräusch zu hören und ihr Blut zu riechen.

„Nein", sagte Kathrin gelangweilt zu einer weiteren mit Beschimpfungen durchsetzten Aufforderung, die Daten preiszugeben.

„Dann ist dein Hengst hier dran", sagte Ajax und schlug Jim ins Gesicht. Jim reagierte nicht. „Ich werde ihn zu Brei schlagen, wenn du so störrisch bleibst", sagte Ajax, drehte sich zu ihr und schlug sie diesmal noch härter.

„Was hältst du davon, dass ich dir den Dreck gebe", sagte sie und spuckte etwas Blut aus, von dem sie schon ziemlich viel im Mund hatte. „Du behauptest, du hättest mich und meinen Typen entsorgt. Lass doch die Karre explodieren, dann fragt keiner nach den Leichen. Ich setze mich ab. Ich hab mein Leben. Du hast die Daten, und den Ruhm, und bist der neue Liebling von Neunmalklug."

„Gut, wir sind uns einig: die Daten gibt's. Aber hast du mir nicht zugehört, Nisah? Als ich gesagt hab, dass ich dich mit eigenen Händen töten werde?" Er sagte das ganz schön entschlossen, fand Kathrin, vielleicht hatte sie sich doch ein bisschen verkalkuliert.

"Du hast nicht gesagt, dass es sofort sein muss", sagte sie nüchtern, als ob es hier um den Abwasch ginge. „Eigentlich ist es kein guter Geschäftsstil. Du hast unsere Trennung offensichtlich immer noch nicht aufgearbeitet und jetzt wirfst du sie in einen Topf mit deiner Arbeit. Ist wirklich nicht professionell, Ajax."

„Leck mich, Nisah! Das sind Sprüche wie dieser, die dich umbringen werden. Aber du hörst dich so gern, geistreichen Dreck labern, dass du nicht mal mit einem Bein im Grab die Klappe halten kannst. Mach den Dreckskoffer auf und ich mache das mit dem Grab für euch beide in dem Maß schmerzfrei, zu dem ich mich durchringen kann."

„Nein", sagte Kathrin schwer. „Ist es dir nicht ein bisschen peinlich, für Neunmalklug die Laufdienste zu verrichten, während er, beschützt von besseren Kriegern, in seiner Burg residiert? Wieso kommt er nicht selbst zu mir? Ich glaube fast, er würde sich nicht trauen."

„Er will sich nicht mit Verrätern beschäftigen."

„Weil er ja selbst einer ist, ich vergaß", ergänzte Kathrin hilfreich. „Wie viele Leute hat er außer dem großen bösen Ajax geholt, die ihn vor einem kleinen zufällig immer noch lebenden Mädchen beschützen? Vier Teams? Fünf? Ich bin allermindestens fünf Teams wert."

„Du hast den Verstand verloren." Ajax machte eine ent-sprechende Geste und in paar von seinen Jungs rollten mit den Augen.

„Du musst aber Neunmalklug auch verstehen", sagte Kathrin sanft. „Ich hab dich schon mal aufs Kreuz gelegt, und er wäre nicht halb so klug wie sein Name, wenn er es noch mal drauf ankommen lassen würde." Das saß und Kathrin musste mit blutender Nase dafür bezahlen. Jetzt war Ajax reif für den Angriff. „Das ist halt schon so, dass du Marek nicht das Wasser reichen kannst. Noch laaange nicht."

Durch seine Wut war Ajax nicht mehr in der Lage seine Mimik zu beherrschen. Alles was ihm von Neunmalklug eingetrichtert worden war, hatte er vergessen. Allen voran, die Geheimhaltung von Mareks Teilnahme an diesem Spiel, und erst recht das Gewicht, das Neunmalklug dieser Geheimhaltung beimaß.

Kathrins böse Worte haben Ajax' Verteidigungslinien bröckeln lassen. Er konnte sich nicht mehr beherrschen, er konnte nicht mehr lügen, er konnte nicht mehr die Wahrheit vor jemandem verbergen, der ihn von nicht all zu langer Zeit im Guten wie im Schlechten gekannt hatte.

Und Kathrin sah alles.

Marek war extra für den Schutz von Neunmalklug angeheuert worden. Aber Ajax musste währenddessen draußen auf der Straße Kathrins schrottige Wohnung hüten. Diese Demütigung konnte er sich schön reden, vielleicht sogar die Gelegenheit günstig finden, seine imaginäre Rechnung mit Kathrin begleichen zu können. Nichts destotrotz musste es für ihn unglaublich frustrierend sein, dass nachdem das Team von Sirius und Newski die Stufe oben auf dem Treppchen geräumt hatten, nicht er – der der natürliche Nachfolger gewesen wäre – nachgerückt war, sondern Marek. Dieser hatte sich zwei Jahre lang nicht im Bankenland blicken lassen und kaum war er da, bekam er sofort einen

Traum-Gig, der eigentlich an Ajax und die seinen gehen sollte. Marek saß jetzt rund um die Uhr bei Neunmalklug in der Villa, bekam drei Malzeiten am Tag und musste dafür nichts Weiteres tun, als da zu sein.

Und irgendwie war sie an allem schuld.

War sie ja wirklich: sie hatte überlebt und machte Scherereien. Neunmalklug hatte – objektiv gesehen – absolut die richtigen Entscheidungen getroffen. Gegen sie war Ajax nichts wert – wie eben demonstriert worden war. Und gegen sie war Marek der ideale Krieger – das wusste leider mehr als nur eine Handvoll Leute.

Gegen einen anderen Gegner mochte sich Neunmalklug anders entschieden haben.

Kathrin verstand Ajax gut. Sie hegte gegen ihn keinen Groll. Und sie hatte Mitleid.

Aber wenn er versuchen sollte sie zu töten, war das sein Fehler.

„Du arme Socke, Ajax", sagte sie und sie meinte es wirklich ehrlich.

„Mach den verfluchten Koffer auf!", verlangte der Schattenkrieger mit einer vor Zorn bebenden Stimme. Wenn etwas ihn noch tiefer treffen konnte, als die Anspielungen auf das katastrophale Ende seiner und Kathrins Beziehung, dann war es ihr aufrichtiges humorloses Mitleid. Ajax hatte sich nur mit größter Anstrengung unter Kontrolle. Eine Vene auf seiner Stirn pulsierte und Kathrin musste daran denken, wie es war, mit ihm zu schlafen.

„Bis du schwer von Begriff, Ajax? Du kriegst sie nicht." Er hatte auf einmal ein Jagdmesser in der Hand. Der Van hielt unheilverheißend an.

„So, entweder du machst den Koffer auf, oder..." Er drehte sich zu Jim um, als ob er überlegte, welchen Körperteil er ihm zuerst abschneiden sollte.

„Also schön", knickte Kathrin erschöpft ein. Sie hatte schließlich, was sie wollte.

Jim roch Nisahs steigenden Adrenalinpegel. Das war das Zeichen, auf das er die ganze Zeit regungslos und tapfer gewartet hatte.

Er machte die Augen auf. Ajax legte den Koffer auf den Boden.

Wenn diese Leute nicht völlig bescheuert waren, fingen sie in dieser Metallkiste hoffentlich nicht sofort an zu schießen.

Nisah begann, eine sechsstellige Kombination langsam aufzusagen.

Kathrin hob ihre gefesselten Hände vor die Brust, drehte sich zu Wolfram und sah ihm in die Augen, während sie die Kombination aufsagte. Als ihre Blicke sich trafen, machte sie ihre Augen langsam zu und hoffte, dass er den Wink verstand.

Durch die geschlossenen Augenlider sah sie den Lichtblitz, als Ajax den Koffer aufmachte.

Als Jim die Augen aufriss, hielt ihm das Mädel die Hände hin. Er brach ihre Handschellen, wie damals auf dem Parkplatz vor dem Hotel. Die Blindheit und Benommenheit der Entführer hielten nicht lange an. Aber die kurze Verwirrung hatte den Nachteil ausgeglichen, den Jim und Nisah durch ihre Gefangennahme gehabt hatten.

Während drei der Männer sich auf Jim stürzten, griffen Ajax und ein weiterer das Mädchen an. Als der Fahrer die Situation erfasste, versuchte er seine günstige Position zu nutzen, um Jim von hinten die Kehle durchzuschneiden. Jim hört die Bewegung in der Fahrerkabine und trat die kleine Durchgangtür ein, so dass der Fahrer zwischen der Tür und dem Lenkrad eingeklemmt liegen blieb.

Der Fleischfresser wies Jim darauf hin, dass die Gegner sehr gute Kämpfer waren. Ihm konnten sie nicht viel anhaben, aber das Mädel schwebte wiedermal in ernsthafter Gefahr und das motivierte neuerdings sein blutrünstiges Ich mehr als irgendwas anderes. Dazu hing der belebende Blutgeruch in der Luft, der es Jim noch schwerer machte, seine Gedanken beisammen zu halten. Auf dem engen Raum musste er sehr aufpassen, dass er im Eifer des Gefechts Nisah nicht verletzte.

So gut waren diese Schattenkrieger vielleicht doch nicht, relativierte er seine Einschätzung – die eine Hälfte von ihm enttäuscht, die andere erleichtert. Gegen sie brauchte er die zusätzliche Schlagkraft nicht, die er aus der Wut und dem Hunger hätte ziehen können.

Aus dem Blickwinkel sah er, wie einer von Nisahs Angreifern einen geschickt platzierten Tritt in die Leistengegend erhielt und gegen die Wand taumelte und am Boden liegen blieb. Auch ein blindes Huhn findet mal ein Korn.

Jim duckte sich unter dem Schlagring seines letzten verbleibenden Gegners, brach ihm den Arm und schickte ihn schlafen, indem er seinen Kopf gegen den Boden des Fahrzeugs schlug.

Als er wieder nach dem Mädel sah, stand Ajax auf allen vieren über Nisah, kaum mehr als eine Armlänge entfernt, und würgte sie. Noch bevor Jim irgendwie reagieren konnte, lief Blut aus Ajax' Mund und er brach über ihr zusammen. Jim zog die Leiche beiseite. Die Bauchhölle von Ajax war aufgeschnitten und Nisah selbst bot auch keinen hübschen Anblick.

Sie umklammerte mit beiden zitternden Händen das

große Jagdmesser des Toten und atmete keuchend.

Wenige Momente später beförderte Jim die Überreste des Fahrers in den Laderaum und sprang auf den Fahrersitz. Nisah kletterte, ziemlich wackelig auf den Beinen und mit dem Aluminiumkoffer in der Hand, in die Kabine.

„Das war ein guter Trick, oder?", sagte Kathrin, als sie wieder zu Atem gekommen war, und tätschelte den Koffer. Ihre Stimme war heiser, aber ihre Hände zitterten nicht mehr ganz so auffällig. „Habe selbst gebaut. Habe ewig gebraucht, um etwas zu finden, was hell genug für den Blitz war und einem nicht sofort die Hände wegbrannte."

„Sehr schön", wimmelte Jim ab. „Sag mir lieber, wohin ich fahren soll?"

„Vorne rechts abbiegen. Auf die große Straße. Wir müssen zuerst die Karre hier entsorgen. Dann fahren wir zu mir nach Hause."

„Ich dachte, du willst nicht zu dir nach Hause. Von wegen überwacht und so."

„Unsere Überwachung haben wir wohl jetzt entsorgt. Wir fahren in meine richtige, geheime und absolut legale Wohnung", seufzte Kathrin.

„Das wird mir jetzt zu viel. Da wolltest du doch erst recht nicht hin!"

„Jetzt schon. Bleibt keine andere Wahl. Müssen von der Bildfläche verschwinden," sagte sie und sah auf ihre schlecht abgewischten Hände, an denen noch Ajax' Blut dran war.

VIII.   In Kathrins letzter Wohnung

Sie hatten den Van inklusive seiner toten Insassen in einem Naherholungsgebiet versenkt und versucht, das Mädel notdürftig von Blut zu reinigen. Danach hatten sie schnell einen einsam geparkten Wagen gefunden, mit dem sie geschützt durch die schiere Dreistheit der Frau unbehelligt ins Bankenland übergewechselt hatten.

Jetzt fuhren sie durch eine sehr schöne und sehr respektable Gegend und Jim staunte über die hohen betagten Bäume mitten in einer Großstadt. Schließlich bogen sie in die Einfahrt einer hauseigenen Tiefgarage ein und erreichten kurz danach Nisahs dritte Wohnung.

Sie zogen ihre Schuhe aus, die nicht nur mit Blutspritzern, sondern auch mit Dreck vom Flussufer bedeckt waren, und schlichen barfuß hinein.

Der Boden im Flur war gefliest. Die Frau bedeutete Jim stehen zu bleiben und ging in die Küche, wo sie einen großen Müllsack holte, in den sie bis auf die Unterwäsche ihre ganze Kleidung hineinstopfte und dann in einem der Zimmer verschwand.

Jim zögerte, ihrem Beispiel zu folgen. Er hatte keine andere Kleidung, als die, die er am Leib trug. Das Mädel erschien wieder angezogen und legte für ihn einen Kapuzenpullover und eine Jeans hin.

„Auch deine Klamotten müssen ins Feuer. Ich habe hier noch ein paar Sachen, die dir passen sollten", sagte sie.

„Woher?"

„Gehörten Newski. Dürften zu groß sein. Die Tür hier ist das Gästezimmer. Mein Schlafzimmer, Wohnzimmer, Arbeitszimmer, Küche. Glaubst du, du kannst heute noch den Wagen wegbringen? Ich suche dir einen Weg und einen Parkplatz aus, an dem keine Kameras sind."

„Glaubst du, Neunmalklugs Leute wissen nicht, wer ich bin?"

„Mehr als den Namen können sie nicht wissen. Und ich denke, sie wissen nicht mal das. Im Übrigen, viel mehr weiß ich über dich auch nicht."

Jim warf seine Sachen in den Müllsack und zog sich um.

Die Wohnung roch nach Nisah. Die hohen Decken machten die Räume hell und luftig. Im Arbeitszimmer waren ein Schreibtisch, ein Safe, jede Menge technisch aussehender Teile und ein Schrank. Das Schlafzimmer war schlicht möbliert: Bett, Schrank, kleine Nachtschränkchen, alter ausgeblichener Teppich auf dem Holzboden, ein paar Bilder an den Wänden; genau so war das Gästezimmer eingerichtet. Im Wohnzimmer standen zwei Sofas und ein Sessel um einen niedrigen Tisch mit einer Steinplatte. An den Wänden waren Regale mit Büchern, auch einige auf Englisch. Die Möbel waren unterschiedlich alt und passten auf den ersten Blick überhaupt nicht zusammen.

In der ganzen Wohnung gab es überhaupt keine Pflanzen, aber das war logisch: sie ließ wohl kaum ihre Nachbarn die Blumen gießen, während sie auf ihre kriminellen Fahrten ging.

Es war eine Wohnung, in der sich Jim wohl fühlen konnte.

Kathrin wusch sich und desinfizierte ihre geplatzte Lippe. Sie hatte ein beeindruckendes Veilchen entwickelt. Es würde Wochen dauern, bis es weg ging.

Nun, ihre Befürchtungen hatten sich bewahrheitet: um an Neunmalklug heran zu kommen, musste man an Marek vorbei. Und um an Marek lebend vorbei zu kommen, musste man tief in die Kiste mit klugen Ideen greifen.

Kathrin ging in die Küche, schob zwei Tiefkühlpizzen in den Ofen und setzte Wasser auf.

„Ich habe dich wohl unterschätzt", sagte Jim, nachdem Kathrin vor ihm eine Tasse schwarzen duftenden Tee hingestellt hatte.

„In welcher Hinsicht unterschätzt?"

„Als Ganzes."

„Das Veilchen hier sagt was anderes. Bin einfach nicht gut genug für diese Art von Nahkampf."

„Wo bist du denn gut genug? Menschen und Computer?"

„Ja", antwortete Kathrin lapidar.

„Wie bist du denn in das alles reingerutscht?"

„Ist das nicht eine zu private Frage?", fragte Kathrin, obwohl sie sich im Grunde genommen gar nicht auf den Schlipps getreten fühlte.

„Du musst ja nicht antworten."

„Was soll's, so ein großes Geheimnis ist es nicht. Mein altes umsorgtes Leben hat plötzlich aufgehört. Ich musste die Legalität verlassen und hatte nichts, außer meinem Körper und meinem Verstand, und eines davon musste ich verkaufen, um etwas zu Essen zu haben. Hab zuerst im Neunmalklugs Anwesen niedere Wartungsarbeiten verrichtet – hier Glühbirnen wechseln, da eine neue Festplatte einbauen. Bis das Team vom Sirius mich als Ersatz für deren alten Tech haben wollte. Sie machten mir ein Angebot. Konnte nicht ablehnen."

Jim wollte nicht weiter fragen. Die Frau sprach in einem leichten Tonfall, aber es war bestimmt keine leichte Geschichte.

Ihre geplatzte Lippe war jetzt geschwollen und er sah die ganzen blauen Flecke, die sie hatte. Es wird Wochen dauern, bis sie wieder heil aussehen würde.

Sie nippte an ihrem Tee.

„Wolfram, hm?", fragte Kathrin nach einiger Zeit. „Schön und nüchtern. Bodenständiger Straßenname."

„Keine Ahnung, was ein Straßenname ist, aber das ist keiner", sagte Jim grimmig. „Das ist gar kein Name."

„Das ist sehr wohl ein Name. Du hast dich damit bezeichnet."

„Schnapsidee gewesen."

„Ach", Kathrin rollte mit den Augen. „Ich mag den Namen jedenfalls. Viel-viel besser als James Taylor."

„Komm ja nicht auf die Idee!" Jims Stimme war Kathrins Meinung nach unverhältnismäßig drohend.

„Welche?", fragte sie ehrlich verwirrt.

„Mich so zu nennen."

„Aber wieso denn nicht? Du identifizierst dich doch damit, sonst würdest du ihn ja nicht benutzen."

Das ließ Jim so im Raum stehen.

Etwas war dran an dem, was sie sagte: er identifizierte sich damit. Dieser Name war einer der wenigen Hinweise zu seiner Vergangenheit.

Er rollte seinen Ärmel hoch und legte die Tätowierung frei, die er auf der Innenseite seines Unterarmes hatte.

Die Frau stand direkt vor ihm und beugte sich leicht vor, um die Zeichen auf seiner Haut besser zu sehen. Sie war keine Armlänge von ihm entfernt. Er merkte auf seinem

Gesicht die Strahlung ihrer Körperwärme. Er roch ihre Müdigkeit und das geronnene Blut.

Die Tätowierung befand sich da, wo viele Söldnertruppen ihren langjährigen Mitgliedern ihre Erkennungsdaten stachen. Die Schrift war gleichmäßig, komplett in serifenfreien Großbuchstaben. Das O war kreisrund. Nur das eine Wort. Keine Symbole, wie Adlerköpfe, Kleeblätter oder Sonnenräder. Keine Blutgruppe, Religion oder Personenkennziffer.

Sie suchte nach etwas. In ihrem Kopf suchte sie nach etwas.

Es war nicht weit weg, aber es entglitt ihr nach diesem anstrengenden Tag.

„Was hast du jetzt vor?", fragte Jim.

„Zuerst Wunden lecken. Also, *ich* muss Wunden lecken. Du hast ja keine. Und dann natürlich hoffen, dass mich keiner findet. Und nachdenken. Ich fürchte, Wolfram, so lange sitzt du hier mit mir fest", sagte Kathrin. „Es sei denn natürlich, dass du gehen willst. Ich hab dich ja noch nicht bezahlt, du bist mir nichts schuldig."

„Nenne mich nicht so. Und was soll ich sonst machen? Ich bleibe hier, bis das Ganze ausgetragen ist. Vielleicht bleibe ich hier sogar für immer und gründe *James Taylor Personenschutz*. Dann brauche ich dich als Referenz und, weißt du, zufriedene Kunden nutzen einem als Werbung erst dann, wenn sie überleben."

Kathrin musste lachen. Zum ersten mal seit Tagen?

„Dann muss ich erst einmal einen Plan haben, wie das Ganze ausgetragen werden kann."

„Ohne Plan läuft nichts?"

„Nein, natürlich nicht. Aber jetzt gehe ich schlafen",

sagte Kathrin. Jim warf einen Blick auf die Tür in der Küche. Es war sechs Uhr abends.

„Jetzt schon?", fragte er.

„Ja. Mein Kopf ist voll mit Gedanken, ich muss ihn in Ruhe lassen. Meine Gedanken sind so langweilig, dass ich nicht anwesend sein möchte, wenn mein Kopf sie denkt."

„Dann bringe ich den Wagen weg."

„Danke", sagte Kathrin.

Als Kathrin morgens aufwachte, blieb sie im Bett liegen und badete in den Sonnenstrahlen, die durch das Fenster in Zimmer fielen. Es gab jetzt keinen Grund zu rennen, sie war in ihrer letzten Zuflucht.

Der gestrige Tag steckte ihr in den Knochen, ihre Lippe tat weh und sie wollte nicht mal daran denken, wie sie aussah.

Viele Dinge, die in den letzten zwei Wochen passiert waren, konnte sie immer noch nicht glauben. Die ganze Zeit war sie gerannt, gerannt, gerannt, ohne sich umzuschauen und ohne über irgendwas anderes nachzudenken als das, was unmittelbar überlebensnotwendig gewesen war.

Die Kälte überleben.

Die schweren Jungs überleben.

Das Überleben wäre für sie deutlich komplizierter geworden, wenn sie nicht so viel Glück gehabt hätte. Ihr tapferer Helfer, bürgerlich James Taylor, der sich von anderen nicht Wolfram nennen lassen wollte, obwohl er sich selbst so nannte, und vermutlich ein ganzes Team wert war.

Wolfram. *Wolfram*. Das hatte sie schon mal gehört. Klar, das war so ein alter Name, irgendwas mit Wölfen und Raben. Und ein Metall gab es, das so hieß. Benutzte man schon mal für Projektile. Das gab ihre Allgemeinbildung her.

Aber da war noch irgendwas anderes, in einem völlig anderen Zusammenhang, etwas ganz frisches, ganz furchtbar wichtiges am Rande der bewussten Wahrnehmung. Etwas, das sie in einer Stresssituation gehört haben musste, aber in dem Augenblick dafür keine Verwendung fand.

Dreck verdammter.

Moment mal: Wie sieht das geschrieben aus?

Auf einmal wusste sie, dass sie das Wort nicht gehört, sondern gelesen oder sogar nur gesehen hatte. Da war etwas gewesen. Vielleicht passte alles ganz einfach zusammen. In den Daten, die sie aus dem Stützpunkt im Wald nach draußen geschickt hatte? Zu dumm, dass sie sie nicht mehr hatte. Oder? Kathrins versuchte ihre Erinnerung an diesen katastrophalen Einbruch auszublenden und nur an die zwanzig Minuten zu denken, in denen sie in dem galaktisch gesicherten Archivrechner gewütet hatte.

Nein. In den Daten, die übertragen wurden, war nur ein Hinweis auf etwas, mit dem Namen *Project Wolfram*.

Kathrin stand auf und zog den Bademantel an.

Jim wachte auf, weil es an der Tür klopfte. Er hörte das Mädchen rufen, blieb aber trotzdem im Bett liegen. Wenig später roch es nach Kaffee und Jim stand schließlich auf.

„Ich glaube, ich weiß was über ein *Project Wolfram*", fiel Kathrin mit der Tür ins Haus. Jim schwieg. „In den Daten, die wir beim Einbruch übertragen haben, ging es um Metall-legierungen. Da gab es auch einen Verweis auf ein *Project Wolfram*. Vielleicht ist es über dich?"

„Ich weiß nicht. Es kann auch ein Zufall sein."

„Jaja. Aber denkst du nicht, dass da was dran sein könnte?"

„Wo genau seid ihr eingebrochen?"

„In eine selbstverständlich nicht existierende Forschungseinrichtung der ex-US-Armee."

„Welche Forschung?"

„Das ist es ja: Biotechnologie. Was zum Henker wollen Biotechnologen mit Metalllegierungen, die normalerweise für Waffenherstellung genutzt werden?"

„Was für ein Hinweis denn?"

„Lass mich der Reihe nach erzählen. Ich bin dem Pfad gefolgt, unter dem die Dokumente liegen sollten, die das eigentliche Ziel des Auftrags waren. Ich habe die Daten gefunden, kurz überflogen, und die Übertragung sofort in die Wege geleitet. Während die Verbindung im Aufbau war, habe ich in ein paar umliegenden Ordnern nachgeschaut, ob da nicht was rumliegt, was sich in Geld verwandeln lässt. Tatsächlich habe ich ein Archiv gefunden, der einen hirn-rissig kryptischen Namen trug, der aber vorhin in dem Ziel-Dokument vorkam. Kurzerhand habe ich einen Daten-speicher gezückt und das Archiv darauf kopiert. Weil es zu groß war, um sie so auf die Schnelle zu verschicken."

„Und? Sind das die Daten, die Ajax haben wollte?"

„Ja." Der Groschen fiel heute in Zeitlupe. „Ach du Dreck", sagte Kathrin leise und setzte sich sogar.

„Was?"

„Neunmalklug wusste, dass es diese Daten gab, und er wollte sie an dem Auftraggeber vorbei schmuggeln. Er konnte uns nicht direkt wegen dieses Extra-Häppchens an-heuern, weil wir dann von ihm den für solche heiße und große Daten üblichen Preis verlangt hätten. Aber anderer-seits wusste er, dass ich der Versuchung nicht widerstehen konnte, ein Archiv mit einem merkwürdigen Namen einzu-packen."

„Dann bräuchte er nur noch, dir den Datenträger abzunehmen."

„Nicht wahr? Der Mann ist so gut wie tot", sagte Kathrin.

„Keine Ahnung, wie ich's machen soll. Aber er ist so etwas von tot. Er weiß es nur noch nicht."

„Du meinst, er hat es so gedreht, dass deine Kollegen umgekommen sind, du aber entkommen bist, damit er einfacher an dich dran kommt."

„Macht Sinn, oder?"

„Durchaus." Sie schwiegen eine Weile.

„Wo hast du sie denn? Die Daten?", fragte Jim. „Versteckt?"

„Natürlich."

„Aber du hast sie?", fragte Jim sicherheitshalber noch mal nach.

„Ja."

„Hast du sie gelesen?"

„Nein", antwortete Kathrin einsilbig. Sie war mir ihren Gedanken noch vollkommen bei ihrer Offenbarung, und hatte gerade nicht so viel für Jims Probleme übrig.

„Kann ich sie lesen? Verdammt noch mal!" Jim stand auf und begann hin und her zu tigern.

„Nein."

„Wieso?", sagte Jim laut und das rüttelte Kathrin auf.

„Jetzt stellst du kluge Fragen. Erstens sind die noch da, wo ich sie versteckt hab und da kann man sie nicht nach Belieben hineinlegen und wieder herausnehmen. Außerdem ist das ganze Stück vermutlich kodiert. In diesem Fall werde ich das Ding aufmachen, aber nicht lesen können." Jim setzte sich wieder hin. „Es besteht natürlich die Möglichkeit, dass das ganze Archiv nur Ablenkungsschrott ist und gar keine Bedeutung hat. Es kann sein, dass dort Daten sind, die man für ordentlich teures Geld verkaufen kann, wenn man sie entziffert bekommt, aber da trotzdem nichts über dich drin steht. Oder man kann das Zeug teuer verkaufen und da steht was über dich drin."

„Kannst du denn so was?"

„Was? Dekodieren? Klar. Wenn man einen Auftrag zur Informationsbeschaffung hat, beinhaltet es meist auch irgendeine Form der Aufbereitung. Aber es ist vermutlich eine ex-US-Militär-Datei oder ähnliche Größenordnung. Ich bekomme sie zerlegt, aber ich werde dafür Zeit und/oder neue Rechner brauchen."

„Wie teuer bist du eigentlich?"

Kathrin schaute ihren nicht immer einfachen Helfer aufmerksam an.

Nach wie vor hielten sie den Schein aufrecht, dass seine Beteiligung in diesen Ereignissen die Folge der zehntausend Dollar war, die Kathrin ihm in einem schmuddeligen Hotelzimmer versprochen hatte. Eine symbolische, weil lächerliche Summe.

Natürlich konnte er sich keinen Programmierer leisten, der auch nur halb so viel Erfahrung hatte wie sie.

„Zehn Riesen. Dabei zahle ich die Hardware sogar selber. Lass uns mal den blöden Chip erst holen", sagte Kathrin und stand auf.

„Hast du ihn irgendwo drüben versteckt?"

„Nein", sagte Kathrin und begann ihre Hose auszuziehen. „Etwas, das vielleicht so wertvoll ist, wollte ich weder irgendwo im Wald lassen, noch um den Hals an einem Kettchen tragen. Ajax ist nicht blöd. War nicht blöd. Und kannte mich gut genug, um zu wissen, dass ich die Daten die ganze Zeit über dabei hatte. Er hat nur nicht intelligent genug gesucht." Sie zeigte auf die frische Narbe, die sie auf der Innenseite des Oberschenkels hatte. „Ich hab die Daten auf einen Speicherchip gespielt und mir implantiert."

„Implantiert?"

„Das ist die Lösung für absolute Notfälle. Musste bis jetzt auch noch nie machen. Da, im Wald, nach dem Gig und der Explosion, konnte ich kaum einen klaren Gedanken fassen. Irgendwas musste ich mit dem Krempel machen. Habe so was wie Panik bekommen."

„Du bist wahnsinnig."

„Pass auf dein Glashaus auf. *Ich schneide mir den Arm auf, um zu gucken, woraus meine Knochen sind.* Aber da wir hier in der Zivilisation sind und ich mittlerweile nicht mehr ganz so betäubt bin, will ich dich um Geduld bitten. Würde gern mir lokale Betäubung organisieren und will nicht schon wieder selber an mir herumschneiden." Sie sah ihm in die Augen und fügte dramatisch hinzu: „Das wirst du tun."

„Auf keinen Fall", kam wie aus der Pistole geschossen.

„Wieso? Du musst mir ja nicht das Bein mit den Zähnen aufreißen."

Nach dem Kaffee holte Kathrin einen Erste-Hilfe-Kasten und bereitete das Bett vor, das als Operationstisch zu dienen hatte. Sie wusch sich die Hände. Vermutlich gründlicher, als nötig.

„Wenn du es schon nicht machen willst, kannst du mir wenigstens helfen?", rief sie ins Wohnzimmer.

Der Im-Moment-Nicht-So-Sehr-Helfer kam sofort ins Schlafzimmer. Sie setzte sich aufs Bett und desinfizierte die Haut um die Narbe. Mit einer Spritzampulle setzte sie die Injektion und wartete, bis die örtliche Betäubung wirkte.

Jim stand unnütz herum. Das letzte, was er wollte, war durch ihre Haut schneiden. Dazu kam auch noch, dass ihm vom Geruch der Desinfektionsflüssigkeit schlecht wurde.

Er schaffte es gerade noch ins Badezimmer, wo er sich

über der Toilette übergab. Dann wusch er sich die Hände und spülte den Mund aus.

Das Mädchen war mit Sicherheit durchgeknallt. Der Gedanke kam ihm nicht zum ersten Mal.

Mit Desinfizieren war Kathrin fertig und die Betäubung wirkte schon. Sie hatte schon das Skalpell in der Hand und wollte anfangen zu schneiden, als Wolfram entschlossen ins Zimmer trat und grimmig aussah. Ein bisschen wie damals, als er an der Tankstelle im Wald zu ihr angerollt gekommen war.

Er hatte Gummihandschuhe an und nahm ihr das Skalpell aus der Hand. Kathrin lehnte sich zurück. Sie war insgeheim froh, dass sie es nicht sehen musste.

Eigentlich war das lächerlich, denn sie selbst hatte ja den Chip dort eingepflanzt, wo er jetzt herausgeholt wurde.

Was für ein Mädchen...

Mit einer Pinzette holte Jim einen kleinen flachen Behälter aus der Wunde. Für so eine Kleinigkeit war es eine ziemliche Sauerei. Er klebte das blutende Loch in der weißen Haut penibel mit dem gummiartigen Flüssigpflaster weder zu.

Die kleine Aluminiumkiste war kaum größer als Jims Daumennagel. Jim wusch und trocknete sie ab und reichte sie schließlich der Frau, die sich unwohl fühlte.

Jim ertappte sich dabei, dass er zufrieden mit sich war.

Kathrin versuchte aufzustehen und humpelte in die Küche. Ein schneller Rechner und eleganter Code. Darauf würde alles hinauslaufen.

Oder man musste noch mal in den Stützpunkt hinein und daran wollte Kathrin nicht mal denken.

Sie nahm sich ein Glas Orangensaft, ging ins Arbeitszimmer an ihren großen kräftigen Tower-Rechner und packte den Chip aus.

Sie sagte an diesem Tag kein Wort mehr und verließ das Arbeitszimmer nicht mehr.

In dieser Wohnung gab es keinen Fernseher und Jim fing an zu lesen, um sich die Zeit zu vertreiben. Die Namen auf den Einbänden sagten ihm nichts, daher nahm er einfach ein englisches Buch auf Geratewohl aus dem Regal.

Er rief sie, nachdem er das Abendessen gekocht hatte. Sie antwortete nicht, kam aber in die Küche. Sie machte sich mit glasigem Blick eine Kanne schwarzen Tee und ging wieder zurück.

Es war nach Mitternacht, als er einschlief, und im Arbeitszimmer brannte immer noch Licht.

Als Jim morgens aufwachte, schlief sie. Es schien Sinn zu machen, das Viertel, in dem sie nun festsaßen, zu erkunden.

Alles im Umkreis von einer halben Meile sah aus wie eine leicht geänderte Version des Hauses, in dem Nisah wohnte. Einige Bars und Restaurants gab es. Der nächste Supermarkt war schon praktisch ein Feinkostgeschäft und die Auswahl überforderte Jim. Er wollte lediglich Kartoffeln kaufen und stand plötzlich völlig ratlos vor vierzehn verschiedenen Sorten.

Einen Park gab es in der Nähe auch. Es ließ sich bestimmt aushalten, hier ein paar Tage zu bleiben.

Als Kathrin aufwachte, war keiner da.

Sie klebte ihre Narbe ab und badete auf leeren Magen.

Sie war gestern nicht erfolgreich gewesen. Sie mussten aber die Entscheidung gemeinsam treffen. Sie blieb in der Küche sitzen, trank Tee, wartete, bis er zurückkam, und drehte immer wieder die Möglichkeiten, die ihnen zur Verfügung standen, im Kopf um.

„Es ist kompliziert", fing sie an, nachdem sie eher schweigsam gefrühstückt hatten. „Das Archiv besteht aus acht Teilen, die alle verschlüsselt sind. Sie können allesamt auf dieselbe Arte verschlüsselt sein, aber es kann auch sein, dass jeder einzelne Teil eine andere Kodierung hat. Wenn also in einem Teil des Dokuments etwas über dich steht, brauchen wir theoretisch die anderen Stücke nicht. Außer eventuell zu Verkaufszwecken. Fragen soweit?"

„Keine Fragen."

„Daher würde ich die Stücke einzeln untersuchen und versuchen, sie einzeln zu zerlegen, weil ich es so im Gefühl habe, dass sie unterschiedliche Kodierung haben. Sonst wäre es zu einfach. Ich werde ein Programm schreiben, das für alle acht Teile dasselbe ist. Wir werden acht Rechner holen, deren einzige Stärke ein ordentlicher Prozessor ist, und lassen jeden von ihnen an einem einzelnen Stück der Datei rechnen."

„Wie lange wird das dauern?"

„Nur die Rechnerei wird wahrscheinlich Wochen dauern." Jim atmete laut aus. „Davor brauche ich ein bisschen Zeit fürs Schreiben und Testen."

„Schreiben und Testen? Hast du nicht da irgendwie so Standard-Dosenöffner oder so? Wenn du doch das hauptberuflich machst?"

„Normal schon", sagte Kathrin und versuchte die schwellende Aggressivität in Jims Stimme zu überhören. „Aber diese Größenordnung an Komplexität ist etwas, was ich noch nie gesehen hab. Muss an meinen Dosenöffnern noch gut arbeiten in der Hoffnung, dass ich die Laufzeit noch irgendwie klein halten kann. Im Übrigen, wenn ich im blanken Editor anfangen würde, wären wir Weihnachten noch nicht fertig. Wir haben es noch gut: vor dem Großen Crash, gab es noch viel furchtbarere Kodierungsmethoden, denen man mit damaliger Rechen-Leistung gar nicht beikommen konnte. Jedenfalls nicht zu Lebzeiten eines normalen Menschen."

„Was genau ist bei dem Großen Crash passiert?"

„Weißt du denn das nicht? Ich dachte Allgemeinwissen ist bei dir in Ordnung, nur die persönliche Erinnerung nicht?"

„Allgemeinwissen ist da, wo ich her komme, nicht gut verfügbar. Bilde mich."

„Vor acht Jahren hat eine Gruppe von extra-intelligenten Hackern geschafft, einen so eleganten Virus zu schreiben, dass er sich über ein Jahr lang im Internet ausgebreitet hatte, bis einer ihn bemerkt hat. Wie genau seine Funktionsweise war, weiß niemand mehr so recht. Das Ding war jedenfalls etwas ganz anders als alle bisher da gewesenen Viren. Es konnte sogar irreparable Schäden auf Festplatten produzieren, was ja wirklich ein völlig unerwarteter Trick war. Das Ding hat früher oder später fast alle Computer und Server geschrotet, die am Netz waren, und das waren fast alle damals, sogar Fernseher und Telefone. Immer, wenn man dachte, dass das Schlimmste überstanden war, tauchte der Virus in einer leicht geänderten Form wieder auf und machte weiter, bis die Informationsverluste so schwer waren, dass Technologie und Forschung fast ein Jahrhundert zurückgeworfen wurden."

„Wer steckte dahinter? Wem nützte das?"

„Die halbe Welt war ja im Krieg. Erste Stimmen wurden laut, die vom Weltkrieg sprachen. Die Kriegsführung hatte damals einige Ähnlichkeit zu Computerspielen. Natürlich gab es noch Infanterie, Panzer und was es sonst an

Bodentruppen gibt, aber die Musik spielten die unbemannten Drohnen, die von introvertierten Programmierern aus ihren dunklen Kämmerlein gelenkt wurden. Diese Technologie konnte den vier Wellen des Virus nicht standhalten. Als die wichtigsten Waffen und die meisten Kommunikationssysteme ausfielen, brach die Ordnung zusammen. Damit hat der Virus wohl tatsächlich den Dritten Weltkrieg verhindert."

„Was passierte dann?"

„Die Regierungen den meisten westlichen Staaten und deren Militärs verstanden sich nicht mehr so gut. Und in solchen Zeiten sind die Militärs nun mal am Hebel, nicht die Zivilisten. Die Armeen zerfielen in Söldner und Soldaten. Die Söldner suchten sich den Meistbietenden und die Soldaten wandten sich an die einzige Instanz, die noch so was wie einen Zusammenhalt zeigte: die NATO. Als die sich einigermaßen sortiert hatte, stellte sie eine Einheit aus den besten Techs der Neuen und der Alten Welt zusammen und schickte sie los. Es dauerte noch fast ein Jahr, bis sie den Virus irgendwie klein bekommen haben. Unnötig zu sagen, dass man die Autoren nie gefunden hat."

„Und das Wissen der Welt ist vollständig zerstört worden?"

„Nein, natürlich nicht. Vieles überlebte auf Sicherungskopien, externen Festplatten, die nicht oft benutzt wurden und den Krieg unbeschadet überstanden haben, und nicht zuletzt schlicht und ergreifend in guten alten Büchern. Aber die Information war nicht sortiert, nicht verfügbar und häufig nicht lesbar. Der Wiederaufbau ging schneller voran, als die meisten dachten – es war ja immerhin wieder Friede. Aber wenn du früher wissen wolltest, wie die wissenschaftliche Bezeichnung für die Calamari auf deinem Teller ist, brauchtest du nur dein Telefon zu benutzen – jetzt musst du in die Bibliothek und Bücher wälzen."

„Und bald ist alles wie früher?"

„Plus allgemeine Paranoia. Man kann sich nicht mehr wie in den guten alten Zeiten übers Internet überall einhacken. Man muss jetzt in echt an den Computer dran, an dem man illegale Aktivitäten ausführen möchte. Aus Panik vor dem Virus 2.0 sind jetzt alle Rechner stand-alone. Jedenfalls diejenigen, auf denen es etwas Spannendes zu finden gibt. Deswegen komme ich nicht an die Daten von Neunmalklug, weil sie nur im Intranet sind."

„Wieso willst du die Daten für Neunmalklug?"

„Für meinen epischen Rachefeldzug."

„Und was ist mit der Dekodierung?"

„Es gibt mehrere Gründe, wieso ich mich erst um deinen Krempel und erst dann um Neunmalklug kümmern werde. Erstens: kann es sein, dass ich beim letzteren draufgehe. Zweitens: weiß ich, wie ich das Dekodieren anpacken soll. Drittens: wenn die Programme laufen, werden wir eh nichts Besseres zu tun haben, als den oben genannten epischen Rachefeldzug einzufädeln. Scheint der perfekte Zeitplan zu sein!"

Jim schwieg. Es klag überzeugend und doch war er mit der Antwort nicht zufrieden.

Größenordnung von Wochen.

Lange Zeit hatte es Jim überhaupt nicht belastet, dass er nicht wusste, woher er kam und was er war. Er hatte einfach nicht darüber nachgedacht. Vielleicht war es Verdrängung gewesen, die ihn daran gehindert hatte. Seine Geschichte konnte keine gute sein.

Lange Zeit war er zufrieden gewesen, nichts zu wissen. Bis auf einmal diese Frau auftauchte und ihre Fragen stellte, die sie eigentlich nichts angingen.

Plötzlich wollte er verzweifelt eine Auskunft haben. Auf einmal erschien es ihm furchtbar wichtig, seinen bisherigen Weg in dieser Welt zu kennen.

Deswegen ärgerte es ihn, dass die Information zwar physisch zum Greifen nah war, auf einem kleinen Speicherchip, der vor ihm auf dem Küchentisch lag – und doch außer Reichweite.

Er war natürlich nicht sicher, dass darauf tatsächlich etwas über seine Herkunft und Werdegang stand, aber vielleicht ja doch.

Vielleicht stand darin der Grund, wieso er sich so sehr von anderen Menschen unterschied. Wenn Nisahs Spekulationen über Gentechnik sich bewahrheiteten, musste er sich fragen, wie viel Mensch er überhaupt war. Hatte er Familie? Hatte er Kinder? Eine Frau?

Natürlich war es ihm mittlerweile klar, wie anders er war. Das war hier gar nicht der Punkt. Natürlich gab es etwas in ihm, das er Fleischfresser nannte und das nicht von der Leine gelassen werden sollte. Insbesondere jetzt, wo alles so gut lief. Es ging ihm um die Frage, wer ihn zu dem gemacht hatte, was er war. Wieso hatte er das getan? Wie viel von ihm, Jim, war überhaupt er selbst, von Natur aus sozusagen? Wie viel war durch irgendwelche Experimente geschaffen worden, wenn es denn tatsächlich so war?

Die Fragen nahmen kein Ende und das Bedürfnis, sie zu beantworten, nahm immer weiter zu, seit er von der Existenz dieses Datenarchivs erfahren hatte.

Er wollte alles wissen.

Jetzt.

„Ich verstehe trotzdem nicht, wie du so was kompliziertes mir handelsüblichen Rechnern dekodieren willst?" Jim versuchte, sich eine ruhige und nüchterne Stimme abzuringen, aber scheiterte daran, das Knurren unterdrücken zu können. „Gibt es denn keine andere Möglichkeit?"

„Was willst du, dass ich tue?", explodierte Kathrin. „Alles, was ich nach den sechs Jahren in den Schatten und mit meinem eigenen vergossenen Blut bezahlt auf der hohen Kante habe, in einen Rechner stecken, damit ich acht Mal ein Programm für dich darauf laufen lassen kann, damit es nicht in einem Monat sondern in fünf Tagen fertig ist?" Sie konnte sich grade noch zusammenreißen und warf ihren Kaffeebecher nicht gegen die Wand. „Geh zu meinem Schieber und engagiere dir einen Programmierer!"

„Ist ja gut!", antwortete er Jim und meinte es nicht.

„Nichts ist gut!", schrie sie. „Willst du vielleicht, dass ich in eine der Banken einsteige und deren Monte-Carlo-Rechner anzapfe? Wo gerade halb Frankfurt nach mir sucht?"

„Was hat denn ein teurer Rechner damit zu tun, dass du gesucht wirst?"

„Was denkst du dir? Ich bestelle so ein Teil am Telefon und lasse es mir mit einem Tieflader ins Wohnzimmer liefern? Und auf Rechnung bezahlen? Ich dachte, du wolltest mir helfen und nicht allen Bescheid geben, wo ich mich grad aufhalte!"

„Dir helfen? Es geht immer nur um dich! Immer soll ich dir helfen! Wann bist du mal dran mit Hände waschen? Wann tust du mal was für mich? Und damit meine ich wirklich für mich und nicht irgendwas, dass dir in deinen Scheiß-Kram passt!"

„In meinen Scheiß-Kram?" Kathrin nahm einen Schritt zurück, als hätte er sie ins Gesicht geschlagen.

„Ja, in deinen verdammten Scheiß-Kram! Sobald etwas meinetwegen getan werden muss, ist es ein fürchterlicher Aufwand. Deinetwegen machen wir eine halbe Europa-Rundreise, um deine Spuren zu verwischen und deinem selbstherrlichen Verfolgungswahn zu schmeicheln."

„Verfolgungswahn? Bist du heute extra-dumm aufgewacht? Ist dir nicht aufgefallen, dass wir vorgestern in eine bis über beide Ohren bewaffnete Crew gelaufen sind? Oder beeindrucken dich solche Kleinigkeit nicht, weil du so ein unkaputtbarer Held bist?"

„Ach, verarschen kann ich mich allein! Du wolltest gefunden werden!" Jim zeigte mit dem Finger auf Kathrin.

„Leck mich doch, Wolfram!" Sie musste sich vor ihm nicht dafür rechtfertigen, dass sie ihr Handwerk drauf hatte.

„Wieso habe ich bloß dein beschissenes Geld genommen? Nichts ist so viel wert, dass ich mich mit so einem egoistischen Stück wie dir abgeben muss!"

Jim schmiss die Tür laut ins Schloss, als er die Wohnung verließ. Seine Wut schäumte über. Er begann zu gehen ohne auf die Richtung zu achten.

Dann begann er zu laufen. Er rannte einfach gerade aus.

Was er ihr zuletzt an den Kopf geworfen hatte – oder sie ihm – wusste er nicht mehr. Sie war laut geworden und er noch lauter. Sie war gehässig geworden und er war einfach herausgestürmt. Er war geflüchtet, bevor etwas Schlimmeres passieren konnte.

Er sollte ihr darin vertrauen, dass sie diese Dekodierungsangelegenheit auf die sinnvollste Art anpackte, die ihnen jetzt zur Verfügung stand. Wieso zweifelte er daran, dass sie es tatsächlich tat? Sie hatte ja gesagt, dass es lange dauern würde, und dass sie seine Sachen zuerst erledigte, bevor sie sich um ihren eigenen Kram kümmerte. Sie hatte ihm niemals einen Grund gegeben, an ihr zu zweifeln. Wieso fing er jetzt damit an?

Sie war in Ordnung. Nisah war in Ordnung.

Jim war wütend, weil er sich mit ihr gestritten hatte.

Es war gut, dass sie da war. Außer ihr konnte Jim nur auf Jim zählen – und das war nicht viel.

Ihm dämmerte es, dass er in Nisah tatsächlich einen Freund gefunden hatte. Um kein Mitleid mit sich zu haben, schimpfte er auf seine eigene Dummheit. Zum ersten Mal hatte er einen Freund und nicht mal damit konnte er umgehen.

Jim blieb stehen.

Er wusste nicht mehr, wo er war. Er war meilenweit gelaufen.

Er orientierte sich neu und rannte zu ihr zurück.

Es war dunkel, als er an dem Haus ankam. Sie saß auf einem kleinen Mäuerchen, das die Grünfläche vor ihrem Haus einzäunte, starrte vor sich hin und rauchte automatisch. Neben ihr stand eine leere Bierflasche. Sie zog an der Zigarette und atmete den Rauch langsam aus.

Er stand unentdeckt im Dunkeln und fühlte sich wie ein Idiot. Er musste irgendwas sagen, aber es fiel ihm nichts Passendes ein. Eine Entschuldigung wäre angebracht, aber er versagte bei der Suche nach den richtigen Worte. Stattdessen platzte er mit der ersten Belanglosigkeit heraus, die ihm in den Sinn kam.

„Sag mal, hier um die Ecke steht ein abgrundhässliches grünes Auto. Was ist das?" Kathrin verzog nicht mal ein bisschen das Gesicht bei dieser Konversationseröffnung.

„So ein breites Teil, das die halbe Straße blockiert?"

„Genau."

„Das ist ein Hummer, ein für Privatpersonen zugelassenen Auto, das einem Panzer am nächsten kommt. Da es auch noch schweineteuer ist, ist es so eine Art Luxusauto. Ja, das ist es: ein Luxus-Panzer."

Jim nickte als Zeichen, dass er das Konzept des Hummers verstanden hatte, und setzte sich neben die Frau an die Mauer.

Aus dem Schatten hinter sich holte sie zwei weitere Bierflaschen hervor. Die eine bot sie Jim an. Er nahm sie. Die eigene Flasche machte sie an der Kante der kleinen Mauer auf und rauchte weiter.

„Ich fange morgen an", sagte Kathrin. „Wenn du noch willst, dass ich es mache."

„Natürlich will ich noch, dass du es machst! Aber nicht morgen", sagte Jim. Kathrin hob eine Augenbraue. „Zuerst Wunden lecken. Also deine. Ich hab ja keine."

Kathrin lächelte. Sie ertappte sich bei dem Gedanken, dass sie gern ihren Kopf auf Jims Schulter gelegt hätte. Das ist ihr seit Jahren nicht mehr passiert.

„OK", sagte sie. „Dann schlafe ich morgen aus. Wie viel Tage Urlaub gibst du mir?" Jim fiel auf einmal auf, wie erschöpft sie klang. Er hatte sich gar nicht gefragt, wie anstrengend die letzten Tage für sie gewesen sein mussten. Er hätte gern seinen Arm um sie gelegt.

„So viel, wie du willst. Auf Wochen und Monate kommt es nicht an."

IX.   Das Warten

Kathrin gab sich drei Tage Zeit zur Erholung.

Danach begann sie, ihre Schuld bei ihrem Helfer abzutragen.

Kathrin war kein disziplinierter Programmierer. Sie schrieb Dinge so auf, wie sie ihr richtig erschienen, und schaute erst beim Testlauf, ob sie das taten, was sie von ihnen erwartete. Sie sollte diese Methode natürlich längst wegen ihrer Unprofessionalität aufgegeben haben, aber sie funktionierte für sie *so verdammt gut.*

Und so experimentierte sie fröhlich vor sich hin.

An manchen Tagen arbeitete sie fast ununterbrochen. Sie hatte oft keine Lust zu reden. Zum Glück drängte Wolfram ihr seine Gesellschaft nicht auf. Er brachte ihr nur etwas zu Essen.

Manchmal, wenn sie den Ausgang eines Tests abwarten musste, schloss sie sich seinen Ausflügen nach draußen an. Es waren die ersten freundlichen Tage seit Langem und sie liefen umher in der Sonne unter den winterlich kahlen Bäumen.

Um sich ein bisschen abzulenken und Wolfram zu unterhalten, erzählte Kathrin lustige Geschichten aus den Schatten, in denen sie meistens glorreich auf die Fresse flog. Zum Glück hatte sie aus ihren ersten Jahren auf der illegalen Seite des Lebens einen guten Vorrat davon.

Wolfram hatte einige Geschichten aus dem Wald anzubieten, in denen es überraschend selten um Menschen, dafür aber um mehr oder weniger idyllische Begegnungen mit wilden Tieren ging.

Manchmal fragte Kathrin sich, wer hier wen an der Nase herum führte.

Jim hatte sich selbst zur Haushälterin ernannt. Er putzte, räumte auf und ging einkaufen. Er kochte und sie aß sein Gebräu, ohne zu murren. Er konnte keinen sinnvolleren Beitrag leisten.

In der Zeit, die sonst übrig blieb, arbeitete er sich durch ihre Bibliothek. Er ging laufen, um irgendwas zu tun. Er hatte entdeckt, dass ein paar Leute im Park nebenan regelmäßig Fußball spielten. Das war eine angenehme Abwechslung, aber es reichte nicht.

Ab und an ging die Frau mit ihm spazieren. Sie sah ziemlich bescheuert in ihrer Verkleidung aus. Aber es war fast unmöglich, sie zu erkennen. Sie unterhielten sich, aber es waren immer oberflächliche, nichts sagende Gespräche. Dinge aus früherem Leben, die jetzt keine Rolle mehr spielten.

Ihre Rachepläne erwähnte Nisah nicht.

Irgendwann war Kathrin endlich sicher, dass sie das Programm nicht besser hinkriegen konnte. Sie schrieb für Wolfram die Modellbezeichnung des Rechners auf, der ihr am geeignetsten erschien. Mit einem Geldbündel ausgerüstet schickte sie ihn auf den Weg, acht Elektronikmärkte heimzusuchen, um die Hardware zu organisieren.

Sie bauten das Arbeitszimmer in einen Rechenraum um. Sie isolierten die Tür, die Wände und die Decke, damit man im Rest des Hauses den Computerlärm nicht hörte. Kathrin traute sich nicht, die ganze Sache am Abend anzuschmeißen, und wartete bis zum Morgen des darauf folgenden Tages. Erst dann startete sie die Rechner, einen nach dem anderen.

Nummer 4 stürzte schon am selben Abend ab und sie musste die ganze Arbeit nochmal machen.

Als das beständige Summen in ihrer Wohnung einzog, das Jim trotz aller Schallschutzversuche, tags und nachts hören konnte, begann er seine Ruhe zu verlieren.

Es wäre ihm lieber gewesen, wenn sie jeden zweiten Tag eine Schlägerei mit einem weiteren Ex-Freund von Nisah gehabt hätten. Genau das richtige, um sich ein bisschen abzureagieren. Fußball spielen war ja schön und gut, aber der Fleischfresser verlangte nach handfesteren Aktivitäten.

Wenn es hier wenigstens irgendwo Rotwild gegeben hätte…

Als Kathrin endlich Zeit hatte, über etwas anderes, als Algorithmenoptimierung nachzudenken, fand sie ihren Mitbewohner in einem unausgeglichenen Zustand. Wolfram fehlte etwas. Vielleicht der Wald? Bekam ihm die Stadt nicht?

Oder fehlte ihm die frische Luft? Die wirklich frische Luft eines Winterwaldes?

Vielleicht würde ihn eine gute Nachricht aufmuntern. Sie wollte ihm gern eine bringen, aber es gab keine guten Nachrichten.

An einem Morgen beschäftigte sich Kathrin mit den Rechnern und stellte fest, dass die Dinger wieder nur Fehler und Warnungen produziert hatten. Obwohl es für ordentliche Ergebnisse noch viel zu früh war, konnte sie sich erst im letzten Augenblick beherrschen, nicht einen von ihnen zu treten.

Wolfram saß auf dem Sofa im Wohnzimmer.

Kathrins geplatzte Lippe, das grandiose Veilchen und die diversen anderen größeren und kleineren Andenken von

Ajax und seinen Jungs waren fast verheilt.

Vielleicht schadete es keinem von beiden, ein wenig Frust abzubauen.

„Komm mit", sagte Kathrin.

„Wohin?"

„Frag nicht so komisch." Jim stand auf und ging mit ihr in den Flur. Sie hatte ihre üblichen Haussachen an. In der Hand hatte sie eine Sporttasche.

„Du willst in den Klamotten nicht wirklich rausgehen, oder?"

„Nein, natürlich nicht. Wir gehen nicht raus, wir gehen unters Dach."

„Aha. Und was ist in der Tasche?", fragte Jim, als sie Schuhe anzog und ihm dasselbe zu tun deutete. „Waffen oder Sportsachen?"

„Beides. Zieh endlich deine Schuhe an." Sie stiegen die Treppe alle vier Stockwerke hinauf. Im Dachstuhl befand sich ein Trainingsraum, der Spiegel an den Wänden hatte.

„Wozu die Spiegel?"

„Habe dem Vermieter gesagt, dass ich Tänzerin bin, und Übungsraum brauche. Er hat mir den ganzen Dachstuhl für ein Appel und ein Ei vermietet und ich hab das hier daraus gemacht."

„Und wozu brauchst du es?"

„Ich trainiere hier. Wenn ich nicht grad grün und blau geschlagen worden bin. Bin zwar auch in einem Streber-Fight-Club Mitglied, aber das eher um die Kundenbeziehungen zu pflegen. Und auf einen Kampfsportclub irgendwo drüben im Hessen habe ich keine Lust. Sie machen da illegale Wettkämpfe und so." Jim wollte etwas sagen, aber sie unterbrach ihn. „Denk nicht einmal dran."

„Wieso? Ich hab da Erfahrung mit."

„Es soll nicht heißen, ich bezahle meine Mitarbeiter so schlecht, dass sie sich mit Wettkämpfen durchschlagen müssen", wimmelte sie ab. „Ich möchte dich in um einen Gefallen bitten."

„Einen Gefallen?" Einen grausamen Augenblick lang befürchtete Jim, dass es tatsächlich ums Tanzen gehen könnte.

„Ich möchte, dass du mit mir Kampfstab trainierst", erlöste ihn Kathrin schnell, aber Jim war auch diese Option nicht ganz geheuer.

„Ich benutze keinen Kampfstab."

„Ach was? Ist mir noch gar nicht aufgefallen."

„Und was willst du dann von mir?"

„Ich benutze einen Kampfstab und du benutzt keinen", erklärte Kathrin ganz geduldig, aber mit einem unmissverständlich schelmischen Unterton.

„Ich soll mich von einem Mädchen mit Stöckchen verprügeln lassen?" Jims anfängliche Skepsis dieser Veranstaltung gegenüber wich einer verdächtig guten Laune.

„Einem Kampfstab", korrigierte Kathrin ihn mit gehobenen Augenbrauen. „Wenn du mich fragst, ist es eher das Mädchen mit Stöckchen, das sich von dir verprügeln lässt."

„Du bist wahnsinnig", sagte Jim und lachte herzhaft. Das irritierte wiederum Kathrin ein ganz kleines bisschen.

„Das stelltest du bereits fest, glaube ich. Machst du mit oder soll ich jetzt gleich vergessen, wie man einem Bösewicht die Fresse poliert?"

„Du musst erst etwas können, bevor du es vergessen kannst! Du hast keine Chance gegen mich, Mädchen."

„Jaja, ist ja gut. Freundschaftsspiel, ok?"

„Gut. Wir machen das", sagte Jim entschlossen und knöpfte sein Hemd auf. „In erster Linie, damit du Ruhe gibst."

„Schön", sagte Kathrin, lächelte unschuldig und begann ihren Kampfstab zusammenzuschrauben.

„Aber heule nicht, wenn es weh tut", warnte Jim sie sicherheitshalber noch mal vor.

Kathrin hatte diese Sache angezettelt, weil sie dringend mehr Übung im Nahkampf brauchte. Sie war ganz ordentlich – nach den Maßstäben der Zunft – mit dem Kampfstab oder mit der straßentauglicheren Version davon, dem Schlagstock, aber eher in einer kontrollierten Trainingsatmosphäre. In Echt war die Situation so gut wie gar nie vorgekommen, dass sie tatsächlich selbst ins Handgemenge hatte gehen müssen. Dafür waren vier große, kräftige Ex-Soldaten verantwortlich gewesen. Jetzt, wo sie nur noch zu zweit waren, musste sie sich darauf vorbereiten, eigenhändig Leute zu verhauen.

Als sie an ihrem Stab herum schraubte, konnte sie sich nicht verkneifen aus dem Augenwinkel zu beobachten, wie Wolfram sein Hemd auszog.

Vielleicht kam er auf andere Gedanken, wenn sie beide etwas unternahmen. Sie hatte schlechtes Gewissen, weil sie sich in letzten Wochen nicht um ihn gekümmert hatte.

Das war wirklich lächerlich, schließlich war er nicht zu Besuch bei ihr.

„Du denkst daran, dass es nur zum Spaß ist?", erinnerte sie ihn.

„Sicher", antwortete Jim und knackte mit den Fingern.

Er brauchte keine Erinnerung daran, dass sie ihm nicht gewachsen war. Sie stand in der Mitte des Raums und stützte sich mit beiden Händen auf ihren Kampfstab.

Die erste Runde ging trotz seiner Überlegenheit an sie,

weil Jim vor lauter Angst, sie zu verletzen, sich überhaupt nicht ernsthaft wehrte.

„Ein bisschen mehr kannst du dir schon erlauben", kommentierte Kathrin beschwingt.

„Nicht, dass du es gleich bereust, Mädchen." Jim sprang auf und ging direkt zum Angriff über.

Nach dieser Aufforderung hatte Kathrin nicht den Hauch einer Chance. Wenn sie so auf dem Boden lag, erinnerte sie sich an die Kämpfe mit Newski, der sie auch ziemlich klein zu machen gepflegt hatte.

Als sie damals dem Team beigetreten war, hatte sie von Nahkampf nicht den Hauch einer Ahnung. Schießen, ja. Aber Nahkampf? Wozu braucht ein weitgehend braves Kind schon so einen Dreck?

Und Newski hatte sich sofort und sehr enthusiastisch bereit erklärt, sie zu trainieren. So enthusiastisch, dass man es als junges Mädchen zu optimistisch hatte auffassen müssen. Als er endlich entschieden hatte, dass sie in einer dunklen Gassen gut auf sich selbst aufpassen konnte, hatte sie deutlich mehr Muskelmasse, eine brauchbare Rechte und ein – wie sie gedacht hatte – irreparabel gebrochenes Herz gehabt.

Irgendwann noch später, als ihre Gefühle sich weitgehend abgekühlt hatten, – nachdem sie sich von Ajax getrennt hatte vielleicht? – hatten Newski und sie ihre Sparring-Partnerschaft wieder aufgenommen. Es war lustig gewesen. Nicht zuletzt wegen der dezenten sexuellen Spannung und des Champagners, den sie im Anschluss ritualmäßig getrunken hatten.

Eine Sache unterschied jedoch die Kampfübungen mit Wolfram von denen mit Newski: Kathrin war sich die ganze

Zeit dessen bewusst, dass sie Wolfram nicht schlagen *konnte*. Nicht jetzt und nicht, wenn sie tausend Jahre Zeit hätte zu trainieren. Nicht, dass sie es groß störte, aber sie wusste, dass er ihr schneller das Licht ausschalten könnte, als sie *Licht ausschalten* sagen konnte.

Jim musste sich nicht anstrengen, um die Oberhand zu behalten, aber Nisah war besser, als er angenommen hatte. Er kam nicht zweimal mit demselben Trick durch. Sie war ziemlich schnell für eine Frau und kämpfte unfair. Einige Male kassierte er sogar einen Treffer.

Nach einiger Zeit merke er, dass ihre Kondition nachließ.

Zum wiederholten Mal lag das Mädel auf dem Boden und er hielt sie fest. Sie atmete schwer und machte diesmal keine Anstalten aufzustehen.

Vielleicht war es die Prügelei, die ihren Verstand ausstellte, vielleicht die Instinkte einer gesunden Frau einem gesunden Mann... an dieser Stelle stolperte Kathrin über ihre eigene Logik – was ist schon im Fall von Wolfram gesund?

Sie schloss die Augen, um sich gegen den Impuls zu wehren, über ihn her zu fallen.

Das wäre die Dümmste aller Ideen. Sie hatten schließlich noch einige Aufgaben zu erledigen. Sie waren dabei, Vertrauen zueinander zu entwickeln, so was sollte man nicht aufs Spiel setzen. Man sollte meinen, die Sache mit Ajax hätte sie gelehrt, von solchen Konstellation die Finger zu lassen, aber nein...

Kathrin zwängte ihren unantastbaren Helfer aus ihrem Kopf.

Einen Augenblick lang hatte Jim Angst, dass er ihr etwas angetan haben konnte.

Sie bewegte sich nicht, sagte nichts und roch komisch. Er kniete sich neben ihr hin, aber sie atmete normal, erschöpft – aber normal. Ihr Brustkorb hob und senkte sich gleichmäßig. Der Schweiß glänzte in kleinen Tröpfchen auf ihrer Stirn und verklebte die Haare.

Was dachte sie sich dabei, dass sie sich so quälte? Jim erinnerte sich daran, wie stoisch sie die Schläge von Ajax hingenommen hatte. Er schüttelte sie leicht an der Schulter und setzte sich neben sie auf den Boden. Sie machte die Augen auf und lächelte müde, aber zufrieden.

„Ich hab genug", sagte sie. Dann schloss sie wieder die Augen. Jim antworte nicht und legte sich ebenfalls hin.

„Dieser Ajax", begann Jim. „Er hasste dich sehr."

„Ich fürchte ja", bestätigte Kathrin müde, ohne sich zu fragen, welchen Gedanken Jim gedacht haben mochte, dass er auch beim dem toten Schattenkrieger gelandet war. „Ich hatte bis zuletzt keinen Groll gegen ihn. Aber an einer Stelle unserer Beziehung hatte er seine Hände um meinen Hals..."

„Ich gebe dir keine Schuld", versicherte Jim es ihr ganz schnell.

„Willst du wissen, wieso?", fragte Kathrin mit einer lallenden Komponente in ihrer völlig entspannten Stimme.

„Wieso was?"

„Wieso er mich hasste?"

Jim nickte. Kathrin konnte es nicht sehen und fuhr trotzdem fort.

„Wir hatten mal was miteinander." Sie sah nicht, dass Jims Gesichtsausdruck sich veränderte. „Aber nur ein paar Monate lang. Hat wunderschön angefangen. Aber lief nicht gut. Lief ziemlich ausm Ruder. Ziemlich schnell sogar. Er hatte komische Forderungen gestellt. Dass ich in sein Team wechseln und gewisse Aufträge nicht annehmen sollte."

„Fandst du nicht gut, was?"

„Nein, fand ich wirklich nicht gut. Aber vielleicht hätte ich ihm das nicht vor seiner ganzen Mannschaft sagen sollen."

„Vielleicht."

„Ich denke nicht, dass es viel geändert hätte."

„Wahrscheinlich nicht."

„Das war meine angewandte Lektion darüber, dass Männer aus den Schatten nicht gut für mich sind."

Sie erzählte es traurig. In Augenblicken, in denen Jim es am wenigsten erwartete, entdeckte er an ihr überraschende Dinge.

Der Gedanke, dass sie einen Liebhaber haben konnte, war bis jetzt absolut absurd gewesen.

Nüchtern betrachtet war es auch absurd zu denken, dass sie keine Liebhaber hatte. Sie war ja eigentlich recht attraktiv. Eigentlich.

Die Unterhaltung über Ajax brachte Kathrin in die Realität zurück. In den vergangenen Wochen hatte sie keinen nennenswerten Gedanken an Neunmalklug verschwendet. Wenn sie programmierte, hörte die Welt auf zu existieren. Dann war sie wieder eine Studentin an der Uni. Dann fiel es ihr nicht auf, dass sie keine alten Freunde und keine Familie hatte. Das Programmieren war das einzige, was ihr von ihrem früheren Leben geblieben war.

Aber nicht mal ihr jetziges Leben, das sie selbst gewählt hatte, gehörte ihr. Solange sie diese Sache mit Neunmalklug nicht ausgetragen hat, war das ein gestohlenes Leben.

Sie liebte die Schatten nicht, wie manch einer, der seine tägliche Portion Adrenalin brauchte. Sirius hatte schon so viel Geld gemacht, dass er nicht mehr hatte arbeiten müssen.

Aber er hatte nicht aufhören können, bis das Berufsrisiko ihn schließlich erwischt hatte. Den Preis für den Ruhm auf der Straße hatte er bezahlt – er würde nie sein Kind aufwachsen sehen.

Viel zu viele Menschen auf der Straße waren Sirius ähnlich.

Kathrin war aber in einer Enklave aufgewachsen. Sie wusste, wie das vermeintlich sichere Leben darin verlief und wie grausam es trotz aller Vorkehrungen enden konnte. Als für sie die Zeit gekommen war, sich für die normale oder für die illegale Lebensweise zu entscheiden, hatte sie die Schatten gewählt.

Freiwillig.

Des Geldes und der Freiheit wegen. Das Geld, das sie mit einem Auftrag verdiente, entsprach ungefähr dem Jahresgehalt einer Bankangestellten ihres Alters und mit vergleichbarer intellektueller Leistung. Dabei war sie von keinem Konzern, von keiner Hydra der Wirtschaft abhängig.

Sie wollte selbst bestimmen, wann sie das Leben in den Schatten aufgab, und nicht ein Spielball eines arroganten Arschlochs sein.

Sie wollte Neunmalklugs Kopf. Aber sie wollte ihn nicht töten. Das wäre zu einfach.

War das Sterben wirklich das Schlimmste für Neunmalklug? War es nicht manchmal schwerer zu leben als zu sterben? Was wäre für Neunmalklug eine furchtbare Strafe und würde ihn gleichzeitig für immer von der Straße holen?

Als sie zurück in die Wohnung kamen, setzte sich Jim wieder an sein Buch. Das Mädchen nahm auch eins und las darin. Das Buch war dick und hatte sehr dünne Seiten. Es war auf Deutsch und Jim konnte den Titel nicht lesen. Aber er sah, dass der Text in viele kleinere Abschnitte aufgeteilt war.

Stundenlange kämpfte Jim sich durch einen alten Krimi, in dem es um ein altes Anwesen und Existenz und Nicht-Existenz eines Höllenhundes ging, während die Frau noch weitere Nachschlagewerke und einen alten Stadtplan zur Rate zog.

Erst am Abend fiel Jim auf, dass der Fleischfresser sich während ihrer Trainingsstunde unter dem Dach kein einziges Mal zu Wort gemeldet hatte.

Das war einfach.

Natürlich abgesehen von Marek und seinen Compadres.

Zu einfach? Das wiederum nicht. Es würde schon ein Brocken Arbeit werden.

Aber auch nur ein Gig.

Fast ein Gig wie jeder andere.

Und genauso sollte Kathrin es vorbereiten. Nüchtern. Professionell.

Kalt servieren.

Sie nahm sich Zeit. Sie zeichnete, so gut sie sich erinnern konnte, einen Plan von Neunmalklugs Villa, beziehungsweise von den Teilen davon, in denen sie mal gewesen war. Um in das Netzwerk hineinzukommen, reichte dank ihrer eigenhändig eingebauten Geheimtür schon der Server-Raum in der Garage. Sie würde sicherlich keine Leserechte für die interessanten Laufwerke haben, aber mit Lösung solcher Probleme verdiente Kathrin schließlich ihre Brötchen.

Dann benötigte sie nur genug Zeit, um das zu finden, was sie brauchte, und um den Sendevorgang durchzuführen. Zum Schluss musste sie Neunmalklug finden und ihm ein letztes Mal in die Augen sehen. Das musste sein.

Und natürlich musste sie danach noch lebend herauskommen und darin sah sie die eigentlichen Schwierigkeiten.

Die Schwierigkeiten hießen Marek.

Was für ein Szenario sie auch in ihrem Kopf durchspielte, war das Ergebnis stets dasselbe: Marek hatte immer noch seinen Morgenstern, Kathrin und ihr Helfer – je ein Loch im Schädel.

Sie selbst hätte es ja beinah verdient, dass sie in Ausübung ihres Berufes draufging. Ganz ehrlich: das wäre gerecht.

Aber Wolfram? Dass er ihretwegen zu Schaden kam? Das war nicht in Ordnung.

Sich nach Hause schicken ließ er auch nicht. Bestand darauf, dass er mit ihr diese Nummer durchziehen musste.

Und wie zum Henker *konnten* sie diese Nummer durchziehen, ohne dass sie beide von Marek und seinen Leuten zerlegt wurden?

„Ist das sein Haus?", fragte Jim, als er den Plan auf dem Küchentisch liegen sah.

„Ja."

„Du willst da reingehen?"

„Ja."

„Wäre es nicht einfacher, ihn draußen abzufangen?"

„An sich schon, aber er geht so gut wie nie raus. Sogar unter normalen Umständen. Und solange er nicht sicher ist, was ich vorhabe, erst recht nicht."

„Also müssen wir rein?"

„Ja."

Jim studierte den Plan.

Aus der Tiefgarage führte eine Treppe zu einem Flur, der dann in einer Art Empfangshalle mündete, an die das Arbeitszimmer des Schiebers angrenzte. Ansonsten waren im Erdgeschoss Räume für die Wache, Abstellkammer,

Duschen und Waffenlager. Die Hilfsräume waren alle um das Arbeitszimmer angeordnet, so dass es fast genau in der Mitte des Stockwerkes lag.

„Wo sind seine privaten Räume?"

„Im ersten Stock. Aber das ist egal."

„Wieso?"

„Die Wände des Hauses sind im Erdgeschoss vor ein paar Jahren verstärkt worden, im ersten Stock nicht. Neunmalklug ist ein feiges Huhn. Er rechnet mit allem. Er tagt und nächtigt in seinem Arbeitszimmer, wenn er sich in Gefahr wähnt. Umgeben von seinen Getreuen und natürlich den gepanzerten Wänden." Kathrin zeigte auf den Empfangsraum neben dem Arbeitszimmer. „Hier befindet sich seine Leibgarde."

„Woher willst du es wissen?"

„Weil er sie in Rufweite haben muss. Sonst ist sie nutzlos. Außerdem muss man durch die Halle durch, um in dieses Arbeitszimmer zu kommen – egal, woher man kommt."

„Er fühlt sich dort sicher?"

„Ja."

„Was genau hast du denn darin vor?", fragte Jim nach einer Weile.

„Ich will an sein Netzwerk, um ein paar Sachen zu finden."

„Du wirst Zeit brauchen?"

„Ja."

„Bist du sicher, dass das, was du vor hast zu suchen, tatsächlich da ist?"

„Ja." Jim reichte es, wenn sie es sagte.

„Wie willst du vorgehen?"

Kathrin zögerte.

„Ich weiß es nicht", sagte sie leise und verlegen. Mit

dieser Antwort hatte Jim nicht gerechnet.

„Du hast vier Tage für einen Plan gebraucht, bei dem du weißt, was gemacht werden muss, aber nicht weißt, *wie*?"

Jim stand auf und ging zum Kühlschrank. Es sah ihr nicht ähnlich, antriebslos und mit glasigem Blick vor sich hin zu treiben.

Er nahm sich ein Bier und sah sie an. Sie nickte und Jim gab ihr auch eine Flasche. Er setzte sich wieder hin und sah ihr zu, wie sie die Skizze anstarrte.

Sie lief im Kreis. In ihrem Kopf lief sie im Kreis.

Gestern Abend saß sie bis spät nach Mitternacht in der Küche und guckte Löcher in die Luft.

Heute wieder dasselbe.

Sie erzählte ihm nicht, was ihr Kopfzerbrechen bereitete. Aber wie sollte er mit ihr an dieser Sache arbeiten, wenn sie nicht mit allem herausrückte?

Sie waren halb durch mit ihrem Bier.

Zeit für Klartext.

„Was hindert uns daran, ganz altmodisch vorne rein zu gehen und uns den Typen zu krallen?"

„Zu viele Leute", sagte sie noch leiser und nicht mal sie selbst schien richtig daran zu glauben.

„Wie viele, Nisah?"

Der Klang ihres Namens rüttelte in Kathrin so etwas wie Berufsstolz auf.

Aber nicht genug um ihren Kampfgeist zu wecken.

Sie schämte sich.

Sie wollte fliehen.

Ihre ultimative Ausstiegsoption ziehen.

Nicht weiter machen.

Ihre Pflicht vergessen.

Ihre Pflicht gegenüber Newski und den Jungs vergessen.

Alles aus Angst vor diesen Dreckspsychopathen.

Nisah murmelte irgendwas von zwei oder drei Dutzend Wachleuten und sah dabei aus, als würde sie ihm jeden Augenblick vor die Füße kotzen.

Das sah ihr nicht ähnlich. Sie war keine Memme. Wieso benahm sie sich dann wie eine?

Jim verstand es einfach nicht.

Sie hatten zu zweit *unvorbereitet* eine Spezialeinheit platt gemacht. Bei einer anderen Gelegenheit hatten sie fünf paramilitärisch wirklich gut ausgebildete Kämpfer klein bekommen; und da hatten sie mit gefesselten Händen angefangen.

Wie konnte sie sich von zwei oder selbst drei Dutzend Mann, die auch noch auf ein großes Gebäude verteilt waren, beeindrucken lassen, wenn sie in einer sorgfältig geplanten Aktion mit ihm zusammen ausrückte?

Natürlich wusste sie nicht, zu was Jim fähig war, wenn er sich wirklich Mühe gab und die Hilfe annahm, die ihm sein innerer Freund und Feind immer so bereitwillig anbot. Aber sie musste doch inzwischen wissen, dass dreißig einfache Schläger in einem großen Haus keine erstzunehmende Herausforderung für sie beide waren.

Erst recht, wenn sie vorbereitet und mit kühlem Kopf an die Sache herangingen.

Wahrscheinlich waren es dann wohl doch keine einfachen Schläger.

Was war es denn dann?

Schon vor Wochen hatte Nisah eine Information eingeholt – mit ihrem eigenem und dem fremdem Blut bezahlt. Aber in der Aufregung um sein Datenarchiv hatte sie versäumt, Jim zu erklären, was es damit auf sich hatte, und er hatte einfach nicht mehr darüber nachgedacht.

„Wer ist Marek, Nisah?"
„Er ist sehr gut", sagte Kathrin zögernd und verschämt.
„Wir sind auch sehr gut."
„Sie sind besser."

Konnte es sein, dass sie wirklich eine unglaubliche Angst hatte?

Sie war furchtlos. Meistens sogar leichtsinnig furchtlos. Sogar dann, wenn gesunde Vorsicht dringend angezeigt war.

Sie hatte nicht mal mit der Wimper gezuckt, als er ihr beinah den Kopf abgerissen hatte, damals im Hotel.

Normale Leute pissten sich schon in die Hosen, wenn er nur leicht knurrte und Fäuste ballte. Sie hatte keine Angst vor ihm, obwohl sie mehr von ihm gesehen hatte, als sonst irgendjemand.

Sie hatte mit ihm in einem Schlafsack geschlafen! Das ist so ziemlich der Inbegriff des idiotischen Heldenmuts.

Wie konnte sie sich vor *irgendjemandem* fürchten, wenn sie schon vor Jims Fleischfresser keine Angst hatte?

„Ich dachte ihr seid das beste Team gewesen?", fragte Jim ihrer Trantütigkeit zum Trotzt, oder möglicherweise gerade deswegen, bösartig gut gelaunt.

„Waren wir auch. Waren das beste Team in den ganzen verdreckten Deutschen Ländern", sagte Kathrin durch zusammengebissene Zähne. Jims Spott rüttelte sie auf. „Unter den besten drei in Europa. Top Ten weltweit."

„Und was ist mit Marek? Wo ist er in deiner Liste?"

„Jenseits von vierzig. Teure intellektuelle Gigs funktionieren bei denen nicht. Er und seine Leute können nur kämpfen. Aber das können sie besser als irgendjemand anders."

„Besser als ich?", fragte Jim. Sein Können war nichts, worauf er stolz war, dennoch fühlte er sich in wenig beleidigt.

„Du verstehst nicht. Sie wollen Blut sehen. Unser Beruf kommt nicht ohne Gewalt aus. Sie sind in den Schatten *für* das Blut. Leute wie ich sind in den Schatten *trotz dessen*", sie stand auf. „Sie benutzen Schwerter und verdammte Morgensterne", fügte sie hinzu, als würde das alles erklären.

„Exotische Waffe."

„Exotische Waffe? Du verstehst wirklich nicht. Hast du mal eine Kopfwunde damit gesehen?" Sie schüttelte sich.

„Dann sind sie eben ein Team, das sehr gut und sehr brutal ist, aber es sind immer noch Menschen. Daher kann man sie auch ...", er beendete den Satz nicht.

„Wir waren ein Team, die Jungs und ich", schrie Kathrin mit hochrotem Kopf und irre glänzenden Augen. „Meinetwegen sind wir zwei", sie fuchtelte mit dem Zeigefinger zwischen ihnen beiden, „ein Team. Aber Marek und seine Leute sind ein Rudel durchgeknallter Kampfhunde!"

Ein gelbes Licht flackerte in Jims Augen auf, bevor es ihm gelang, es unter Kontrolle zu bringen. Er wusste, dass sie es gesehen hatte.

Er machte einen Schritt zurück und starte sie einfach nur an.

Er konnte es nicht fassen.

In ihrem Gesicht stand die allzu gut bekannte Mischung aus Angst und Hass geschrieben, die Menschen bekamen, wenn sie länger als zwei Minuten ihm ins Gesicht schauten. Die Angst der Beute vor dem Jäger, bevor er seine Zähne hineinschlägt. Der Hass der einzelnen Individuen, bevor sie sich zu einem Mob zusammenschließen.

Er dachte, sie wäre anders. Er dachte, es wäre ihr egal.

Wie konnte er sich so täuschen?

Wie konnte er glauben, dass es jemanden geben konnte, dem es egal war, was er war? Wieso hatte er es von allen Menschen ausgerechnet einer ruchlosen Kriminellen zugetraut? Womöglich hatte sie nicht weniger Menschenleben auf dem Gewissen als er. Er hatte kein einziges Mal gesehen, dass *sie* sich um ihre Menschlichkeit Gedanken machte.

Er war als Monster geboren und als Mörder erzogen worden. Er hatte keine Wahl gehabt.

Nisah hatte sich freiwillig dafür entschieden.

Wer war hier das Ungeheuer?

„Seid ihr denn was anderes gewesen?", brüllte Jim. „Bist *du* denn was Besseres? Was ist mit dem Soldaten auf dem Parkplatz? Du tötest! Du folterst, verdammt noch mal!"

„Keine Unschuldigen!", versuchte sich Kathrin zu verteidigen.

„Das macht überhaupt keinen Unterschied! Du hast Blut an deinen Händen kleben. Du bist nicht in der Lage, andere dafür zu verurteilen, was du selbst seit Jahren machst! Du bist genauso schlimm wie Marek!"

Hätte er sie ins Gesicht geschlagen, wäre sie nicht so schockiert gewesen.

„Und du hast nicht mal den Mumm, dazu zu stehen, du kleine…"

„Ich bin, was ich bin", sagte Kathrin mit mühsam beherrschter, zitternder Stimme. „Ich will nicht behaupten, ich lebe ein sauberes Leben. Ich bin nach allen Maßstäben kein guter Mensch. Das weiß ich auch ohne deine hilfreichen Hinweise. Aber ich halte eine Splitterbombe im Einkaufszentrum an einem Samstagnachmittag nicht für ein gutes

Ablenkungsmanöver. Ich nehme einen Kollateralschaden in einer Schule nicht billigend in Kauf. Ich habe noch meine Seele und ich habe noch mein Gewissen."

Sagte es und ging hinaus.

Eine Splitterbombe im Einkaufszentrum? Jim setzte sich.

Gab es Leute, die das tatsächlich machten? Vielleicht musste er seine Ansichten noch mal überdenken.

Musste er eine neue Schublade für besonders gewissenlose Mörder aufmachen? Für Kinder- und Frauenmörder? Für Leute, die *zur Ablenkung* Splitterbomben legten?

Während er darüber nachdachte, sah er aus dem Augenwinkel eine Silhouette mit einem Schweif aus einem exquisiten Duft zur Tür hinaus rauschen.

Er rief nach ihr und rannte hinterher, aber in der Garage sah er nur die Rücklichter eines Wagens.

Sie war verrückt geworden. Eine andere Erklärung gab es nicht.

Nisah war verrückt geworden.

Jeder Schattenkrieger in dieser Stadt suchte wahrscheinlich nach ihr und sie rannte zur Vordertür hinaus, angezogen wie ein Edel-Flittchen, ganz allein und womöglich ohne Waffen.

Jim schnappte sich seine Jacke und rannte auf die Straße.

Sie war mit dem Wagen unterwegs, das erschwerte die Suche. Sicherheitshalber machte er einige Runden durch das Westend, in der schwachen Hoffnung, dass sie sich in einem der Restaurants aufhielt.

Er fand sie nicht. Immerhin war sie nicht so verrückt geworden, dass sie sich in der nächsten Nähe ihrer heiligen dritten Wohnung herumtrieb.

Jim wollte nicht aufgeben: im leichten Laufschritte machte er sich auf dem Weg in die Innenstadt, aber den ganzen Weg lang hatte er sie nicht gewittert. Vor dem Grenzübergang bog er auf den Anlagering ab, aber auch da war keine Spur von ihr.

Jim hätte sie noch weiter suchen können: er war schließlich ein Jäger. Er hätte sie früher oder später gefunden.

Aber sie wollte nicht gefunden werden, sonst hätte sie es ihm leichter gemacht.

Wenn sie in Schwierigkeiten geriet, würde sie versuchen, ihn als erstes in der Wohnung zu erreichen. Er kehrte dorthin zurück.

Die Wohnung war, wie erwartet, leer.

Jim setzte sich an den Küchentisch, dorthin, wo Nisah vorher gesessen war, und starrte den Plan der Villa an, wie sie es vorhin getan hatte.

Ab wann durfte man sich ein Urteil über die Menschen erlauben? Konnte man erst dann sagen, dass einer ein Monster war, wenn er eine Splitterbombe im Einkaufszentrum zündete? Oder wenn die Instinkte einen stärker als der Verstand beherrschten? Wenn man zum Berserker wurde, sobald man sich in der Defensive sah?

Oder reichte es schon, eine Pistole in den Händen zu halten?

Es stimmte schon: Nisah hatte nicht mutwillig Leute umgebracht. Bei dem Brand von *Frida Maersk*, wie er in der Zwischenzeit nachgelesen hatte, war es als ein großes Wunder gefeiert worden, dass niemand umgekommen war. Das hieß nicht, dass sie besonders viel Mitleid für ihre Gegner übrig hatte. Das war vermutlich richtig so, sonst hätte sie wohl kaum so lange in ihrem Beruf überlebt.

Er selbst hatte jedenfalls nicht gesehen, dass sie jemals Unbeteiligten etwas zu Leide getan hatte. Gab es in den Schatten Leute mit Verhaltenskodex und welche ohne? Waren Leute in diesem Gewerbe nicht alle käuflich und übernahmen sie nicht jeden Auftrag, wenn die Bezahlung stimmte? Sie hatte nur Geschichten über die Datenbeschaffung und Infiltration erzählt. Möglich, dass sie ihm etwas verschwieg? Er hatte schließlich auch gewisse Dinge für sich behalten.

Waren solche Dinge wichtig?

Machte es einen Unterschied, wer Recht hatte und wer nicht?

Wenn ihr heute Nacht etwas zustoßen sollte, weil sie beiden einen dummen Streit hatten, der zu nichts führte und keinen Unterschied machte?

Was dann?

Am späten Morgen des nächsten Tages kam Kathrin völlig verkatert nach Hause.

Ihr Ex-Helfer saß in der Küche und sah erholt aus.

Was zum Henker machte er hier noch?

Nisah sah blass aus, hatte dunkle Ränder unter den Augen. Sie roch nach Tabak, Schweiß und Alkohol. Sie ging an ihm vorbei, ohne ihn eines Blickes zu würdigen und kam ein paar Minuten später in die Küche. Sie trug ihren verwaschenen, zu großen Bademantel.

„Was machst du hier noch?", fragte Kathrin.

„Es tut mir Leid", sagte Jim.

„Was?"

„Du weißt schon..."

„Ich weiß schon. Jaja. Alles gut. Du kannst gehen. Deine zehn Riesen", sie schmiss ihm ein zusammengebundenes Päckchen Scheine entgegen, das genauso aussah wie das eine, dass sie ihm damals in Black Town gegeben hatte. Es fiel auf den Boden und bleib dort liegen. „Ich kündige, du brauchst mich nicht zu bezahlen."

„Nisah, hör mal zu…"

„Ich will nicht."

„Es tut mir Leid", sagte er noch mal, stand auf und kam zu ihr. „Es tut mir Leid."

„Ich gehe jetzt schlafen", sagte sie und ging.

„Warte!", Jim merkte hinter dem ganzen Gestank etwas anderes.

„Was?"

„Ist dir etwas passiert?"

„Nein. Nein, mich hat niemand erkannt. Ich gehe jetzt schlafen. Hau endlich ab."

Was war denn gestern in sie gefahren? Wieso war sie weggelaufen? Aus der eigenen Wohnung? Sie war vermutlich die meist gesuchte Person in ganz Frankfurt und sie war feiern gegangen!

Sie hatte sie nicht mehr alle. Und zu allem Überfluss war sie mit einem Banker-Jungen mitgekommen, in die verdammte CommerzDeutsche-Niederlassung, wo man auf fünf Metern Hausflur zwei Überwachungskameras hatte. Was hatte sie sich dabei gedacht?

Sie war zuerst ohne Gedanken durch die Stadt gefahren, dann war sie in den Clubs gewesen.

Sie hatte sich gefragt, ob Wolfram Recht hatte. War sie genauso schlimm wie Marek? Allein durch die Vorstellung, dass es so sein könnte, war es ihr zum Brechen übel geworden. So wie Marek wollte sie nie werden. Sirius und die anderen waren es auch nicht gewesen. Natürlich konnte man in diesem Geschäft nicht mit sauberen Händen leben, aber man musste sich nicht an Jack The Ripper orientieren.

Sie hatte immer versucht, Maß zu halten.

Leute, die in den Schatten waren, wussten, worauf sie

sich einließen. Leute, die in den Banken und den Kanzleien und Beratungen arbeiteten, wussten, dass sie es durchaus mit Leuten aus den Schatten zu tun bekommen konnten. Vermutlich war es nur eine Frage der Zeit, bis es dazu kam. Jeder kannte die Risiken des eigenen Berufes. Und weder die einen noch die anderen waren so richtig Unschuldig.

Schön und gut die Theorie, aber hatte sie sich den kleinen Trader, oder was er war, gestern Nacht gekrallt, um sich zu beweisen, dass Menschen keine Angst vor ihr haben mussten? Sonst war das ja nicht zu erklären.

Außer dass sie den Verstand verloren hatte.

Das war wieder einer der Momente, in denen sie ihre eigene Motivation nicht verstand.

Wieso war sie weggerannt?

Sehr erwachsen, Kathrin, sehr erwachsen.

Sie war verrückt geworden, psychisch labil.

Paranoia trägt wenigstens zum Überleben bei. Nachts allein durch das Bankenland rennen – nicht. Besonders in ihrer Situation.

Was in dreieinhalb Gottes Namen war ihr Problem?

Mit dieser Frage schlief sie ein.

Jim ignorierte ihre Aufforderung und ging in sein Zimmer. Er legte sich ins Bett. Als er einschlief, wusste er, welchen Geruch der Rauch und Alkohol überdeckt hat: sie war heute Nacht mit einem Mann zusammen gewesen.

Jim schlief unruhig und träumte davon, dass Nisah in einer Blutlache am Boden lag, während Jim und ein hunde-köpfiger Mann mit Morgenstern in der Hand um sie herum kreisten und einander nicht aus den Augen ließen.

Am Abend trafen sie sich wieder in der Küche.

Jim war gerade mit Kochen fertig geworden, als sie im Türrahmen erschien und ein zaghaftes Lächeln wagte.

Er dachte an die tote Nisah in seinen Traum.

Egal, wie sehr sie sich stritten – er war erleichtert, sie wohlauf zu sehen.

Er war froh, dass sie lebte.

Damit es so blieb, musste sie aufhören, Dummheiten zu machen. Da es unwahrscheinlich war, dass sie sich freiwillig dazu durchrang, mussten sich die Umstände ändern, damit Nisahs Dummheiten nicht zu ihrem verfrühten Tod führten.

Am wirksamsten wäre es, wenn sie das Rachegeschäft mit Neunmalklug endlich abschlossen – je schneller, desto besser.

Wenn Jim dafür den Fleischfresser benutzen musste, so sollte es so sein. Er musste nur sicherstellen, dass sie nichts davon mitbekam.

„Es tut mir auch Leid", sagte Kathrin als erstes, sobald sie Jims Blick begegnet war.

„Egal." Er stellte einen Teller Suppe vor ihr auf den Tisch. „Wie fühlst du dich?"

„Geht."

„Gut. Dann lass uns planen", sagte Jim und Kathrin nickte nur. „Wir hatten gestern festgestellt, dass du Mareks Team als das größte Problem siehst. Erzähl mir alles, was du über sie weißt."

„Ich kann jetzt nicht darüber reden. Ich esse." Jim hielt ihren Versuch einen Witz zu machen für den Schritt in die richtige Richtung und ließ sie aufessen, ohne sie weiter zu unterbrechen. „Sie alle waren Söldner in dem polnisch-ukrainischen Krieg. Sie tauchten hier ungefähr zu selben Zeit auf, als ich angefangen habe, in den Schatten zu arbeiten. Sie hatten sofort einen Ruf als das beste Team für Beseitigungsaufträge – du weißt schon..." Jim nickte. „Die Formation besteht aus sieben Personen: Marek selbst, den

Zwillingen – man nennt sie Rot und Schwarz, nach deren Bekleidung. Sie haben einen Sprengstofftyp, der in Wirklichkeit ein Pyromane ist. Die Restlichen drei sind Muskeln – also ohne besondere Funktion, nur Masse im Kampf." Jim dachte, dass das genau seiner Aufgabe entsprach. „Sie haben eine sehr interessante Waffenwahl getroffen: sie benutzen im Nahkampf so Mittelalterschwerter – Zweihänder, Langschwerter, was weiß ich, wie die richtig heißen – und Marek selbst schwingt einen Morgenstern."

„Hast du erwähnt", warf Jim ein.

„Die Schwerter sind insofern eine gute Nachricht für uns, da ihre Verteidigung durch Benutzung einer solchen Waffe leiden soll. Angeblich." Jim wunderte sich ehrlich darüber, dass sie tatsächlich damit rechnete, gegen diese Leute kämpfen zu müssen. „Eine weitere Merkwürdigkeit dieser Truppe ist, dass sie es innerhalb kürzester Zeit geschafft haben, Gegenstand von zahlreichen Gerüchten zu werden, die ihren Ruf als blutrünstige…" Kathrin stolperte über ihre Wortwahl. „Sie haben halt einen Ruf, dass sie einen Auftrag in der Regel deutlich schmutziger ausführen, als es nötig ist."

„Das hört sich erst mal nach einem Pack sadistischer Idioten an."

„Abgesehen von nicht vorhandenen Empathie gibt es da noch etwas, das mir Unbehagen bereitet: sie benutzen der Straße zur Folge Kampfdrogen." Als Kathrin es sagte, befürchtete sie, er würde sie auslachen.

„Kampfdrogen?" Jim konnte sich nicht zwischen Faszination und Skepsis entscheiden.

„Kampfdrogen", bestätigte Kathrin bierernst. „So ein Cocktail, der sie schmerzresistent macht und aufputscht. Haben Ausdauer wie Marathonläufer und sind schnell wie Großkatzen auf Speed. Dazu kannst du sie schneiden und stechen, wie du willst – ist ihnen egal."

„Bist du sicher, dass sie das Zeug benutzen?"

„Ziemlich, auch wenn ich natürlich keinen Beweis hab. Wir haben nie mit ihnen gearbeitet."

„Aber nur ein Gerücht könnte es nicht sein?"

„Zu durchgeknallt. Und andere Leute *haben* mit ihnen zusammen gearbeitet. Ajax und seine Jungs beispielsweise."

„Na gut. Weiter."

„Wie ich schon sagte, machen sie im Wesentlichen Gigs mit großem Muskel- und kleinem Hirneinsatz."

„Sind sie so dumm, dass sie auf Tricks und Ablenkung reinfallen?"

„Tricks kaum, vernünftige Ablenkung ja."

„Dann brauchen wir eine vernünftige Ablenkung."

„Ja. Aber ich schaue vorher nach deiner Vergangenheit."

Kathrin musste der Wahrheit ins Gesicht sehen: mit Wolfram zusammen hatte sie ein kleine Chance, eine Begegnung mit Marek zu überleben. Und nur mit Wolfram. Mit keinem anderen.

Und auch dann nur vielleicht.

X. Die Kampfhunde

Am Morgen des darauffolgenden Tages waren zwei der acht Archivteile fertig. Die erste Datei enthielt einige Versuchsprotokolle bezüglich künstlicher Nervenzellen, die Versuchspersonen implantiert werden sollten, um ihre Reaktionen zu beschleunigen. Das schien eher mittel-gut gelaufen zu sein.

Die andere Datei waren Akten über Menschen mit künstlichen Gliedmaßen, die volle Funktionalität von echten Armen und Beinen hatten und von diesen optisch kaum zu unterscheiden waren. Inklusive detailreichen Bildern, Bauplänen und chemischen Formeln. Diese Prototypen schienen auf voller Linie erfolgreich gewesen zu sein.

Kein Wunder, dass die Daten so begehrt waren.

Kathrin fielen auf Anhieb drei Biotechnologie-Konzerne allein mit Sitz im deutschsprachigen Raum ein, die sicherlich eine sportliche Summe dafür gezahlt hätten. Der Markt für Prothesen war in Anbetracht der Art der Kriegsführung nach dem Crash riesig. Viele der Veteranen arbeiteten in Büroberufen, in denen ein fehlendes Bein oder Arm nur eine geringfügige Behinderung war, wenn man ansonsten den richtigen Umsatz produzierte. Diese Leute verdienten viel und hatten alles, was ihr Herz begehrte – bis auf die Fähigkeit wieder Rennrad zu fahren oder Tennis zu spielen.

Die Forschung in diesem Bereich war erst in den letzten zwei Jahren im großen Stil angelaufen. Die Entwicklung von brauchbaren Prototypen würde *Jahre* dauern. Die CEOs der beteiligten Unternehmen würden töten, um sinnvolle Ergebnisse zu haben, auf denen sie aufbauen konnten. Oder eher töten lassen.

Sagen wir mal, irgendjemand erinnerte sich nun zufällig daran, dass er von solcher Forschung etwas gehört hatte. Möglicherweise hatte er sogar eine Idee, wo man die entsprechende Einrichtung suchen sollte. Das stellte ihm eine gute Verdienstmöglichkeit in Aussicht. Aber wieso zum Henker schickte er eine deutsche Mannschaft, um das Zeug aus einer amerikanischen Einrichtung zu extrahieren?

Als Kathrin noch im Schlafanzug aus dem Arbeitszimmer in die Küche wanderte und an ihren Gedankengängen weiter arbeitete, sah sie aus dem Augenwinkel durch das Wohnzimmerfenster eine dunkelblaue Mittelklassenkarre einen Tick zu langsam an ihrem Haus vorbeifahren.

Sie war schlagartig auf hundertachtzig. Fluchend rannte sie in Wolframs Zimmer und weckte ihn.

Einen Augenblick später packte sie die Taschen: Waffen, Munition, Rauch-, Licht- und Betäubungsgranaten. Der Kampf-Rechner war selbstverständlich marschbereit. Sie legte eine schusssichere Weste an. Für Jim hatte sie auch eine. Sie war froh, dass er sie nahm, ohne dass sie sich mit ihm darüber diskutieren musste.

Wenn man wusste, in welcher Gegend sie wohnte, war es nur eine Frage der Zeit, bis man die Wohnung fand. Egal, ob sie hinter den Daten, die sich nach und nach dechiffrierten, oder hinter ihr her waren, Wolfram und sie mussten handeln.

Das kam ja wie bestellt!

Jim war ausgeschlafen und fühlte sich gut. Der heutige Tag war genauso gut geeignet wie jeder andere, um Neunmalklug töten zu gehen. Er hatte sogar einen Vorwand, um die Sache auf den Weg zu bringen.

Natürlich war der Zeitpunkt aus der Sicht von Nisah ungünstig und sie würde sich deswegen ausgiebig beschweren. Jim würde Überzeugungsarbeit leisten müssen.

Wenn sie sich ganz störrisch stellte, würde er ihr eins überbraten und den Schieber allein abmurksen.

„Wir müssen die Wohnung absolut unauffällig verlassen", sagte Kathrin, als sie in letzten Zügen ihrer Vorbereitungen waren. „Müssen sie von den Rechnern fernhalten und eine andere Bleibe suchen. Sollen wir versuchen uns zurück nach Köln durchzuschlagen?"

„Nein. Wir steigen jetzt bei Neunmalklug ein."

„Wie, jetzt? Jetzt sofort?"

„Gegenangriff. Wir dürfen keine Zeit verlieren."

„Und Ablenkung?", fragte Kathrin mit mehr als nur einer Note Panik in der Stimme.

„Es gibt eine. Wie viel Zeit brauchst du im Netzwerk?"

„Zwanzig Minuten. Plus-Minus."

„Kriegst du."

„Und du?"

„Ich kümmere mich drum."

„Wie?"

„Ich bin die Ablenkung."

Sie befanden sich bereits auf dem Weg in die Garage. Statt ihren eigenen Wagen zu nehmen, marschierte Kathrin zielstrebig zu einer alten Tür, die nach Meinung des Hausbesitzers ein malerisches Überbleibsel der alten Bausubstanz war. Durch diese Tür gelangten sie in die Garage des Hauses auf der anderen Seite der Straße. Dort brach Nisah einen unauffälligen Kombi auf.

„Wir werden höchstens vierzig Minuten drin bleiben. Ab dann ist es mit den Bullen zu rechnen."

„Die Bullen?"

„Ja, die Bullen sind sehr wichtig. Was ich noch überhaupt nicht durchdacht hab, ist der Weg hinein", gab Kathrin zähneknirschend zu, als sie in der Elektronik des Fahrzeugs wütete.

„Wir benutzen den Vordereingang."

„Das ist ein Tor aus Fünfzehn-Millimeter-Stahl!"

„Hmm", sagte Jim und zog sie aus dem unauffälligen Kombi wieder heraus. „Dann schlage ich vor, wir nehmen einen anderen Wagen."

„Einen anderen Wagen?"

„Am einfachsten wäre es, den grünen Luxuspanzer aus der Nachbarschaft auszuleihen." Kathrin lokalisierte einen Kloß im eigenen Hals bei der Vorstellung mit dem Hummer Neunmalklugs Tor anzufahren. „Oder meinst du, dass er es nicht schafft?", fragte Jim.

„Ich habe ganz ernsthaft keine Ahnung. Selbst wenn es klappt... Der Fahrer ist noch irgendwie geschützt. Aber der Beifahrer? Der ist wahrscheinlich danach nicht mehr zu viel zu gebrauchen..."

„Dann solltest du fahren."

Jim machte sich keine Sorgen um das Vorhaben, höchstens ein wenig um das Mädchen. Sie war zappelig. Das war ihr nicht ähnlich.

Sie war unzufrieden damit, dass sie ohne einen abgesprochenen Plan handeln mussten, aber das war ihm egal.

Ihre Chancen standen besser, als sie dachte.

„Du hast irgendeinen Plan", platzte Kathrin heraus, als sie über einen Zaun im Hinterhof kletterten, um dahin zu kommen, wo sie ihr designiertes Fahrzeug vermuteten.

„Nein. Du hast Pläne."

„Hast du keine?"

„Nein. Ich handle spontan."

„Du siehst aus, als ob du dieses eine Mal einen hättest", ließ Kathrin nicht locker und Jim gab auf.

„Wir gehen rein, du suchst dir einen Ort, wo du arbeiten kannst, und ich schaue, dass dich dabei niemand stört."

„Die Wachen sind kein Problem."

„Stimmt. Sie haben vor dir mehr Angst, als du vor Marek."

„Ich habe keine Angst vor Marek!", sagte Kathrin trotzig, bevor sie in einer Telefonzelle verschwand, um einen Notruf an die Feuerwehr loszulassen. Sie hoffte, dass die Einsatzfahrzeuge genug Chaos und Behinderung verursachen würden, um die Wohnung für die nächsten paar Stunden zu schützen.

„Und ob du sie hast", antwortete Jim, als sie wieder herauskam. „Kein Grund, dich zu schämen: Angst ist normal, menschlich so zusagen. Aber du hast jetzt auch eine gefährliche Kampfhundeaura." Kathrin schielte zu ihm hinüber. „Immerhin bist du eine Abtrünnige, die angeblich ihr Team umgebracht hat."

„Wenn du es so formulierst, könnte was dran sein. Was hast du denn selber vor?"

„Die Sache ist die, dass wir es nicht schaffen werden, uns zwanzig Minuten lang ohne aufzufallen im Gebäude aufzuhalten."

„Das stimmt. Wir bleiben in einem gut zu verteidigenden Raum, solange ich rumhacke, und gehen anschließend weiter zu Neunmalklug."

„Nein."

„Willst du etwa, dass wir als erstes zu ihm gehen?"

„Nein."

Jim hatte tatsächlich einen Plan, zu dem er keine Alternative sah – ehrlich gesagt, hatte er keine Lust über eine Alternative nachzudenken. Der Fleischfresser knurrte voller Vorfreude in seinen Eingeweiden, äußerst darüber zufrieden, dass er diesmal Jim nicht überreden, überzeugen oder überrumpeln musste, um seinen Spaß zu haben.

Jim wusste nicht, zu welchem Ende das führen würde. Vielleicht würde es der erste Schritt dazu sein, dass der Fleischfresser die Kontrolle übernahm.

Diesmal hatte er einen guten Grund, ihn von der Leine zu lassen – ja, Nisahs Sicherheit war ein guter Grund. Aber es würden weitere gute Gründe folgen, bis er nicht mehr in der Lage sein würde, die Aggression im Zaum zu halten, und ihm jeder Grund gut genug erschien.

Aber das war ein Problem der Zukunft.

Heute hatte er keine Zeit dafür.

„Ich gehe alleine ins Büro und kümmere mich um Marek", sagte Jim ruhig, als sie im frisch kurzgeschlossenen Hummer durch Frankfurts Straßen rollten. "Ich sorge dafür, dass der Schieber nicht weg kommt. Du bleibst in deinem gut zu verteidigenden Raum."

„Kommt nicht in Frage..."

„Du wärest keine Hilfe."

„Ich wäre sehr wohl eine Hilfe!"

„Nein", widersprach Jim so scharf, dass Kathrin erschrocken auf weitere Einwände verzichtete. „Außerdem werden wir es nicht schaffen, die vierzig Minuten einzuhalten, wenn ich die Hälfte der Zeit faul herumsitze und in der anderen Hälfte aufpassen muss, dass dir keiner mit einem Morgenstern auf den Kopf haut."

Natürlich kam es nicht in Frage, dass Kathrin ihn allein

in die Höhle der Kampfhunde gehen ließ. Das war ein Selbstmord mit Ankündigung. Nicht mal für sie beide zusammen waren die Chancen besonders gut, lebend und unverletzt da herauszukommen.

Was dachte er sich dabei eigentlich? Dass sie noch mehr tote Kollegen brauchte?

Andererseits war es schon einmal vorgekommen, dass er merkwürdige, unnatürliche Anweisungen gegeben hatte, die dann im Nachhinein ihren Sinn gehabt hatten. Auf eine leicht übernatürliche Art.

Sie hatte noch Zeit. Noch musste sie keine Entscheidung treffen.

Kampfdrogen – wie sie es nannte – hin oder her, aber Jim war in dieser Hinsicht eine ganze andere Größenordnung. Selbst wenn der mysteriöse Marek und seine Jungs so hart im Nehmen waren, wie Nisah behauptete, setzte Jim in diesem Kampf seine zwanzig Tausend Dollar auf den Fleischfresser.

Nur eines konnte er nicht riskieren: dass sie ihn dabei sah.

Auf gar keinen Fall durfte sie dabei sein, wenn Jim nicht mehr in der Lage war, sich im Zaum zu halten. Dass dieser Zustand heute eintraf, war ziemlich sicher. Er musste das Mädchen um jeden Preis von ihm fernhalten – erst recht nach der Diskussion über Kampfhunde.

Sie *durfte* ihn nicht sehen.

Neunmalklug war ein einflussreicher Mann. Das wollte Kathrin gar nicht bestreiten. Er hatte als Drogenhändler angefangen und nach und nach sein kleines Imperium aufgebaut. Dann war der Krieg gekommen und er hatte nicht nur rechtschaffene Bürger, sondern auch die Unterwelt aus der Bahn geworfen.

Neunmalklug hatte mit Waffen gehandelt, Söldnertruppen vermittelt und wie zu jeder Zeit Informationen verkauft – das Gut, für das Generäle, Vorstandsvorsitzende, Kriminelle und Politiker immer bereit waren zu zahlen.

Seine Stärke lag darin, dass er Menschen führen konnte. Er war so berüchtigt, nicht weil er seine Hände bis zum Ellenbogen im Blut gebadet hatte, sondern weil er Leute hatte, die es mit großem persönlichem Einsatz für ihn machten. Marek zum Beispiel. Auch Sirius und seine Leute. Sie machten nicht den Ellenbogen-Blut-Trick, aber auch sie trugen zu seinem Ruhm bei.

Neunmalklug konnte gefällig sein, und freundlich. Er hatte Freunde in den obersten Etagen der Banken. Und was noch wichtiger für diese Leute als Freundlichkeit war: er konnte nützlich sein und er schaffte es immer so darzustellen, als ob er diese Gefälligkeiten nicht jedem zukommen ließ. Für jedes merkwürdige Geschäft und jede illegale Transaktion kannte er einen Spezialisten. Von bestialischen Auftragsmorden bis zu völlig personenschadenfreien Schiffsbränden – für jede Arbeit hatte er die perfekte Crew.

In wenigen Augenblicken würden Kathrin und Wolfram am Anwesen ankommen.

In dem Betonmonstrum aus Garagen und Anbauten versteckte sich die jahrhundertealte cremefarbene Gründerzeitschönheit, die Kathrin jedes Mal aufs Neue den Atem raubte.

Auf der Straße war weit und breit kein Mensch zu sehen.

Kathrin schaltete einen Gang hinunter und drückte das Gaspedal durch. Ihr Helfer fluchte leise und unerwartet dreckig.

Es passierte alles wahnsinnig schnell.

Sie krallte sich ins Lenkrad fest und versuchte instinktiv

sich dahinter zu ducken. Wolfram löste seinen Sicherheitsgurt. Kathrin hatte noch nicht mal die Zeit, die Luft zu holen, um ihn deswegen anzubrüllen, als der Hummer schon gegen das massive Tor prallte.

Die Schöpfer des Fahrzeugs waren nicht um die Sicherheit der Insassen bemüht, als sie dieses Monstrum für Privatpersonen umgestalteten, so dass Wolfram samt einer Automatikknarre ohne Behinderung durch lästige Airbags schnurstracks durch die Windschutzscheibe segelte.

Subtil war anders. Aber dafür hatten sie gerade keine Zeit.

Als die Wucht des Aufpralls Jim erfasste, hörte er aufgeregtes Brüllen in seinem Kopf. Er schoss durch die Windschutzscheibe, wandelte im Flug seine Körperhaltung um und rollte ein paar Meter auf dem Asphalt, bis er zum Stehen kam.

Kathrins Mutmaßung, dass bei einer solchen Aktion der Fahrer halbwegs geschützt wäre, erwies sich als nicht ganz richtig. In der Zeit, in der sie ihre Sinne wieder einfing und dort einbaute, wo sie hingehörten, hatte Wolfram schon die ersten zwei Gegner mittels seiner Automatik beseitigt und sah beeindruckend gefährlich aus.

Irgendwo rechts von ihr hörte sie einzelne Schüsse von zwei Pistolen. Sie beantwortete diese und wusste, dass sie erfolgreich war, obwohl die Schützen hinter einem Kleinwagen, der im Hof geparkt war, Deckung suchten – als ob der gegen ein Sturmgewehr was nützen würde.

In der morgendlichen Trägheit einer Gesellschaft, die nachts lebte, hatte keiner der anderen Wachmänner genug Geistesgegenwart, um Kathrin und Wolfram davon abzuhalten, im leichten Trott über den Hof in die Garage zu laufen. Von dort erreichten sie die Sicherheitszentrale, aus der ein Durchgang zum Server-Raum führte.

Kathrin beschloss die Frage auf später zu verschieben, was zum Henker ihr befreundeter So-gut-wie-Superheld sich dabei gedacht hatte, sich durch die Windschutzscheibe werfen zu lassen. Immerhin hatten sie jetzt zu tun und Wolfram schien dabei auf seine Kosten gekommen zu sein.

Für den Fall, dass Neunmalklugs Männer, wie Wolfram behauptete, tatsächlich Angst vor ihr hatten, wollte sie sie nicht durch den Eindruck von Besonnenheit und geistiger Gesundheit enttäuschen.

„Ich bin wieder da!", brüllte sie, als sie die Tür aufriss und das arme Wachpersonal wich vor ihr zurück.

„Nisah", stammelte einer von ihnen. „Was machst du hier?"

„Hallo Karl! Was für eine dumme Frage?!", rief Kathrin aus und legte in ihren Tonfall eine ordentlich Portion Wahnsinn und gute Laune.

„Töte mich nicht", jammerte Karl, obwohl sie ihm noch nichts getan hat. Die anderen zwei Leute bewegten sich nicht von der Stelle.

„Wahrscheinlich nicht, Karl."

Sie und Jim fesselten und knebelten die Wachen und sperrten sie in eine angrenzende Abstellkammer. „Du hattest Recht", sagte Kathrin ein bisschen außer Atem anschließend zu Jim.

„Womit?"

„Dass die Jungs mehr Angst vor mir haben, als ich vor Marek."

„Mhm. Ich gehe jetzt."

„Das ist Wahnsinn, Wolfram. Wir haben zu zweit höhere Chancen...", begann Kathrin, aber Jim ließ sie nicht ausreden.

„Ich diskutiere nicht mit dir. Mach dich an die Arbeit!"

„Das ist Wahnsinn", wiederholte Kathrin mit einem flehenden Unterton, der sogar ihr selbst falsch vorkam. „Das sind zu viele..."

„Kampfhunde, ich weiß", unterbrach er sie. „Glaubst du, ich habe vor, mich für dich umbringen zu lassen?" Er zog seine Jacke aus. Zu Kathrins Beruhigung behielt er wenigstens die Panzerweste an. „Nein? Gut. Lass mich also mein Ding machen." Kathrin nickte stumm. Aus ihrer Tasche nahm sie ein Paar Head-Sets und warf ihm einen zu. Den anderen befestigte sie an ihrem Kopf. Jim wollte gehen.

„Warte... Warte...", sagte Kathrin, schloss ihr Notebook ans System an und schaltete durch die Überwachungskameras. „Ein Moment noch..."

„Was denn?"

„Neunmalklug ist wie erwartet im Arbeitszimmer; Marek mit Kollegen im Vorraum. Ich schalte das System runter, damit die Türen offen sind. Pass auf dich auf", konnte sie ihm noch hinterher rufen, bevor er verschwand.

Kathrin verriegelte die Tür. Wenn sie jemand hier gegen ihren Willen besuchen wollte, musste er einen Schweißbrenner mitbringen. Und viel Zeit.

Das Programm startete, der Fortschrittbalken arbeitet seinen Weg von links nach rechts und Kathrin hatte einen Moment Zeit, sich zu fragen, ob sie ihren Helfer lebend wiedersehen würde.

Auch dies verschob sie auf später und tauchte in die Eingeweide des Intranets ein.

Jim fand die Treppe, die ins Erdgeschoss führte.

Wieso machte er das eigentlich für sie? Er war ja nicht

unsterblich. Fleischfresser hin oder her, aber er *konnte* bei dieser Nummer draufgehen.

Das wäre schade. Zum Draufgehen war das Leben in letzter Zeit zu spannend gewesen.

Im Treppenhaus traf er niemanden. Im Flur des Erdgeschosses stieß er mit fünf Leuten zusammen. Sie waren offensichtlich damit beauftragt worden, den Zugang zum Treppenhaus zu bewachen. Sie agierten unkoordiniert, schossen wild umher. Als Jim Anlauf nahm und drei von ihnen gegen die Wand schmetterte, hätte einer von den übrigen auf ihn schießen können, aber er war zu langsam. Der Kolben von Jims Sturmgewehr traf ihn am Kinn. Der letzte Mann flüchtete.

Es fühlte sich gut an und war doch nur ein Vorspiel.

Es fühlte sich *zu gut* an. Dessen war sich Jim bewusst und wusste, dass er ein schlechtes Gewissen haben sollte.

Bevor er weiterging, meldete sich Nisah und fragte, ob alles in Ordnung war. Er bestätigte es, schaltete das Head-Set aus, warf es auf den Boden und trat zur Sicherheit drauf.

Durch einen kurzen Gang erreichte er den Vorraum des Arbeitszimmers. Ohne die Tür aufzumachen, wusste er, dass die Männer darin im Gegensatz zu denjenigen, die er in diesem Anwesen bis jetzt getroffen hatte, weder verängstigt noch panisch waren.

Sie waren vorbereitet.

Das war Jim auch. Er lehnte das Sturmgewehr an die Wand. Er brauchte es nicht.

Es waren drei Minuten vergangen seit dem letzten Kontakt mit Wolfram.

Kathrin war auf einen höheren Sicherheitsstandard gestoßen, als sie vermutet hatte. Sie hatte improvisieren müssen. Im Großen und Ganzen lief aber alles gut, es kostete nur etwas mehr Zeit.

Sie meldete sich bei Wolfram, aber sein Head-Set war tot. Sie wusste, dass die Zeit wertvoll war, aber sie konnte nicht mit der nötigen Konzentration weiterarbeiten, wenn sie sich die ganze Zeit fragen musste, wie es ihm ging.

Irrational? Wahrscheinlich.

Unprofessionell? So was von.

Aber sie war nun mal fürchterlich dünnhäutig, wenn sie ohne einen Plan unterwegs war.

Und Marek auf der Gegenseite beteiligt war.

Ach, was soll's! Mehr als anderthalb Minuten würde sie das nicht kosten. Sie musste eh warten, bis der Suchvorgang fertig gerödelt hatte.

Zu dumm, dass sie die ganze Überwachung schon heruntergefahren hatte.

Sie startete die Anwendung für die Kamera im Neunmalklugs Vorzimmer.

Jim stieß die Tür auf und trat ein.

Am Fenster standen drei von ihnen. Zwei lehnten sich an die Tür zum Arbeitszimmer. Zwei weitere – gleich gekleidet, nur der eine vollständig in Rot, der andere vollständig in Schwarz – saßen auf dem Sofa. Auf den ersten Blick sahen sie aus wie eine Kreuzung aus Spezialeinheit und der pseudo-mittelalterlichen Gaukler-Truppe, die Jim im Fernsehen gesehen hatte, als er in der Kölner Wohnung herumgehangen war.

Einen Augenblick lang musterten sie sich gegenseitig. Jim wusste, was für ein Schlag Mensch seine Gegner waren, und zum ersten Mal fühlte er sich ihnen nicht absolut und hundertprozentig überlegen.

Einer der Typen am Fenster war der Leitwolf. Er und Jim sahen sich in die Augen und ein Raubtier erkannte den anderen. Der Leitwolf gab einen kurzen Befehl. Gleichzeitig tranken alle sieben aus kleinen braunen Fläschchen und warfen sie auf den Boden.

Sechs Schwerter und ein Morgenstern sausten drohgebärdenartig durch die Luft.

Jim konnte nicht anders. Er knurrte.

Das war wie das Losungswort für den Fleischfresser, das Ruder zu übernehmen.

Jim erlaubte es seinem Verstand, einen Schritt zur Seite zu treten.

Das Bild kam in dem Augenblick, als der unbewaffnete Wolfram einen tiefen Schnitt mit einem Schwert in den Oberkörper kassierte.

Kathrins Blut gefror in den Adern und sie musste sich daran erinnern, dass sie wusste, dass diese Verletzung für Wolfram längst nicht die verheerende Wirkung hatte wie auf andere Menschen. Und tatschlich: er befreite sich von dem Schwert und warf es abschätzig weg. Die Idee, die Waffe selber zu benutzen, war wohl zu absurd.

Die Schlacht – Kampf war ein zu kleines Wort dafür – ging weiter.

Hatte da Wolfram gerade jemanden gebissen?

Der rote Zwilling hatte durch einen unbesonnen stürmischen Angriff seine Deckung aufgegeben. Er fiel mit aufgerissener Kehle seinem Bruder vor die Füße. Der schwarze Zwilling drehte völlig durch. Er beging regelrecht Selbstmord, indem er versuchte, Wolfram mit seinem Zweihänder aufzuspießen.

Kathrin konnte ihren Blick vom Bildschirm nicht abwenden. Sie musste das Handgemenge, diese schwarzweiße Karambolage aus fünf Männerleibern anstarren, wie ein Katastrophentourist, der auf der Autobahn an einer

Unfallszenerie vorbeifährt und nicht aufhören kann, das brennende Fahrzeug anzustarren.

Mareks Leute verkauften sich teuer.

Dass sie schnell waren, wusste Kathrin nur aus Gerüchten.

Die Gerüchte untertrieben.

Absolute Beherrschung ihrer Kampfinstrumente ermöglichte ihnen eine fast chirurgische Präzession. Sie waren erschreckend effektiv.

Aber das nützte ihnen nichts. All die Schnelligkeit und Meisterschaft mit dem Schwert nützte ihnen rein gar nichts gegen die Naturgewalt, die Wolfram darstellte.

Unaufhaltsam zerlegte er seine Gegner.

Einen nach dem anderen.

Er war jenseits von den Begrifflichkeiten, mit denen man auf der Straße eine Schlägerei beschrieb. Nicht mal die sprichwörtlichen Geparde auf Speed waren *so* schnell. Und darüber, welches Tier so ein verbissener Kämpfer war, musste Kathrin später nachdenken.

Als Mareks metallbeschlagener Stiefel Wolfram ins Gesicht traf, fürchtete sie aber trotzdem, es wäre auch für ihren persönlichen Rächer zu viel. Wie jedes Mal, wenn sie das dachte, stand er einfach auf.

Sie hätte gern weiter zugeschaut, aber es war für sie an der Zeit zu gehen.

Kathrin drückte auf den Senden-Button. Das Mailing-Programm beendete seinen Dienst und sie klappte das Notebook zu. Mit ihrer Knarre im Anschlag machte sie sich auf.

Auf dem Weg zur Treppe war eine Stelle, wo drei Korridore zusammentrafen. Kathrin kam aus dem einen und aus einem anderen kamen drei Leute von Neunmalklug. Sie zog sich sofort zurück, aber die Kerle hatten sie gesehen und hatten Zeit gehabt zu schießen.

Verdammt.

Heißer Schmerz in der rechten Schulter war recht informativ in Bezug auf die Art und Schwere ihrer Verletzung. Wieso musste es immer die rechte Schulter sein? Sie schmiss das nutzlose Sturmgewehr zur Seite, warf eine Gasgranate um die Ecke und hielt sich ein Atemgerät vor die Nase.

Die rechte Schulter war es immer. Das Blut rannte ihr warm über den Rücken. Sie spähte um die Ecke. Die Typen lagen auf dem Boden und bewegten sich nicht mehr. Immerhin.

Als sie im Vorzimmer ankam, begann sie den Blutverlust zu merken. Sie drückte, so gut es ging, auf die Wunde um die Blutung wenigstens ein bisschen zu verlangsamen.

Sie stieß die Tür ungelenk mit ihrem guten Arm auf und ihr stockte der Atem.

Sie war in der Hölle gelandet. Sie hatte in ihrem Leben einige Schauplätze vom gewaltsamen Sterben gesehen, aber das hier war… anders.

Die Überwachungskamera hatte nur Schwarzweißbild gehabt und Kathrin war nicht darauf vorbereitet, wie viel von ihrem eigenen Blut acht Menschen in einem Raum verteilen konnten.

Es roch nach Tod.

Zerbrochene Schwerter, Blutlachen, Überreste von Möbeln, Glassplitter. Marek und seine Leute lagen auf dem feuchten Boden, wie achtlos weggeworfene zerrissene Stofftiere.

Wolframs lehnte an einer Wand und hatte die Augen zu. Sein Nasenflügeln flattern, als Kathrin den Raum betrat. Diesmal war sie sich ganz sicher.

Er sah schrecklich aus. Von der kugelsicheren Weste, waren nur noch Fetzen übrig. Die Jeans und die Schuhe waren in einem unwesentlich besseren Zustand. Und wie alles in diesem Zimmer war er mit Blut bedeckt. Aber daran, wie er da stand, sah Kathrin, dass er nicht ernsthaft verletzt war. Für seine Maßstäbe.

Er nickte ihr zu, ohne hinzusehen.

Kathrin nickte zurück, lächelte, taumelte und wurde ohnmächtig.

Jim fing Nisah gerade noch rechtzeitig auf und legte sie auf das, was vom Sofa übrig geblieben war. Sie blutete stark, aber nicht akut lebensgefährlich. Wenn sie sofort ins Krankenhaus gebracht wurde, hatte sie gute Chancen durchzukommen.

Langsam kam sie zu sich, während er aus einem Gürtel einen Druckverband für ihre Schulter improvisierte.

„Du musst zum Arzt", sagte Jim sanft.

„Nein", flüsterte sie. Kathrins Augen wanderten ziellos umher bis sie an einem Punkt irgendwo auf dem Boden hinter ihm haften blieben. „Nein, es geht gleich wieder. Geh bitte da rein. Bevor er abhaut."

„Mädchen!"

Kathrin drückte seine Hand.

„Gib mir zwei Minuten. Bin gleich wieder gut. Komme gleich nach." Sie hatte den entschlossenen Gesichtsausdruck, der Jim sagte, dass jede Diskussion nutzlos war. Er grinste schief und gab auf.

„Gut. Bis gleich."

Jim schloss die Tür zum Flur und schob einen Schrank davor. Sie hatten noch fast eine Viertelstunde. Nisah wusste hoffentlich, was sie tat. Er öffnete die Tür zum Arbeitszimmer und ging hinein.

Kathrin schloss die Augen und driftete durch die Dunkelheit. Vielleicht nur einige Sekunden lang, vielleicht aber auch einige Tage. Stöhnend und leise fluchend setzte sie sich aufrecht.

Jetzt nur noch eine Sache, die getan werden musste, damit sie Neunmalklug gegenüber treten konnte.

Beziehungsweise ihm gegenüber stehen konnte, ohne bewusstlos umzufallen.

Das Büro erinnerte Jim an eine alte verrauchte Kneipe. Ohne Fenster, nur eine große Glasplatte in der Decke ließ natürliches Licht hinein.

An einem niedrigen Couchtisch, der mit Monitoren, Flaschen und Aschenbechern vollgestellt war, saß ein großer unterernährter Mann. Er stank wie ein gehetzter Paarhufer. Mit beiden Händen hielt er einen Revolver und zielte auf Jim.

„Wer-wer bist du?", stotterte Neunmalklug. „Was willst du von mir?"

„Ich bin ein Freund von Nisah", antwortete Jim auf Englisch auf Geratewohl.

Als er noch einen Meter entfernt war, schoss der Schieber und traf nicht. Jim seufzte und nahm Neunmalklug den Revolver ab. Er zerbrach das Ding und Kugeln prasselten auf den Bogen.

Neunmalklug blinzelte.

Jims Jagdtreib erwachte wieder und bevor er sich beherrschen konnte, knurrte er. Mit dem Schieber passierte das, was mit allen Leuten passierte, die ihn so sahen. Angst wich Verwunderung, Verwunderung wich Unglauben, Unglauben wich Ekel. Und aus Ekel wurde ein panischer intuitiver Fluchtdrang. Der Schieber folgte dem Reflex aufzuspringen und zu rennen und stieß auf Jims Fuß, der ihn zurück in das Sofa drückte.

Jim platzierte ihn in einem Sessel, der frei im Raum stand. Von hier aus hatte der Schieber bestimmt eine ganz nette Perspektive auf die letzten Minuten seines Lebens.

Die Tür öffnete sich und Nisahs Kopf tauchte auf. Sie erkundete den Raum und glitt elegant und theatralisch hinein. Der Druckverband war noch dran, aber sie benutzte den Arm, als ob nichts gewesen wäre. Sie lächelte und die Art, wie sie lächelte, erschreckte Jim bis ins Mark.

Verdammte Göre!

Er sollte ihr den Gefallen tun und sie eigenhändig von einem Hochhaus hinunterwerfen! Das wäre eine viel schnellere und sicherere Selbstmordmethode! Was sollte all der lebensrettende Quatsch, wenn sie sich dauernd und mit voller Absicht in Situationen mit bestenfalls geringen Überlebenschancen brachte?

„Uuh, ist das nicht der liebe Neuni? Wie aufregend!", Nisah klatschte in die Hände und hüpfte gutgelaunt durch den Raum. „Ach, das ist wie eine Sahnetorte! Dabei ist heute gar nicht mein Geburtstag!"

„Nisah, lass uns wie zivilisierte Leute reden!", sagte der Schieber. Es gelang ihm, das Zittern in seiner Stimme zu unterdrücken.

„Du hast mich unzivilisiert genannt! Das ist voll gemein!", beschwerte sich Nisah und zog einen Schmollmund.

Jim verstand kein Wort, aber er konnte der Unterhaltung auch so ganz gut folgen.

Neunmalklug klang gefasst und ruhig. Daran erkannte

man wohl einen Profi. Er schien zu verstehen, dass seine einzige Chance, heil davon zu kommen, darin bestand, Nisah zurück zur Vernunft zu sprechen.

Aus irgendeinem Grund glaubte er tatsächlich daran, dass sie auf ihn hören würde, als wäre er immer noch ihr Chef, ihr Schieber und sie – seine Schattenkriegerin.

„Nisah, bitte. Beherrsche dich. Du bist doch nicht seit gestern in diesem Geschäft. Wir werden schon eine Lösung finden, die uns beide zufriedenstellt. Willst du Geld? Ich hab Geld. Wir können uns bestimmt irgendwie einigen."

„Wozu Einigkeit, wenn man Spaß haben kann? Ei. Nich. Keit. Komisches Wort."

„Nisah, du kannst mich doch nicht einfach so umbringen, nachdem ich dir alles beigebracht habe?"

Wie ein Blitz raste eine zierliche Frauenfaust auf Neunmalklugs Kiefer zu. Härter, als Jim es ihr generell zugetraut hätte, und erst recht härter, als sie es mit einem Loch in der Schulter können sollte. Sie schlug herzhaft ein zweites Mal zu und kicherte.

Sie rieb die Hand und umkreiste den Schieber wie eine mechanische groteske Porzellanpuppe. Ihre schwarzen und lebendigen Augen leuchteten unnatürlich im wächsernen Gesicht.

Plötzlich erschien darin das abartigste Zerrbild eines Lächelns, das Jim sich vorstellen konnte.

Das war eine der gruseligsten Sachen, die er jemals gesehen hatte. Sein Fleischfresser, obwohl müde und durch das erfolgreiche Jagen besänftigt, schüttelte wieder seine zufriedene Trägheit ab. Er hielt die Frau ganz klar für eine unkalkulierbare Bedrohung.

Jim lief es kalt den Rücken hinunter bei dem Gedanken,

dass *er* in diesem Sessel sitzen könnte und von einer psychotischen, Mensch gewordenen Katze umkreist werden würde.

„Nana! Du sollst nicht lügen!" Kathrin drohte mit dem Finger. „Sonst bestraft dich die liebe Nisah sofort. Und nächstes Mal vermutlich härter. Jeder weiß, dass es Newski und Sirius waren, die mir alles beigebracht haben und so weiter." Sie wanderte weiter im Kreis um Neunmalklug herum und ihre Finger glitten über die unrasierte Wange, die geplatzten Lippen und die andere Wange des Schiebers. „Da fällt mir ein: du musst mir noch *unbedingt* erzählen, Neuni, wieso du die netten Jungs umgebracht hast. Nur des Geldes wegen?"

„Wovon redest du, Nisah?"

„Was hattest du gegen uns? Wir waren doch immer so guuute Freunde gewesen!"

„Ihr wart immer mein bestes Team!" Neunmalklug versuchte verzweifelt auf den Zug aufzuspringen.

„Und doch, und doch warst du unartig. Oder vielleicht sogar böse? Und hast uns in diese Sache geschickt. Da war so viel Feuer und Lärm und Schmerz. Wir haben uns aus den Augen verloren…"

Die Lachende Nisah verschwand und machte Platz der Weinenden Nisah. Die Unterlippe bebte. Die Augen fühlten sich mit Tränen. Sie heulte tatsächlich, während sie mit einer unnatürlichen Stimme etwas Furchtbares erzählte.

Die ganze Szene war grotesk und abstoßend.

Anstelle von Neunmalklug hätte Jim gebetet, dass sie ihn schnell umbrachte. Gott weiß, auf was für Ideen sie in diesem Zustand kommen konnte.

Diese Geschichte hier war für Nisah etwas persönliches, für Jim aber war es nur ein Auftrag. Bis heute Morgen konnte er sogar sagen, dass für ihn diese ganze Angelegenheit praktisch nur mit Vorteilen verbunden war: er sah was von der Welt, hatte in dem Mädel einen guten Kumpel gefunden und verdiente auch noch nach seinen Maßstäben ganz brauchbares Geld.

Nur der heutige Tag war teuer erkauft worden. Er hatte das Schlechteste von sich akzeptieren und zur Hilfe rufen müssen. Jetzt musste er Nisah von einer Seite kennen lernen, die ihn mit Unbehagen und vielleicht sogar Furcht erfüllte.

In Anbetracht dieser Erkenntnis gratulierte sich Jim dazu, dass er es wenigstens geschafft hatte, seine dunkle Seite vor ihr zu verbergen. So abartig Nisahs Verhalten auch war, es war doch nicht mal ein Zehntel des Schreckens, den der Auftritt des ungezügelten Fleischfressers bedeutete.

Wenn er diesen Überfall mit all seinen Nebenerscheinungen nicht hätte machen müssen, wäre das Leben zurzeit eine sehr angenehme Sache gewesen.

„… und der Gestank. Nachdem ich es alles überlebt habe, ist es doch nur nett, wenn du mir sagst, was wir dir getan haben. Das wäre richtig, weißt du?", sagte Kathrin und wischte mit der Faust ihre Tränen. Ihr Gesicht änderte seinen Ausdruck und wenige Momente später war von dem Geheule kaum etwas zu erkennen.

„Ihr seid mir zu gut geworden, zu gefährlich", erklärte Neunmalklug besonnen.

„Wieso hätten wir dir gefährlich werden sollen? Was hätten wir gegen dich haben können?", flüsterte Kathrin Neunmalklug ins Ohr, sinnlich wie eine Verführung. „Du warst immer so ein guter Schieber."

„Sirius war mit Aurora zusammen. Die zwei hätten mich innerhalb von zwei Woche aus dem Geschäft gedrängt, wenn Aurora ihn dazu überredet hätte, den aktiven Schattenkrieg aufzugeben und aufs Schiebergeschäft umzusatteln. Newski würde in jedem erdenklichen Szenario auf Sirius' Seite stehen, was ihn automatisch zu einer weiteren Bedrohung machte."

„Das verstehe ich vollkommen, lieber Neuni. Newski und Sirius waren nun mal ganze Kerle, die man nicht am falschen Ende einer Knarre sehen möchte", stimmte ihm Kathrin großzügig zu.

„Und du hättest jeden Dreck gemacht, um den die zwei dich gebeten hätten."

Nisah nickte auf einmal verdächtig verständnisvoll.

Jim beobachte die zwei. Er verstand natürlich nach wie vor kein Wort, aber das war für dieses Schauspiel wirklich nicht all zu wichtig.

Irgendwas hatte das Mädel mit dem Schieber gemacht, dass er wie Kaninchen vor der Schlange da saß, artig zuhörte und ihre Fragen anscheinend sinnvoll beantwortete. Er sprach monoton und starte auf Nisah, als hätte er vergessen, dass sein Leben an einem seidenen Faden hing. Er war wie hypnotisiert.

Wieder einmal war Jim froh, dass nicht er in diesem Sessel saß.

„Meine Wenigkeit als Bedrohung? Für den mächtigsten Schieber weit und breit? Du machst dich über mich lustig. Das ist nicht nett!" Sie Sinnlichkeit verschwand und Kathrin schmollte wieder.

„Ihr seid mir einfach ein zu großes Risiko geworden."

„Aber was ist mit Ingram und Ghra?", fragte Nisah mit theatralisch kindlichem Trotz.

„Sie waren nur Kollateralschaden."

Nisah explodierte und schrie und wirbelte mit den Armen. Sie stürzte auf ihn und drosch auf seine Brust ein. Wie um Luft zu holen lehnte sie sich zurück und verharrte einen Augenblick mit weit aufgerissenen Augen.

Das hatte den Schieber aufgerüttelt und sein Gesichtsausdruck veränderte sich von teilnahmslos zu panisch.

„Kollateralschaden? Schau mal: das hier ist auch Kollateralschaden!" Mit lautem Knacken brach sie irgendwas in seiner Hand. „Weil deine Hand mir im Weg war, als ich dir wehtun wollte." Sie tippte mit dem Finger nachdenklich an ihrer Unterlippe. „Hmm. Der Vergleich hinkt. Werde später darüber nachdenken."

„Es war wirklich nichts Persönliches! Geschäft ist Geschäft!"

„Nur Geschäft? Das ist nicht alles, Neuni-Allerliebst", flüsterte Nisah. Wie per Knopfdruck war sie wieder zärtlich und ihre Lippen berührten fast Neunmalklugs Gesicht. „Hab ich nicht Recht?"

„Was willst du wissen?", fragte er wieder traumwandlerisch.

„Kann es sein, dass du in Wirklichkeit Angst hattest, dass Aurora und Sirius dahinter kamen, dass du ganz Frankfurt verarschst?" Sie sprach mit einer sanften Stimme, während sie Neunmalklugs schütteres Haar streichelte. „Sie konnten vielleicht dem einen oder anderen davon erzählen?" Sie betonte das letzte Wort und zerrte an seinen Haaren, was Neunmalklug wieder wachrüttelte.

„Nein-nein", stammelte er.

„Manch einer konnte sich an sie wenden, weil er sich von dir ungerecht behandelt fühlte?"

„Wer sollte denn das sein?"

„Ach, ich weiß zum Bleistift von zwei Teams, die du ganz

mächtig in den Dreck geschickt hast. Mit vielen Todesopfern." Kathrin streckte eine Hand aus und begann mögliche Parteien durch Finger darzustellen und dazu makabre Grimassen zu schneiden. „Dann habe ich letzte Nacht geträumt, dass du die Stadt Frankfurt gegen das Bankenland ausspielst. Die Sache mit den Baulizenzen und so. Der Klassiker." Neunmalklug hatte nicht mal Zeit, dazu etwas zu sagen. „Und das Bankenland gegen Land Hessen wegen des dummen Flughafenbahnhofs, der so herrlich viel Geld im Fernverkehr abwirft. Und die Bankenvorstände... Die eben untereinander. Das ist die einfachste Fingerübung von allen. Weiß ich ganz genau. Hab davon geträumt. Irre mich nie in Träumen."

„Das kannst du doch nicht ernsthaft glauben. Völliger Drecksschwachsinn!"

„Hmmpf", Kathrin zog eine niedliche Schnute und zupfte kindlich an ihrem improvisierten Druckverband. "Ist es nicht. Kein Drecksschwachsinn. Es kam also dieser Auftrag, ja? Du hast die Möglichkeit gefunden, sowohl die Jungs loszuwerden, als auch eine schöne Stange Geld zu verdienen? Und dann mich loszuwerden?"

Nisah stütze sich mit einem Knie am Neunmalklugs Sessel ab und nahm seinen Kopf in ihre Hände. Der Schmollmund verschwand und die Lippen zogen sich zu einer schmalen blutlosen Linie zusammen. Verbitterung und schiere Rachsucht standen in dem weißen Gesicht geschrieben.

Diese Nisah war der Frau am ähnlichsten, mit der Jim seit Wochen zusammenlebte. Was sagte das über sie aus?

„Sage mir eins, kleines Schiebermännchen, wie konntest du dir so sicher sein, dass ich auf diese schweinisch heißen

Daten tatsächlich stoßen und sie danach auch wirklich mitnehmen würde? Das leuchtet nicht mal mir selbst ein?"

„Ich war bereit, es zu riskieren. Hätte es nicht geklappt, hätte es mich nichts gekostet."

„Aber wie bist du auf die Idee gekommen, dass es überhaupt *funktionieren konnte*?" Kathrin Finger massierten Neunmalklugs Schläfen immer dringender und schmerzhafter, bis er dachte, dass sie sich schon in sein Gehirn bohrten.

„Sirius. Er sagte das mal über dich. Nisah ist neugieriger, als es gut für sie ist. Wörtlich."

Kathrin formte ein verwundertes *Oh!* mit den Lippen.

„Es war wirklich geplant, dass ich überlebe", sagte sie nachdenklich an ihre Füße gerichtet. „Das trifft mich wie ein Schlag."

Neunmalklug starrte in die irren schwarzen Augen, die hauchdünne Umrandung des üblichen trüben Grau kaum sichtbar.

„Tote Nisah, stell es dir vor!", flüsterte sie. „Sie liegt im Schnee, in einer Pfütze des eigenen Blutes. Ein Goya-Bild. Schwarze Panzerrüstung, weiße blutleere Lippen. Schatten-krieger-Schneewittchen. Und du wolltest das nicht? Nein? Du wolltest wirklich Nisah mit herrlich teuren Daten und gebrochenem Herzen und Wut und Hass und Tod und Verderben? Ah. Ich sehe, jetzt hättest du dich anders entschieden. Armes enttäuschtes Häschen."

„Zehn Minuten!", rief Jim von seinem Posten aus.

„Zehn Minuten bis was?", fragte Neunmalklug.

„Bis kleine Vögelchen in Uniformen mit lustigen Abzeichen eintrudeln."

„Die Bullen? Du hast die Bullen gerufen? Du denkst doch nicht, dass ich in diesem Gewerbe so lange überlebt hab, ohne die Bullen zu schmieren?"

„Weißt du, bis vor ein paar Tagen wusste ich gar nicht, dass dein Haus auf dem Territorium des Bankenlandes steht. Du fällst unter deren Jurisdiktion", sagte Nisah gelangweilt und gähnte gespielt.

Neunmalklug hörte aufmerksam zu und aber noch wusste er nicht, worauf sie hinaus wollte.

„Das heißt aber, dass du nicht von Vögelchen in braunen sondern in leuchtend blauen Uniformen Besuch bekommst."

„Die Drecks-Fin-A-Truppen?"

„Richtig! Ist das nicht ein herrlicher Spaß? Aber vorher muss ich noch was machen."

Jim fürchtete, dass Nisah – mit Blutverlust und allem – nicht mehr lange durchhalten konnte. Man merkte, dass sie allmählich ihren Schwung verlor, schon daran, dass sie sich nicht mehr so durchgeknallt verhielt und zunehmend vernünftiger sprach.

Es ging dem Ende entgegen. Auf dem Weg hinaus konnte es durchaus noch zu kleineren Behinderungen kommen. Deren Beseitigung blieb dann wohl gänzlich an Jim hängen.

Mit Sorge beobachtete Jim, wie das Mädel Neunmalklugs Hände ergriff. Sie lächelte umwerfend und furchteinflößend. Sie zog den Schieber sanft zu sich herauf, wirbelte ihn herum in einer grotesken Walzerimitation und stellte ihn dann an einer Wand ab wie eine überdimensionale Puppe. Summend zwickte sie ihn in die Wange und trat einen Schritt zurück. Aus dem Nirgendwo holte sie einen Schlagstock heraus und brach dem Schieber mit einem spektakulären Schwung beide Beine.

Neunmalklug war so überrascht, dass er einen Augenblick brauchte, bis er anfing zu wimmern.

„Weißt du, was die Höchststrafe auf dem Territorium des

Bankenlandes ist? Keine Angst, Neuni-Schätzchen, wir haben keine Todesstrafe mehr. Nur lebenslange Haft, ohne Wind in deinen Haaren, ohne Sonnenstrahlen auf deinem Gesicht...", Nisah neigte den Kopf zur Seite. „Oh, das berühmte schlechte Essen, nichts zum Trinken, nichts zum Rauchen, womöglich Sexualtriebtäter als Gesellschaft... Eine Chance auf Begnadigung oder vorzeitige Entlassung wirst du mit Sicherheit nicht bekommen. Jedenfalls nicht in nächster Zeit. Und weißt du, wofür man bei uns die Höchststrafe verhängt? Weißt du das? Wir sind fast da, Wolfgang Esser!" Neunmalklug zuckte beim Hören seines bürgerlichen Namens zusammen. „Was sind denn im Bankenland Kapitalverbrechen?" Das letzte Wort unterstrich sie, indem sie den auf dem Boden liegenden Schieber mit dem Schlagstock stupste.

„Mord und Landesverrat", presste er und schielte auf den Schlagstock.

„Braver kluger Junge", lobte sie. „Und dessen hast du dich unglücklicherweise schuldig gemacht, Wolfgang."

„Beweise es!"

„Uh-hu! Die Kopie deiner Festplatte ist vor einigen Minuten beim Chef der Aufsicht eingegangen. Beweise, mein Freund, alles Beweise."

„Ich hab Freunde in den höchsten Etagen in den Banken! All die CEOs sind Stammkunden!", schrie der Schieber, der sich an die letzte Hoffnung klammerte.

„Du glaubst, sie werden dir helfen? Ich hab sie alle auf Blindkopie gesetzt", sagte sie verschmitzt. Das Gesicht von Neunmalklug wurde käsebleich. „Ich sehe, du beginnst zu verstehen." Sie nahm wieder eine dramatische Haltung ein und tat so, als hielte sie eine Dankesrede bei einer Verleihung. „An dieser Stelle möchte ich meinen tiefsten Dank meinem Schieber Neunmalklug zum Ausdruck bringen dafür, dass er stets an mich geglaubt und so herrlich penibel über seine unlauteren Geschäfte Buch geführt hatte."

„Ich nehme dich mit! Du kleines undankbares Stück Hundeschieße, ich werde alles über dich erzählen! Alles!"

„Du elende Petze. *Was* willst du erzählen? Es gibt da eine Schattenkriegerin, die mal für mich gearbeitet hat. Sie ist ganz böse und macht dauernd irgendwelche Schatten-sachen. Wer interessiert sich für einen einzelnen anonymen Dieb und Mörder unter all der Meute, die sich jeden Abend in Hoffnung auf einen Gig im *Der Fluss Styx* herumtreibt? Oder kennst du etwa meinen Namen? Oder wenigstens einen meiner Namen, die ich nach dem heutigen Tage benutzen werde? Und ohne einen Namen ist jeder nur ein Wind in den Schatten. Ohne Namen – das muss ich dir doch nicht erklären, lieber Neunmalunklug – gibt es mich nicht."

„Du Schlampe! Miststück! Du kleines stinkendes Stück Dreck!", kreischte Neunmalklug.

„Jaja. Du wiederholst dich", sagte Kathrin völlig unbeein-druckt und schlagartig klag ihre Stimme sehr müde. „Oh, die Freunde des Gesetzes kommen in fünf Minuten. Du kriegst – weil ich so was wie Rest-Respekt vor dir habe, eine Knarre mit einem Schuss. Hab mal gelesen, dass man es so macht", sagte sie und legte ihm irgendeine Pistole in die Hand. „Aber du musst ihn nicht benutzen. Du hast genug Geld, um hinter Gittern schnell neue Freunde zu finden. Du hast so schöne Augen. Du könntest jemandes Freundin werden. Ich bin zuversichtlich, dass du dort ein langes und gesundes Leben führen wirst. Leb wohl, mein alter Schieber."

Jim folgte dem Mädchen hinaus aus dem Büro. Draußen fing sie an, zu straucheln, und torkelte gegen die Wand.

„Das war meisterhaft", flüsterte Nisah zufrieden und wurde bewusstlos.

Jim warf sie sich über die Schulter wie ein frisch erlegtes Reh. In weniger als zwei Minuten legte er den Weg durch das verlassene Gebäude zurück.

Der Wagen stand noch da, wo sie ihn gelassen haben, und blockierte die Ausfahrt hinter dem türlosen Tor. Jim schnallte sie auf dem Beifahrersitz fest. Er startete den Wagen. Neben dem Lenkrad, in der dafür vorgesehenen Halterung, steckte ein Telefon mit einem gelben Zettel daran, mit den in Eile gekritzelten Worten, dass die letzte gewählte Nummer die von Hotel Hilton wäre.

„Nisah?", fragte Teddy, der Concierge, am anderen Ende der Leitung.

„Sie ist verwundet."

„Schusswunden?"

„Ja. Schulter."

„Schon wieder?! Wann bist du da?"

„Fünf Minuten."

„Komm zum Lieferanteneingang. Werden sofort operieren."

XI.   Feierlichkeiten

Kathrin kam in einem zur Intensivstation umgerüsteten Hotelzimmer zu sich. Sie war offenbar im Krankentrakt des Hilton. Schläuche und Kabel führten von ihrem Körper zu einem blinkenden und pulsierenden Monitor.

Der Hals tat weh. Sie war intubiert worden.

War wohl mehr los gewesen, als nur der Schulterdurchschuss.

Wolfram schlief in einem Sessel neben ihrem Bett. Sie setzte sich und er öffnete die Augen.

Wie konnte sie ihn mit so einem winzigen Geräusch geweckt haben?

„Hallo", sagte sie.

„Hallo. Wie geht's dir?", fragte er leise.

„Dreckig."

„Schmerzen und Übelkeit?"

„Ja."

„Kann ich dir was bringen?"

„Ein neues Leben." Kathrin lächelte ungeschickt.

„Das kannst du dir sparen."

„Was?"

„Den Endorphinentzug hast du dir selbst zuzuschreiben."

„Mein Dreisatz scheint nicht gut aufgegangen zu sein", murmelte Kathrin und schlief ein, bevor er eine Antwort geben konnte.

Den kommenden Tag schlief sie durch.

Die Ärzte kamen, sahen auf die Monitore, spritzen irgendwas in den Tropf und gingen wieder.

Jim trotzte der Krankenhausatmosphäre und wachte über sie.

Als Kathrin das nächste Mal aufwachte, ging es ihr sehr viel besser.

Die Nadel war aus ihrer Hand entfernt worden.

Wolfram schien sich nicht bewegt zu haben.

Durch die Vorhänge schien die Sonne.

„Wieder wach?", fragte er und Kathrin hatte ein wenig schlechtes Gewissen, dass er ihretwegen tagelang an ihrem Bett sitzen musste.

„Wie geht es dir?"

„Blendend. Und dir?"

„Besser als gestern, jedenfalls liegend. Glaubst du, sie lassen mich aufstehen?"

„Wenn du es schaffst, dann steh auf." Kathrin guckte unter die Decke und stellte fest, dass sie ihren eigenen Schlafanzug trug, den sie zusammen mit anderen Dingen im Hotel ließ, als sie nach der Begegnung mit Ajax in ihre Wohnung flüchteten.

Jim machte die Tür zum Balkon auf und half ihr in einen Bademantel.

„Kann ich nach Hause gehen?", fragte Kathrin.

„Nein. Man sagt, du bist knapp an einer Überdosis vorbeigeschlittert. Der Drogendoktor will dich vorsichtshalber überwachen. Wusstest du, dass sie hier eine Entzugsklinik haben?"

„Ja. Hab dir davon erzählt. Muss ich denn die ganze Zeit im Bett bleiben?"

„Nein."

„Gut." Sie ging wieder ins Zimmer und nahm das Telefon in die Hand.

„Ja?", meldete sie Aurora.

„Hier Nisah."

„Geht es dir gut?"

„Nicht so ganz. Aber es wird."

„Brauchst du etwas?"

„Einen neuen Schieber."

„Damit kann ich dienen. Was kann ich für dich tun?"

„Wie ist die Stimmung auf der Straße?", fragte Kathrin und hielt den Atem an.

„Für dich. Die Informationen, die du über Neunmalklugs Geschäfte rausgeschickt hast, sind aus mehreren Quellen bestätigt worden."

„Gut", atmete sie erleichtert aus. „Was ist mit ihm?"

„Schwer verwundet in Untersuchungshaft. Zu blöd, sich in den Kopf zu schießen. Was hast du jetzt vor?"

„Genesen."

„Sag mal...", begann Aurora nach einer kurzen Pause. „Ich muss dich das fragen, wenn wir zusammen arbeiten sollen. Das ist das, was sich die Leute erzählen."

„Was denn?"

„Stimmt es, dass ihr nur zu zweit gewesen seid?", fragte Aurora und sie musste sich so gefühlt haben, wie Kathrin sich gefühlt hatte, als sie Jim das erste mal von Marek und den Kampfdrogen erzählte.

„Ja."

„Dein neues Team?"

„Steht noch nicht fest."

Kathrin legte auf und hielt inne.

Sie war fertig.

Sie war zufrieden mit dem Ergebnis.

Sie war frei.

Zwar noch nicht wieder voll beisammen, aber sie fühlte sich so gut wie seit Monaten nicht mehr. Vielleicht sogar seit Jahren.

„Ich gehe duschen", verkündete sie.

„Hast du was dagegen, wenn ich dein Bett benutze? Der Sessel hier ist ein Folterinstrument."

„Mach's dir bequem."

Kathrin ging ins Bad und studierte sich. Sie sah blass aus, aber ein Hauch gesunden Rosas konnte man bereits erkennen. Die Verwundung war auch diesmal ein guter, glatter Durchschuss, der mit einer zähen Substanz, dem Flüssigpflaster, wasserfest zugeklebt war. Es würde gut heilen.

Vorgestern Morgen war sie noch in ihrer Wohnung und konnte diese nicht ohne Gefahr für Leib und Leben verlassen. Jetzt hatte sie ihre Freiheit wieder. Sie konnte gehen, wohin sie wollte. Sie konnte wieder arbeiten, einkaufen und im Park spazieren, ohne sich in eine Burka einzuwickeln.

Natürlich war sie vernünftig und blieb noch einige Tage im Hilton.

Gott weiß, was das für ein Zeug war, dass sie sich bei Neunmalklug eingebaut hatte! Aber es hatte ja sein müssen, sonst wäre sie in kürzester Zeit umgeknickt und unmittelbar vor dem Ziel gescheitert. Sie hatte das Gewicht von Marek überschlagen und den Inhalt des Kampfdrogenfläschchens auf ihre drei- bis fünfundsechzig Kilo hinunterskaliert. Wahrscheinlich hatte sie sich verschätzt. Oder vielleicht hatte sie schon so viel Blut verloren, dass das Gebräu zu hart zugeschlagen hatte. Wer weiß? Jedenfalls hatte sie unmissverständlich erkannt, dass sie high geworden war, und was danach gewesen war... Das wusste sie noch. Größtenteils.

Es war wahrscheinlich wirklich besser, sich noch ein paar Tage von den entzugserprobten Ärzten bewachen zu lassen. Aber vielleicht konnte sie einen Ausflug nach Hause riskieren?

Kathrin öffnete vorsichtig die Tür und sah, dass Wolfram schlief.

Nur hin und wieder zurück. Ganz schnell. Er hatte seinen Auftrag erfüllt, jetzt musste sie schauen, dass sie gleichzog. Sie fand ein paar Klamotten und schlich davon. Mit einem Taxi fuhr sie in ihre Wohnung.

An der Tür und an den Fenstern gab es keine Einbruchsspuren. Kathrin bat den Fahrer zu warten und ging in den Keller, nahm den Schlüssel zu ihrem Verschlag aus einem Versteck unter einem losen Backstein und öffnete die Tür. Dort überflog sie die Aufzeichnungen der zwei Überwachungskameras, deren Kontrollen in einer Weinkiste versteckt waren. Sie stellte nichts Ungewöhnliches fest.

In der Wohnung war auch alles gut. Im Schlafzimmer nahm sie ein Etui mit der Perlenkette ihrer Mutter aus dem Schrank.

Von den verbliebenen vier Rechnern lief immer noch einer. Das war aber egal, weil der Abschnitt mit der ominöser Überschrift *Project Wolfram* entziffert worden war. Kathrin druckte die Datei aus und eilte zurück zum Taxi.

Im Auto fragte sie sich kurz, was in dem Dokument stehen könnte.

Ihre Aufmerksamkeit wurde schnell von dem Frühling abgelenkt, der gestern ins Bankenland gekommen sein musste. Die Sonne schien. Der Himmel war wunderschön. Die ganze Stadt war fröhlich.

Magnolien blühten. Wie konnte es ihr schlecht gehen,

wenn Magnolien blühten?

Sie hoffte, dass Wolfram sich freuen würde.

Jim wachte auf, als sie gerade die Schuhe auszog. Sie roch nach Blumen und Tee.

„Wo warst du?", fragte er drohend.

„Draußen, in der Sonne", log Kathrin automatisch.

„Du warst in deiner Wohnung. Bist du verrückt geworden, dass du in diesem Zustand durch die Gegend fährst?"

„Bin mit Taxi gefahren", sagte sie trotzig. „Und du brauchst dich nicht so aufzuspielen."

Es war lächerlich, dass er sich aufregte. Sie war ja nur seinetwegen gegangen. Aber wenn es ihm so wichtig war, dass es falsch war, musste er eben auf das Ergebnis ihres Ausflugs warten.

Kathrin wollte sich nicht über irgendwas oder irgendjemanden aufregen. Es war kein Tag für schlechte Laune.

Es war ein Tag zum Feiern. Das Leben war gut. Der Frühling kam endlich. Das gute Leben an sich und das gute Gelingen des Gigs mussten gefeiert werden.

Kathrin wollte das schwarze Kleid, das sie in Köln gekauft hatte, tragen. Das erschien ihr passend. Es war zusammen mit ihren anderen Sachen im Koffer, den sie dabei hatte, als sie und ihr Helfer aus Köln ins Bankenland kamen. Er wurde die ganze Zeit im Hilton für sie aufbewahrt worden. Das waren gut investierte zweihundert Geldeinheiten gewesen.

Kathrin schminkte sich und machte sich die Haare. Das Kleid war aus schwarzer weicher Seide, knapp knielang – die perfekte Länge: kurz genug zum Rennen und lang genug, um darunter eine Pistole zu verstecken. Es hatte längere Ärmel und kein nennenswertes Dekolleté, was praktisch war, weil ihr ganzer Körper voll mit Zeugnissen ihrer vorgestrigen Auseinandersetzungen war.

Sie bewunderte ihre Erscheinung im Spiegel.

Schwarz ließ sie kränker aussehen, als sie sich fühlte. Aber das war in Ordnung. Sollten doch alle sehen, dass der Kampf, den sie gewonnen hatte, hart gewesen war.

Am eigenen Mythos arbeiten, wie Newski gesagt hatte.

„Hast du Hunger, Wolfram?", fragte Kathrin.

„Nenn mich nicht Wolfram."

Kathrin rollte mit den Augen.

„Hast du Hunger?"

„Ja."

„Gut. Wir haben immerhin was zu feiern. Schmeiß dich in Schale, also in den Anzug."

„Muss das sein?", fragte Jim. Kaum war sie wach, ging sie ihm wieder auf den Geist.

„Willst du das beste Steak der Stadt, musst du Anzug tragen und eine gut gelaunte – und daher spendable – Arbeitgeberin haben."

„Arbeitgeberin?" Hätte sie bloß noch länger geschlafen, dachte Jim.

„Du weißt schon, in deinem Fall bin ich das", sagte Kathrin und zwinkerte.

Der Fleischfresser in Jim war seit seinem Auftritt bei Neunmalklug ständig wach gewesen. Wie Jim befürchtet hatte, ließ sich das verdammte Ding viel schwerer im Zaum halten, nachdem es einmal ungehemmt und mit Erlaubnis seine ganze Kraft einsetzen konnte.

Es war in immerwährender Alarmbereitschaft, als ob es

nicht daran glaubte, dass die Feinde endgültig besiegt worden waren. Solange Nisah nicht bei Bewusstsein war, war an erholsamen Schlaf gar nicht zu denken gewesen. Jedes Geräusch und jeder Geruch haben potenzielle Gefahren angekündigt. Hier, auf dem unbekannten Terrain, war es noch unruhiger.

Zum Teufel damit!

Es drängte den Menschen in den Hintergrund. Sich dessen bewusst, beschloss Jim, dass er der Frau ebenso gut die Freude machen und den Anzug anziehen konnte.

Er zog sich um. Er sah im Spiegel gar nicht aus, wie jemand, der vor wenigen Tagen mehrere Menschen mit bloßen Händen umgebracht hatte.

Sie trug das schwarze Kleid, das sie in Köln gekauft hatte. Das schien ewig her zu sein. Dazu hatte sie drei Reihen schneeweiße Perlen um den Hals. Ihre Verletzungen hatte sie gut versteckt.

Sie sah nicht aus wie jemand, der vor wenigen Tagen mit einer großzügigen Dosis künstlicher Hormone im Blut einen Mann zum Krüppel geschlagen hatte. Sie war jetzt eine nette junge Frau, die ihn zum Essen eingeladen hatte. Er wollte ihr ein Kompliment machen, aber in dem Augenblick nahm sie ihren Teleskopschlagstock, den sie an Neunmalklug benutzt hatte, probierte aus, ob er noch leicht ging, und steckte ihn in ihre kleine Abendhandtasche.

Die Illusion war verschwunden.

Sie gingen in ein edel aussehendes Restaurant. Es war voll. Sie haben nur deswegen einen Tisch bekommen, weil das Gerücht über Neunmalklugs unfreiwilligen Abschied von der Straße sogar bis hierhin durchgedrungen war.

Man wollte ihnen zuerst einen kleinen Zweiertisch geben, aber Nisah sagte zum Kellner, dass kleine Tische was für Verabredungen seien, und sie einen großen Tisch brauchten, da sie ja was zum Feiern hatten.

Jim fand den Spruch dumm.

Beim Essen versuchte Kathrin den außerordentlich grimmigen Wolfram zu unterhalten. Er blieb aber hartnäckig ungesprächig. Sie hatte angefangen, deswegen launisch zu werden und es mit übertriebener Lustigkeit zu überspielen.

Was hatte er für ein Recht, ihren Abend durch schlechte Laune zu sabotieren?

Sie wollte Champagner trinken – weil sie ja schließlich was zu feiern hatte, genau genommen sogar hatten sie beide was zu feiern. Das führte zu einer länglichen Diskussion mit Wolfram, der sie wegen ihres Gesundheitszustands keinen Alkohol trinken lassen wollte. Am Ende erlaubte er ihr ein Glas Champagner vor oder ein Glas Wein zum Essen. Wie in der Schule.

Das Essen war hervorragend. Der Fleischfresser beruhigte sich, aber eine heillose Niedergeschlagenheit breitete sich in Jims Gemüt aus.

„Was hast du jetzt vor?", fragte er.

„Auskurieren. Nach Hause gehen. Mich nicht mehr umbringen lassen. Entspannen. Und du?"

„Mein Engagement ist ja wohl zu Ende. Solange du für die Decodierung brauchst, bleibe ich in Frankfurt. Dann fliege ich nach Hause."

„Nach Hause", wiederholte Kathrin abwesend. Dann kam der Kellner und sagte mit einem Blick Richtung Küche, dass das Essen aufs Haus ginge.

Es entstand eine Pause. Kathrin wollte überhaupt nicht, dass er weg flog. Sie erklärte es sich damit, dass er wirklich ein sehr guter Kämpfer war und sie ihn gern in ihrem Team haben würde. Falls es ein neues Team geben würde. Mit Aurora als Schieberin und ihrem neuen und unverhofften Ruhm auf der Straße als Startkapital.

Er war ein Kumpel, ein Freund, ein Verbündeter.

Jemand, den sie an ihrer Seite haben wollte.

Jemand, auf den sie sich verließ.

„Ich habe mich noch gar nicht bedankt", sagte Kathrin.

„Wofür?"

„Dass du mit mir da reingegangen bist. Ohne dich hätte ich es nicht geschafft."

„Im Großen und Ganzen war das ein Bestandteil der Vereinbarung."

„Dann hast du mir noch das Leben gerettet und so."

„Nicht der Rede wert." Auf diese einfachen Worte hatte Kathrin keine Antwort.

„Ich möchte tanzen", sagte sie, nachdem sie eine Weile wortlos in die Leere gestarrt hatte.

„Erstens: nicht mit mir, zweitens: du darfst nicht. Der Drogendoktor sagte, dass du dich schonen musst", sagte Jim.

„Sei doch nicht so unbarmherzig. Erstens: musst du nicht tanzen, zweitens: nur ein bisschen. Du kannst dich an einen Tisch setzen und Zeitung lesen. Ein Mädchen ohne Begleitung in einem Club ist das Traurigste, was es gibt", sagte sie und klimperte mit den Wimpern.

„Meinetwegen. Aber du holst mir eigenhändig die Zeitung", gab Jim auf, weil er wusste, dass er den ganzen Abend ein Miesepeter gewesen war.

Vor dem Restaurant winkte Nisah ein Taxi heran und sie fuhren über die Grenze des gepflegten Frankfurts zu irgendeinem Club, in dem sich die Halb-Welt mit der Bankenwelt traf.

Männliche und weibliche Geschäftsleute, die tagsüber bestimmt hart arbeiteten, betranken sich zielstrebig. Schwaden von Hanfrauch mischten sich in den allgemeinen Dunst. Hier und da roch Jim kristalline Opiate. Prostituierte verschiedener Preisklassen warteten auf Kundschaft. Schattenkrieger, die ihre Waffen am Eingang hatten abgeben müssen, tauschten Gerüchte aus und suchten dasselbe wie die Angehörigen der respektablen legalen Berufe.

Ablenkung.

Kathrins neue Schieberin war auch anwesend. In den ersten Tagen nach dem Zusammenbruch einer solchen Institution, wie Neunmalklug es gewesen war, entstand naturgemäß ein Machtvakuum. Es war die Zeit für Sehen und Gesehen Werden, um bei der Aufteilung des Kuchens nicht leer auszukommen. Dass Aurora sich mit Kathrin zeigte, war ein Zeichen für die Öffentlichkeit.

Sie sprachen natürlich nicht in Einzelheiten darüber, was im Anwesen von Neunmalklug passiert war. Kathrin sah aber, dass Aurora geweint hatte. Bald entschuldigte sie sich und ging.

Als Kathrin sich nach dem Tanzen wieder zu Wolfram setzte, dachte sie fast, er hätte sich gefreut.

Sie saßen da in diesem Club und keiner sagte etwas. Es schien, dass es nichts mehr zu sagen gab.

Gelegentlich kamen Leute vorbei, um ihr ihr Beileid auszusprechen, oder zu ihrem Erfolg zu gratulieren oder ganz unverblümt zu fragen, ob sie und ihr Partner ein Team aufbauen wollten. Kathrin sagte freundlich, dass sie noch nicht über ein neues Team nachgedacht hätte, und dass Aurora sich gegebenenfalls an die Interessenten wenden würde. Die meisten ließen sich auf diese Weise abwimmeln und zu den anderen wurde sie unfreundlich.

Was ihr inzwischen nicht besonders schwer fiel.

Es regte sie auf, dass Wolfram jetzt schon wieder so schlecht gelaunt war. Sie wollte feiern und sie wollte nicht nachdenken. Trotz seiner Proteste trank sie einen Cocktail und es würde nicht bei dem einen bleiben – egal was Ärzte sagten.

Etwas später begann Kathrin seine Tanzfähigkeiten einzuschätzen. Er müsste eigentlich ein guter Tänzer sein. Gute Kämpfer waren oft gute Tänzer – hatte vermutlich was mit Körperkontrolle zu tun.

Wann war er eigentlich so unverschämt attraktiv geworden?

War es nur der Anzug, der durch Kontrast die herbe Männlichkeit so aufregend zur Geltung brachte?

Oder war er schon immer so *mmm* gewesen und sie nur zu sehr mit Anderem beschäftigt, um es zu merken?

Nisah war trotz der Warnung des Arztes dabei, sich zielstrebig zu betrinken. Jim schickte die Bedienung weg, bevor sie dazu kommen konnte, eine weitere Bestellung aufzunehmen. Er selbst merkte wenig von den paar Bier, die er getrunken hatte. Er hatte Nisah schon mal entspannt gesehen, aber nie sorglos und unvernünftig wie heute Abend.

Man sah ihr an, dass ihre Probleme sich gelöst hatten. Er beneidete sie darum.

Natürlich war er jetzt gespannt darauf, ob etwas bei dieser Dekodierungskiste herauskam. Dekodierungskiste – jetzt redete er schon wie sie.

Wenn es in den Unterlagen tatsächlich etwas über ihn drin stand, würde es ihm vermutlich nicht gefallen. Er musste es natürlich wissen, aber es würde ihm bestimmt nicht gefallen.

Dann würde er dorthin zurückkehren, wo er hingehörte. Wenn er wieder zu Hause war, erwarteten ihn wieder das ziellose Leben und die Kälte.

Es war natürlich nicht daran zu denken, dass sie mit ihm mitkam. Es gab im Wald nichts, was sie wollte. Sie war in einer großen anstrengenden Stadt gut aufgehoben. Genau umgekehrt, wie es sich mit ihm verhielt. Er konnte sich nicht vorstellen, im Bankenland zu bleiben. Was sollte er denn hier noch? Es gab keinen Grund mehr, bei Nisah wohnen zu bleiben. Sie war jetzt sicher.

Was war die Alternative? Eine Arbeit, eine eigene Wohnung hier in Frankfurt suchen? Sesshaft werden? In einem fremden Land? In einem so *dicht besiedelten*, fremden Land?

Das konnte nur schief gehen, wahrscheinlich sogar in einem ganz großen Stil.

Jim war traurig, weil Nisah ihn nicht mehr brauchte. Gebraucht zu werden, war ein Gefühl, das er zuvor noch nicht gekannt hatte, und er mochte es.

Er sah Nisah beim Reden mit ihresgleichen zu, ohne hinzuhören, und das war ihm Unterhaltung genug.

Nie kam sie ihm schöner vor.

„Kommst du mit tanzen?", wendete sich Kathrin an Jim, als ein weiterer Bewerber auf die Team-Mitgliedschaft weiter gezogen war.

„Nein. Ich tanze nicht", antwortete er.

„Das kannst du gar nicht wissen. Mit der Amnesie und allem", diskutierte Kathrin mit hochgezogenen Augenbrauen. „Vielleicht warst du früher ein gefeierter Musical-Darsteller?"

„Nein."

„Komm schon, du musst hier niemanden beeindrucken."
Sie überlegte kurz und fügte hinzu. „Oh, mich beeindrucken? Meine Bewunderung ist dir sicher."

„Verarschen kann ich mich alleine."

„Tanzen macht Spaß", behauptete Kathrin ernsthaft.
„Setzt Endorphine frei. Macht glücklich."

„Bin glücklich genug."

„Ich aber nicht!"

„Was fehlt dir denn noch zum Glücklichsein?", wunderte
sich Jim ehrlich. „Du hast doch alles, was du wolltest!"

„Bis darauf, dass keiner mit mir tanzt", sagte sie mit einem Schmollmund, ein bisschen wie eine lustige Version
von sich selbst während ihrer Begegnung mit Neunmalklug.

„Es gibt massenweise Leute hier, die mit dir tanzen
würden. Such dir jemand anders."

Kathrin überflog das Publikum.

„Nö. Denke nicht, dass ich heute mit jemand anderes
tanze", sagte sie entschlossen.

„Und ich denke nicht, dass ich mit dir tanze." Jim versuchte endgültig zu klingen.

„Komm schon! Wir haben so viel Dreck zusammen aus-
gestanden und jetzt kneifst du beim Feiern. Kann doch nicht
sein!"

„Lass mich in Ruhe", sagte Jim und er wusste, dass er
verloren hatte.

„Bitte-bitte, Wolfram", sagte Kathrin und lächelte
verschmitzt.

„Nenn mich nicht so."

„Bitte-bitte, kommst du mit mir tanzen?"

„Nein", antwortete Jim schwer. Kathrin schaute ihn
erwartungsvoll an und grinste.

Sie nahm seine Hand und zog ihn hinter sich her durch die Menge, die ihren Tisch und die Tanzfläche trennte. Einen Moment standen sie beide ratlos inmitten der tanzenden Paare, bevor Nisah seine Hand auf ihre Taille legte. Die Musik und das Mädchen erinnerten Jim an etwas, das aus seinem früheren Leben stammen musste.

Unter der Seide des Kleides war ihr Körper weich und warm. Das war eine neue Erfahrung für Jim. Er war daran gewöhnt, dass sie gepanzerte Kleidung trug oder bewusstlos war, wenn er sie im Arm hielt.

„Wir haben uns noch gar nicht über den Einbruch unterhalten", sagte Kathrin, weil sie sich unerklärlicherweise ertappt fühlte und sich durch das Gespräch davon ablenken wollte.

„Müssen wir das?" Jim war durch die Menge an Forderungen, die sie heute an ihn stellte und die er wegen ihres angeschlagenen Zustandes ihr offensichtlich nicht ausschlagen konnte, schier überfordert. Unter anderen Umständen hätte er ihr schon längst was gepfiffen, aber die Erklärungen der Ärzte im Krankenhaus hatten ihn ziemlich erschreckt. Hätte er, als Nisah ins Büro von Neunmalklug gehopst gekommen war, gewusst, wie knapp ihr Überleben sein würde, hätte er sie ungeachtet ihrer Überredungskunst – und das hieß einiges – direkt zu den Ärzten geschleppt.

„Nein. Wenn du nicht willst, nicht", gab sie sofort nach.

„Was wird aus Neunmalklug?"

„Wird im Gefängnis bleiben. Auf der Straße wird er jedenfalls kein Geschäft mehr auf die Beine stellen." Diese Baustelle war für Kathrin abgeschlossen. Neunmalklug ließ sie nun gleichgültig.

„Waren in den Unterlagen, die du da verbreitet hast, andere Namen?"

„Nein. Sonst wäre ich innerhalb von drei Stunden tot gewesen."

„Stimmt."

„Wir haben eine ganz schön harte Nummer abgezogen, weißt du das?" Sagte Kathrin nach einer kurzweiligen Schweigeminute.

„Meinst du?"

„Jep, vor allem du. Ich war mehr so die Zugabe."

„Du hast dich nicht gesehen", wiedersprach Jim überrascht von dieser Einschätzung und musste lachen. „Glaub mir: du warst eine Solonummer in eigenem Recht."

„Ja? Wirklich? Kann mich nicht mehr an alles erinnern."

„Das glaube ich sofort."

„Ich habe das Gefühl, ich habe etwas Wichtiges vergessen", formulierte Kathrin nachdenklich ihre leise Befürchtung.

„Dort vergessen?"

„Eher vergessen, irgendwas zu tun", sagte sie unsicher. „Weißt du, auf meiner mentalen Aufgabenliste ist noch ein unerledigtes To-Do, aber ich weiß beim besten Willen nicht, was das ist."

„Nicht mal ungefähr?"

„Ich will ja fast sagen, es hatte was mit dem Gig zu tun..."

„Mit dem unseren?"

„Nein, mit dem katastrophalen in deinem Wald. Der unsere war total elegant und hochgradig professionell – bis auf meinen Ausrutscher, natürlich."

„Müssen wir darüber reden?" Jim war auf einmal wieder gereizt. Er wollte nicht noch länger an die durchgedrehte Nisah denken müssen.

„Nein, überhaupt nicht." Kathrin beeilte sich, die Stimmung zu retten, auch wenn sie nicht verstand, was sie getan haben sollte, um Wolframs Unmut zu provozieren. „Was machen wir morgen? Wollen wir in den Zoo gehen? Warst du schon mal im Zoo? Siehst du? Kann über was anderes reden."

„Zoo? Ja, lass uns in den Zoo gehen."

Kathrin verlagerte ihr Gewicht ein wenig stärker auf Jims Schultern.

„Bin wirklich froh, dass wir uns begegnet sind", rutschte ihr heraus.

Darauf hatte Jim nichts zu sagen.

Dieser Abend war wunderschön. Noch konnte sich Kathrin nicht aufraffen, ins Hotel zurück zu gehen. Sie wollte diesen Abend so lange wie möglich behalten. Mit fortgeschrittener Stunde verkleinerte sich der Abstand zwischen den tanzenden Paaren. Kathrin und Wolfram bildeten da keine Ausnahme. Sie schmiegte sich an ihren Partner und etwas Warmes und Vergessengeglaubtes erwachte in ihr und schnurrte glücklich. So könnte sie die Ewigkeit verbringen.

Trotzdem war Kathrin müde. Sie war noch sehr angeschlagen von den Ereignissen letzter Tage. Sie hatte den Verdacht, dass der Alkohol stärkere Wirkung als gewöhnlich zeigte. Das war wahrscheinlich der Grund, wieso die Ärzte sie davor gewarnt hatten.

Gegen ein Uhr kamen sie ins Hotel zurück. Jims düstere Gedanken haben sich längst verflüchtigt und alles war gut. Seine Vergangenheit, über die er nichts wusste, kümmerte ihn nicht. Die Zukunft, die ungewiss war, auch nicht.

Weder das eine noch das andere interessierte ihn im Augenblick.

Sie liefen Arm im Arm lachend und albernd an der

Rezeption vorbei und warteten auf den Aufzug.

Heute war ein guter Tag gewesen und morgen würden Nisah und er in den Zoo gehen. Die Aussicht gefiel ihm, auch wenn er nicht sicher war, weswegen.

Sein Leben war in Ordnung.

Sogar viel besser als das.

An der Tür angekommen, suchte Nisah in ihrer Handtasche nach der Magnetkarte und öffnete die Tür.

XII.   Major Stonebreaker

Jim hatte Metall an der Schläfe. Er roch dickes Leder, Schuhcreme, Kevlar, besseres Waffenöl, Entschlossenheit, Konzentration. Keine Angst.

Elite-Soldaten.

Das war nicht gut.

Das Licht ging an und Jim sah, dass er Recht hatte und dass Nisah mit jedem Auge in ein anderes Gewehr schaute.

Kathrin guckte direkt in den Lauf zweier Knarren. Das war eine Aussicht, die sie noch nicht erlebt hatte. Die Marke der Waffe konnte sie nicht identifizieren. Das war im Allgemeinen kein gutes Zeichen.

Einer der Männer nahm ihr die Tasche aus der Hand. Er warf dann den Inhalt der Handtasche auf den Boden, völlig unerreichbar in die hinterste Ecke. Nichts von den Gegenständen – auch nicht den Schlagstock von Newski – interessierte ihn.

Daraufhin durchsuchten die Soldaten Wolfram und sie. Die Knöpfe an ihrem Kleid rissen und man sah ihre blauen Flecken und den Verband ihrer Wunde.

Im Eingangsbereich zählte Kathrin ein knappes Dutzend Leute. Sie waren maskiert und sahen sehr nach Spezialeinheit aus. Zwei Leute zielten auf sie und der Rest auf Wolfram. In einem Sessel mitten im Raum saß ein weiterer Mann. Er war vielleicht um die Sechzig. Er gefiel ihr auf Anhieb nicht. Vielleicht war es genau diese Antipathie, die der erste Schritt zurück in die Realität war.

Oh, das alles war ausgesprochen nicht gut.

„Es war nicht einfach, dich zu finden", sagte der Mann auf Englisch und es war nicht klar, zu wem er sprach. „Wir haben dich all die Jahre gesucht: in Manitoba, im Nord-West-Territorium und natürlich auch auf der anderen Seite der alten Grenze. Wir haben dich über das Fernsehen und mit Hilfe der Polizei gesucht. Die ganze Zeit ohne Erfolg. Aber gefunden haben dich unsere Freunde, die eine ganz andere Mission hatten. Dort, wo wir dich überhaupt nicht erwartet haben. Wir konnten unser Glück kaum fassen, als sie uns erzählten, dass sie dich am Flughafen gesehen haben. Ein wenig Recherche haben wir gebraucht, und schon sind wir da!" Der Mann bedachte Kathrin mit einem pseudo-freundlichen Blick. „Ich sehe, du hast eine kleine niedliche Freundin gefunden. Das war schon ganz schön clever von dir, Wolfram, dass du dir ein reiches Mädchen geangelt hast. Für einen Gigolo habe ich dich nicht gehalten. Aber gut für dich: du zeigst dich anpassungsfähig. Ich kann mir gut vorstellen, dass du deine Pflichten zu ihrer Zufriedenheit erfüllst.."

Kathrin hatte damit gerechnet, dass Wolfram über kurz oder lang einen Besuch aus seiner Vergangenheit bekommen konnte, aber der Zeitpunkt war doch eher überraschend.

Sie dankte ihren Göttern, dass man sie nicht als gegenwärtig prominenteste Kriminelle von Frankfurt erkannt hatte. Es war ein ziemlicher Pluspunkt für ihre Seite.

Zu dumm, dass sie so gründlich im Arsch war.

Und keine Waffen mehr hatte.

Womit kann man Menschen besser umbringen: mit Schuhwerk oder mit Schmuck?

Oder möglicherweise mit einem völlig zerschundenen

Seidenkleid?

Mit jedem Augenblick wurde sie nüchterner. Nicht schnell genug, wie sie fand. Ihr Verstand arbeitete auf Hochtouren. Sie stellte auf und verwarf Theorien zu dem Ursprung der Eindringlinge und zu der effektivsten Taktik, mit der man gegen sie vorgehen konnte.

Dreizehn gegen einen wäre für Jim eigentlich kein Problem, sogar wenn sie dabei war. Aber nicht, solange ihr zwei Knarren an die Schläfe gehalten wurden.

Er musste Zeit schinden.

„Wer sind Sie?", fragte Jim unsicher.

„Du erinnerst dich nicht mehr, Wolfram? Das ist sehr interessant", sagte der Mann wie ein zufriedener Kater. „Mein Name ist Major Joseph M. Stonebreaker. Ich habe deine persönliche Ausbildung geleitet."

„Persönliche Ausbildung?"

„Ja sicher. Wir haben deine außerordentliche Fähigkeit, die dir die Kollegen aus der Forschung verliehen haben, studiert und mit großem Erfolg für uns eingesetzt." Der Mann redete langsam, als wöge er jedes Wort ab.

„Und was wollen Sie jetzt von mir?"

„Dich nach Hause bringen natürlich", sagte der Stonebreaker mit aufgesetzter Freundlichkeit.

„Ich denke nicht, dass mein Zuhause...", begann Jim.

„Du wirst trotzdem mitkommen."

„Was wollen sie von mir?"

„Nun wir haben viel in dich investiert. Deine Mörderreflexe", Stonebreaker lachte bei diesem Wort. „Sie werden dir doch sicher trotz deiner Amnesie aufgefallen sein. Sie sind das Ergebnis einer komplizierten Behandlung an deinem Nervensystem. Verbesserte Nervenleitfähigkeit.

Frag mich nicht, ich bin kein Mediziner. Deine Regenerationsfähigkeit rührt daher, dass dein Metabolismus – dank der bahnbrechenden Erfolge der Gentechnik – nicht ganz menschlich ist. Wir haben dich von all den Lastern des bequemen Lebens in der Zivilisation befreit. Wir haben dir das verstärkte Skelett gegeben. Wir haben dir alles beigebracht, was du kannst. Erinnerst du dich nicht mehr?"

„Nein."

„Unglücklicherweise bist du der Einzige der unzähligen Probanden, der all die Eingriffe überlebt hatte und es immer noch schafft, sich mit Menschen normal zu verständigen. Wir führen das auf deine natürliche Veranlagung zurück. Du bist einmalig. Der ganze Aufwand, den wir mit dir betrieben hatten, wäre nichts – hörst du? – *nichts* gewesen ohne das, was Generationen von deinen Vorfahren an dich weitergegeben haben. Deswegen, wie du jetzt mit Sicherheit einsiehst, müssen wir dich unbedingt wieder nach Hause bringen. Dein Erbgut ist dein Gewicht in Gold wert!"

Jim starrte Stonebreaker nur an und bewegte sich nicht. Er hörte zu, was dieser Major erzählte und seine Befürchtungen, die er mit sich trug, wurden zu Gewissheit.

Er war nicht normal. Er war ein von irgendwelchen Wahnsinnigen zusammengeschustertes Geschöpf, das man gezüchtet und anschließend wie einen Kampfhund abgerichtet hatte. Aber selbst abgesehen davon war er nicht normal, war von vornerein anders.

Er war darauf vorbereitet. Er hatte schon immer mit etwas ähnlichem gerechnet. Es schockierte ihn nicht.

Nur wünschte er, sie wäre nicht hier und hörte nicht zu.

Er hatte so lange versucht, ihr klar zu machen, wie gefährlich er war. Jetzt da es ihr endlich jemand anderes erklärte, ausgerechnet jetzt würde er alles, sogar sein unnützes

Leben dafür geben, dass sie es nicht hörte.

Die Worte des alten Mann waren wie ein lähmendes Gift. Jim hing an seinen Lippen und nahm nichts mehr um sich herum wahr.

Kathrin sah zwischen den Mann im Sessel und den Mann neben ihr hin und her. Sie hörte nur mit halbem Ohr zu, merkte aber, dass das Gespräch nur in eine Richtung verlief. Wolfram fragte nicht, wiedersprach nicht. Er starrte sich vor die Füße und erinnerte Kathrin daran, wie er völlig überfordert mit der Situation auf dem Bett in dem verschneiten Hotel gesessen hatte, nachdem er sie aus dem Traum erwachend fast ins Gesicht geschlagen hatte. Nur war er jetzt irgendwie weiter weg, für sie unerreichbar.

Sie brauchte einen Plan. Sie brauchte dringend einen Plan, bevor diese verdammte Spezialeinheit Wolfram eine Tüte über den Kopf stülpte und ihn mitnahm.

Sie würde ihn nicht verlieren.

So viele, die sie liebte, waren vor ihrer Zeit gestorben. Newski, Sirius, Ingram und Ghra waren die letzten Toten in einer langen Liste. Diese Narben waren die frischesten, aber nicht die tiefsten und nicht die schmerzhaftesten.

Sie hatte schon zu viele Todesfälle verkraften müssen.

Wolfram wäre jetzt einer zu viel. Nach dem Tod von Newski und der anhaltender Funkstille von Snafu war Kathrin ihrer besten und ältesten Freunde in den Schatten beraubt. Dadurch war sie, in Anbetracht ihres Lebenswandels, unverzeihlich labil. Die Lücke hatte sie mit Wolfram gefüllt und er passte hervorragend hinein. Sie brauchte ihn so sehr, dass sein Verlust ihr regelrecht das Herz brechen würde.

Aber sie würde ihn nicht verlieren! Das war einfach keine annehmbare Option.

Ende der Diskussion.

Sie brauchte einen Plan.

Die Situation ließ zu wünschen übrig.

Wolfram hatte sich von der Welt endgültig verabschiedet. Er reagierte auf nichts mehr. Nicht darauf, was der Mann da erzählte. Und es war schon eine Gesichtsmuskelzuckung wert.

Er reagierte nicht auf sie. Kathrin war es mittlerweile gewohnt, dass er jede ihrer Bewegungen und manchmal sogar Stimmungsänderungen wahrnahm. Aber auch das blieb jetzt aus. Er sah aus, also ob er sich nicht mal zur Wehr setzen würde, wenn die Jungs versuchen würden, ihn in einen Sack stopfen.

Sie musste sowohl Wolframs merkwürdige Angststarre, als auch Stonebreakers Wachsamkeit überlisten und dabei nicht von den Soldaten über den Haufen geschossen werden.

Sie musste irgendetwas machen und zwar sofort.

Sie wünschte sich eines von Mareks braunen Fläschchen.

„Du warst unsere tödlichste Waffe. Das haben wir dann auch am eigenen Leibe erfahren, als wir eines Tages feststellen mussten, dass wir dich nicht mehr unter Kontrolle hatten. Du bist abgehauen und auf dem Weg hinaus hast du praktisch alle massakriert, die dir im Weg standen. Wir mussten den Vorfall natürlich vertuschen. Man kann ja nicht der Öffentlichkeit sagen, ein praktisch unzerstörbarer und paramilitärisch ausgebildeter Psychopath ist aus einer Forschungseinrichtung entflohen, nicht wahr?"

„Lassen Sie uns in Ruhe!", kreischte Kathrin und begann laut zu schluchzen. Alle bis auf Jim drehten sich zu ihr um.

„Ach Mädchen, in was für eine Scheiße bist du geraten?", sagte Stonebreaker. „Hast dir dieses Tier erst ins Bett geholt und jetzt weißt du nicht mehr, wie du ihn loswerden sollst? Er schlägt dich, ja?" Er interpretierte Kathrins blaue Flecken auf seine Art. Ohne ihre Reaktion abzuwarten fuhr er fort. „So wie deine Verletzungen aussehen, kriegst du ordentlich was ab." Kathrin weinte heftiger, stolperte ein Schrittchen nach vorne und schätzte insgeheim die Zeit, die sie hier flennend schauspielern musste, bis sie bei Stonebreaker ankam. „Ich kann verstehen, dass du dich nicht getraut hast, ihn zu verlassen. Aber keine Sorge, meine Liebe, wir nehmen ihn wieder mit und er wird dir nicht mehr wehtun."

„Kommt er ins Gefängnis?" Im selben Tonfall fragten Kinder nach dem Tierarztbesuch, ob Bingo in den Hundehimmel käme.

„Nicht ins Gefängnis, natürlich nicht. Er ist dort, wo wir ihn hinbringen werden, keine Gefahr für dich oder andere unschuldige Menschen. Wir wollen ihn sogar wieder für unsere Organisation beschäftigen. Es wird alles wieder gut. Du bist von nun an vor ihm sicher." Kathrin hing an seinen Lippen und bewegte sich ganz langsam von Jim weg und Richtung Sessel. Die Männer, die auf sie zielten, hinderten sie nicht daran. Stonebreaker warf Jim einen siegessicheren Blick zu und sprach weiter zu Kathrin. „Er kann dann seine ganze Zeit und Konzentration darauf verwenden, was er am besten kann: Töten."

„Töten?", flüsterte Kathrin. Mit aufgerissenen Augen und schierem Entsetzen im Gesicht nährte sie sich in winzigen unregelmäßigen Schritten Stonebreaker. „Hat er jemanden getötet? Das ist unmöglich."

„Das hat er. Mehr als einmal. Mehr als ein Dutzend Mal. Aber das ist vorbei. Wir haben nun eine Möglichkeit gefunden, ihn zu kontrollieren. Er wird nicht mehr wahllos seinen Instinkten nachgehen können."

„Das kann nicht sein."

„Oh, meine Liebe, ich enttäusche dich ungern." Das war offensichtlich gelogen. „Er ist eine Tötungsmaschine und er verhält sich dementsprechend."

„Das kann nicht sein."

„Er ist ein ruchloser, brutaler Mörder. Menschen sind ihm egal. *Du* bist ihm egal."

„Das kann nicht sein."

„Das ist so. Du bist nur blind vor Liebe, mein Kind."

„Er ist kein Mörder", flehte Kathrin.

„Doch", antwortete Stonebreaker genüsslich auf Kathrin verzweifeltes Gestottere. „Er hat Menschen umgebracht. Viele Menschen. Manche davon in Zorn und Rausch. Er hat nur Instinkte. Richtig oder falsch, schuldig oder unschuldig – solche Dinge interessieren ihn nicht. Deswegen ist er so gefährlich und unberechenbar, er folgt nur seinem Impuls. Die Menschen, insbesondere du, meine Liebe, müssen vor ihm geschützt werden."

Kathrin zwang sich, an den ganzen Dreck zu glauben. Sie umklammerte ihren Bauch, als hätte sie Magenschmerzen. Sie wehklagte und war entsetzt.

Sie sah zu Jim hinüber. Er reagierte nicht.

Sie flüsterte ihren Satz noch einmal und hoffte, dass sie es nicht übertrieb.

Langsam begann sie sich *ernste* Sorgen um Wolfram zu machen. Die meiste Ähnlichkeit hatte er gerade mit einer schockgefrosteten Garnele.

Verdammt! Wenn er mal wirklich dringend ausrasten sollte, verfiel er ins Koma.

Gut, dann musste sie mit den Mitteln arbeiten, die ihr zur Verfügung standen. Sie musste alles aus ihrer speziellen Begabung herausholen. Und in ihrem jetzigen Zustand brauchte sie dafür ihre ganze Kraft. Sie modellierte einen

Gesichtsausdruck des furchtbarsten Ekels und Abscheus, zu dem sie in der Lage war. Inspiration hatte sie ja genug.

Zum Glück machte Stonebreaker genau in dem Moment einen großen Fehler: Er sah Kathrin in ihre blutunterlaufenen, verheulten Augen. Danach interessierte er sich nicht mehr für Wolfram. Er war damit beschäftigt, seinen Bann über Kathrin zu vertiefen. Dachte er jedenfalls. Er erzählte immer weiter von irgendwelchen Sauereien, von Blut und abgetrennten Gliedmaßen, von Massaker und Kriegsverbrechen und Kathrin ließ ihn reden. Aber sie hörte nicht zu. Sie hatte keine Zeit für unbestätigtes Gelabbere. Bei Bedarf konnte sie später alles in der *Project-Wolfram*-Mappe nachlesen.

Sie war mit ihrer kräfteraubenden Arbeit beschäftigt.

Jim stand da und konnte keinen Muskel bewegen. Was der Mann sagte, deckte sich mit seinen Vermutungen: nichts an ihm, Jim, war richtig. Jetzt bestätigte es jemand und Nisah hörte das alles mit. Wo er doch so hart versucht hatte, das Schlimmste davon vor ihr zu verbergen.

An ihrer Stimme hörte er, dass sie Stonebreaker glaubte. Er hörte Entsetzen und Furcht darin. Es dauerte nun nicht mehr lange, bis sie ihn verleugnete und sagte, dass es ihr egal war, was mit ihm geschah. Wenn es soweit war, würde er ohne Widerstand gehen. Das hätte er ohnehin lägst tun sollen. Er sollte sie hier lassen, damit sie ihr Leben frei von der Gefahr, die er darstellte, leben konnte.

Vielleicht würde sie ihn dann in besserer Erinnerung behalten.

Er konnte ihren Anblick nicht ertragen.

Kathrin schätzte, dass ihre Wimperntusche mittlerweile in ihrem ganzen Gesicht verteilt war. Das akzentuierte sicherlich gut das Bild der allgemeinen Hilflosigkeit und des Elends, das sie abgeben wollte.

Kathrin war sehr darauf bedacht, den Blickkontakt zu Stonebreaker nicht zu unterbrechen.

Sie glaubte fest daran, dass sie kurz vor dem Nervenzusammenbruch stand. Sie ging weiter unkoordiniert und wie zufällig auf Stonebreaker zu. Als wäre er das Heiland und der Einzige, von dem sie noch Hilfe erwarten konnte. Er war so fest davon überzeugt, dass er Kathrin von seinen Ansichten überzeugt hatte, dass er keinerlei Gefahr in ihr sah. Er saß vor ihr, wie ein Kaninchen vor der Schlange und erzählte weiter irgendwelche Variationen des bereits Gesagten.

Und Kathrin kam ungehindert immer näher.

Achtzig Zentimeter wunderschöne, weiße, auf eine reißfeste Schnur aufgefädelte Perlen glitten in ihre Hand. Eine Schande, dass sie diese Kette so besudeln musste. Aber was für eine Wahl hatte sie?

Endlich stand sie fast genau vor dem Mann im Sessel.

In diesem Augenblick hob Jim die Augen und sah sie. Seine Eingeweide zogen sich zusammen und die Welt verschwamm um ihn herum.

Sie hasste ihn.

Genauso sah sie aus, als sie damals von Marek und seinen Kumpanen erzählt hatte. Diese Männer waren diejenigen, die Nisah aus tiefstem Herzen gehasst und verabscheut hatte. Sie hatte sich über ihren Tod gefreut. Sie sagte, die Welt wäre ohne sie ein besserer Ort. Jetzt, nachdem er diese Kampfhunde *für sie* abgeschlachtet hatte, hatte er selbst deren Nachfolge angetreten. Jetzt musste er gehen, damit die Welt ein besserer Ort wurde.

Sie hatte ihn nur benutzt. Von Anfang an. Sie hatte sich mit seiner widerwärtigen Gesellschaft arrangiert, um zu überleben. Mehr nicht!

Als sie gesehen hatte, dass sie ihn jeden Scheiß machen lassen konnte, der ihr beliebte, hatte sie ihn für ihre Rache benutzt.

Jetzt, da sie ihn nicht mehr brauchte, ließ sie ihn fallen.

Er hatte es von Anfang an gewusst und nicht wahr haben wollen. Die ganze Zeit hatte er nach Zeichen der Zuneigung gesucht, wo keine waren. Er hatte sich Sympathie eingeredet, wo nur Berechnung war. Sie hatte sich um ihn gekümmert, weil sie in ihn investiert hatte. Keineswegs, weil sie sich drum Gedanken machte, wie es ihm ging. Sie hatte ihn manipuliert und für ihre eigenen Zwecke benutzt. Sie war nicht anders als Major Stonebreaker und seine Frankenstein-Ärzte.

Er hatte gedacht, sie wäre die einzige Person, die ihn mögen konnte.

Sie war der einzige Mensch, der ihm nicht egal war.

Diese Frau.

Jetzt war alles vorbei. Alle seine Hoffnungen, seine dummen naiven Hoffnungen, dass sie ihn mögen konnte. Dass ihn irgendjemand mögen konnte.

Jims Welt brach leise und still zusammen.

Alle bis auf Kathrin schienen zu Wachsfiguren geworden zu sein. Sie allein bewegte sich, nur der Stonebreaker redete und redete und offenbarte noch mehr unappetitliche Details, die völlig redundant waren.

Kathrins müdes Bewusstsein strauchelte und es war beinah alles verloren, doch sie rief sich mit letzter Kraft zur Disziplin. Sie musste sich konzentrieren. Sie hatte sich nun in die perfekte Position gebracht.

Es gab nur einen Versuch.

Hoffentlich funktionierten Wolframs gelobte Reflexe, ob

Killermaschine oder nicht.

Hoffentlich erwachte er aus seinem Wachkoma, wenn sie ihren Zug machte.

Wenn nicht, war sie so was von tot – da halfen weder Kulleraugen, noch die Hilton'schen Unfallchirurgen.

Noch konnte sie sich wahrscheinlich davonschleichen, wenn sie einen geschickten Zeitpunkt wählte. Aber dann war Wolfram auf Nimmerwiedersehen verloren.

Und daran war nicht zu denken.

Sie holte ihn aus dieser Nummer heraus oder ging bei dem Versuch drauf. So einfach war das.

In einer weniger eleganten Bewegung, die Kathrin effektiv alle ihre Reserven kostete und ihren geliebten Schulterdurchschuss aufriss, fiel sie eher als sprang Stonebreaker an die Gurgel und zog die Perlenkette mit aller Kraft um seinen Hals. Sie brachte sich mehr schlecht als recht in einen günstigen Winkel für die bevorstehende Schießerei und würgte den alten Sack, bis er das Bewusstsein verloren hatte.

Glücklicherweise lief alles andere wie am Schnürchen.

Jim reagierte sofort.

Er wollte nicht.

Aber es war in seiner Natur und offensichtlich in seiner Erziehung.

Er war nicht in der Lage, Stonebreaker Lügen zu strafen, indem er seinen Reflex unterdrückte.

Sein Körper nutzte eigenmächtig die Dynamik des Moments. Jim verteidigte sich auf die altbewährte Art. Indem er angriff.

Noch bevor irgendjemand schießen konnte, lagen die ersten zwei Leute auf dem Boden. Einige der Soldaten hatten angefangen auf ihn und andere auf das Mädchen zu feuern. Sie schoss mit Stonebreakers Waffe und benutzte den

Major selbst, der halb tot im Sessel hing, als Deckung.

Das Magazin in Kathrins Waffe war viel zu schnell leer. Nach einem Ersatz konnte sie nicht suchen. Sie musste nur die paar Minuten durchhalten, bis Wolfram fertig war.

Das alles würde nicht lange dauern.

Die Soldaten waren ohne ihren Anführer unkoordiniert.

Sie musste nur lang genug am Leben bleiben. Im Gegensatz zu Wolfram war sie nicht unkaputtbar. Sie durfte nicht allzu heftig ins Handgemenge geraten und sich nicht durch einen Querschläger umnieten lassen.

Kathrin rannte geduckt ins Badezimmer. Dort wurde ihr schwindlig.

Verdammter Blutverlust schon wieder!

Sie hatte eben genug Zeit, sich kontrolliert auf den Boden zu legen, als ihr schwarz vor Augen wurde.

Der Lärm hörte so plötzlich auf, wie er anfing. Sie wartete darauf, dass Wolfram hineinkam und sich nach ihrem Zustand erkundigte, wie er es immer tat.

Aber er kam nicht.

Etwas stimmte nicht. War er etwa...? Furchtbarer Verdacht beschlich Kathrin.

„Steh auf, Nisah! Steh auf!", befahl sie sich und hangelte sich am Waschbecken und Handtuchhalter hoch.

Der Kampf dauerte nur wenige Minuten. Danach stand Jim allein im verwüsten Raum. Er lachte bitter darüber, dass selbst wenn er nicht kämpfen wollte, er es doch nicht anders konnte. Er sah seine blutverschmierten Hände und die Leichen auf dem Boden.

Wo war denn das Mädchen hin?

Ach ja, im Badezimmer. Das feige Stück. Plötzlich war für sie eine solche Art von Auseinandersetzungen zu schrecklich anzuschauen.

Heuchlerin.

Das war es doch, was sie von ihm wollte. Dass er Leute für sie niedermetzelte. Aber wenn er ihr den Gefallen tat, verzog sie sich und tat so, als hätte es nichts mit ihr zu tun.

Endlich öffnete sich die Tür und Nisah torkelte langsam hinaus. Er konnte es sich denken, wie er aussah. Als ihre Blicke sich trafen, wurde sie bleich wie ein Bettlacken.

Kein Wunder. Jetzt, da sie über ihn Bescheid wusste und ihn nicht mehr brauchte, konnte sie aufhören…

Er stand wie ein antiker Feldherr auf dem Feld des Sieges.

Wie ein umjubelter Gladiator in der Arena – Kathrin konnte beinah die Menge vor Begeisterung brüllen hören.

Er war so lebendig, so voller Kraft, wie ein Mensch nur dann sein konnte, wenn er dem eigenen Tod wieder einmal begegnet war. Und ihn nach Hause geschickt hatte.

Ein Bild für die Götter.

Verdammter Dreck! Er war unkaputtbar, unbesiegbar und ein mit ihr befreundeter – wagte sie es auszusprechen? – Superheld.

Mann-mann-mann, hatte sie Glück gehabt, dass sie ihn getroffen hatte! Mal abgesehen von all dem Unkaputt-barkeit-Quatsch, war er einfach nur ein guter Kerl, der Wolfram…

Als Kathrin für einen Moment aufhörte, sich für ihren Helfer zu begeistern, sah sie in seine Augen.

Was sie in darin fand, erschreckte sie mehr, als die uner-wartete Präsenz von Bewaffneten in ihrem Zimmer oder die Sachen, die Stonebreaker über Wolfram gesagt hatte.

Es war eine Mischung aus grenzenloser Trauer und irreparabler Enttäuschung. Der Held war siegreich und doch gebrochen?

Was war passiert? Natürlich, war das, was Stonebreaker erzählt hatte, nicht besonders schmeichelhaft, aber doch kein Grund einen Schock zu haben. Es musste irgendwas anderes sein. Etwas, das in der Zeit passiert war, als sie im Badezimmer daran arbeitete, nicht das Bewusstsein zu verlieren.

Kathrin stieg über die Körper, die zwischen ihr und Wolfram lagen. Er reagierte nicht auf sie. Sein Puls war zu schnell. Sein Atem ging stoßweise. Das alles gefiel ihr überhaupt nicht. Nach körperlichen Verletzungen schaute sie erst gar nicht – es musste irgendwas psychisches sein.

Was zum Henker war hier los?

„Dreck", sagte Kathrin leise. „Was für ein Dreck."

Sie ging zum Sessel und fand beim Major einen ganz leichten Puls.

„Er lebt noch", sagte sie. Sie nahm ihre Kette wieder. Jim sagte nichts und drehte sich zu Stonebreaker um.

Kathrin ging zur Anrichte, auf der das antike Telefon stand, und rief den Concierge an.

„Sag mal, hab ihr sie nicht mehr alle?", bellte sie scharf in den Hörer. „Ich bin eben in mein Zimmer gekommen und es hat hier ein bewaffneter Besuch auf mich gewartet."

„Was?"

„Was?", äffte sie Teddy nach. „Verdammt noch mal! Du hast mich schon richtig verstanden. Habt ihr keine Überwachungskameras? Habt ihr nicht gesehen, dass ich eine beschissene Spezialeinheit in meinem Zimmer hab?"

„Wie, eine Spezialeinheit?", fragte Teddy.

„Jetzt ist eine beschissene tote Spezialeinheit!" Kathrin begann zu schreien. Sie konnte sich nicht zurückhalten und es sprudelte aus ihr nur so heraus: „Dreizehn Leichen von dreizehn toten Leuten, die mich umbringen wollten!"

„Aber..."

„Kannst du mir erklären, wie ungesehen und ungehört ein, was weiß ich, was für ein, Einsatzkommando im Hilton einsteigen kann? Ist das euer neuer Sicherheitsstandard?"

„Oh Gott..."

„Genau das dachte ich eben, als ich in zwei Gewehrläufe gleichzeitig geguckt habe. Was wäre, wenn ich meinen Partner nicht hier gehabt hätte? Ich will ein neues Zimmer, jemand, der das Gepäck trägt, und einen Sani, der mir meine Drecks-Wunde wieder zutackern kann! *Sofort!*"

Jim starte den Major an. Er sah, wie dieser zu sich kam. Jim war es egal.

Er sah, wie der Mann die Hand hob. Darin hielt er eine kleine Pistole. Auch das war Jim egal.

Wenn Stonebreaker ihn direkt ins Herz traf, würde er, Jim, wahrscheinlich sterben.

Dann würde er eben sterben. Dann hätte dieser Alptraum ein Ende.

Kathrin drehte sich gerade rechtzeitig um, um zu sehen, dass Stonebreaker auf Wolframs Brust zielte. Sie sprang zu ihm und schmetterte das alte schwere Telefon, das sie noch in der linken Hand hielt, mit Schwung auf Stonebreakers Schädel. Das war definitiv zu viel für sie und sie krümmte sich vor Schmerz.

Konnte man denn so dumm sein, und ihn nicht zu durchsuchen?

Sie versuchte Wolfram von der Leiche wegzuziehen. Er sagte nichts und bewegte sich nicht. In diesem Moment kamen Teddy, ein Sanitäter und drei oder vier kräftig aussehende Männer, die verdächtig professionell Plastikmüllsäcke unter dem Arm trugen.

Der Concierge wurde bleich, als er die ganzen Leichen sah. Er stammelte irgendwas von seinem Gott. Die Grabesstille der Suite war auf der Stelle verschwunden und das Aufräumkommando war geschäftig wie ein Bienenvolk. Kathrin richtete sich trotz des Schmerzes in der Schulter auf. Ein bisschen Würde musste sie noch bewahren.

„Übergib dich nicht aufs Gepäck, Teddy", sagte sie bösartig.

„Wer sind die?", fragte der Concierge mit dem Blick auf die Körper.

„Woher soll ich das wissen?"

„Haben sie nicht gesagt, was sie wollen?"

„Denkst du, das was ein günstiger Zeitpunkt zum Reden?"

Kathrin winkte dem Sani zu, damit er sich um ihre Wunde kümmerte. Er gab ihr auch noch irgendwas zu trinken, wonach sie sich besser fühlte. Mit einem viel sagenden Blick auf Wolfram, der sich immer noch nicht von der Stelle bewegt hatte, gab der Sani Kathrin ein Ampüllchen und fragte, ob man noch einen Arzt rufen soll. Kathrin verneinte.

Unter Kathrins Anleitung sammelte einer der Männer ihre ganzen Sachen ein, damit ihr Gepäck ins andere Zimmer gebracht werden konnte. Zwischendurch entfernte sie die Reste ihres Make-ups und dachte, dass Teddy vielleicht vor ihrem Anblick schlecht geworden war.

Kathrin fing an, sich ernsthafte Sorgen zu machen. Wolfram sprach immer noch nicht und antworte nicht, wenn sie versuchte mit ihm zu reden. Als er auf ihre Aufforderung, in das andere Zimmer zu gehen, nicht reagierte, wollte sie seine Hand nehmen, um ihn so dazu zu bewegen, mitzukommen. Er erlaubte ihr nicht, ihn anzufassen, kam aber schließlich doch mit.

Nachdem der Umzug abgeschlossen worden war und der Concierge ihnen ein paar unbestellte Sandwiches gebracht hatte, scheuchte Kathrin sie alle hinaus.

Sie schob Wolfram unter eine warme Dusche und, weil der Sani meinte, dass es helfen konnte, zerbrach die Ampulle und kippte den Inhalt ins Waschbecken voll mit heißem, dampfendem Wasser. Ein angenehmer Duft breitete sich aus. Dann ließ sie ihn allein.

Sie setzte sich auf einen Korbsessel auf dem Balkon. Ihre Strumpfhose war kaputt. Sie zog sie aus. Hinter einer Wolke kam der Mond hervor, der in den Lichtern der Banken unterging. Der Frühlingsvollmond. Bald war Ostern.

Kathrin lehnte sich zurück und machte die Augen zu.

Es fiel ihr ein, dass sie ihm noch gar nicht erzählt hatte, dass die Datei mit Informationen über das *Project Wolfram* tatsächlich existierte. Das war eine gute Nachricht.

Ja, der Abend hatte so schön angefangen: gutes Essen, gute Unterhaltung, ordentliche Portion Anerkennung, angenehme Gesellschaft. Sie hatte sogar ihn dazu gebracht mit ihr zu tanzen...

Jim fand sich im Badezimmer wieder. Er stand in seinem durchnässten Anzug unter der Dusche. Auf dem Hemd war Blut.

Zuerst dachte er, dass er allein war. Dann merkte er, dass das Mädchen in der Nähe war. Das irritierte ihn, weil er angenommen hatte, dass sie abgehauen war. Dann kam ihm die Idee, dass es vielleicht noch mehr Drecksarbeit geben konnte, die sie ihm zugedacht hatte.

Er war sich fast sicher, dass es so sein musste.

Kathrin nahm eine kalte Flasche Mineralwasser aus der üblich überteuerten Minibar mit dem Entschluss sie nicht zu bezahlen und setzte sich wieder in ihren Korbsessel.

Hörte es denn nie auf?

Zuerst wollte sie heil nach Deutschland kommen, dann stellte sich heraus, ihr Schieber war ein Verräter und wollte sie tot sehen.

Dann war ihr Ruf dahin, sie stand allein da und musste einen Rache- beziehungsweise Reputationswiederherstellungsfeldzug starten.

Diesen überlebte sie schwer verletzt und fies vergiftet, aber just an dem Abend, an dem sie ihren Sieg feiern wollte, tauchte eine Spezialeinheit auf und wollte ihren Kumpel mitnehmen. Und sie selbst schätzungsweise als überflüssige Zeugin abschreiben.

Nimmt es denn kein Ende?

Kathrin war müde. Sie wollte Ruhe. Sie sollte Wolfram fragen, ob er mit ihr auf die Kanarischen Inseln fliegen möchte. Aurora konnte ihre Fähigkeiten unter Beweis stellen und ihnen eine Suite in dem CommerzDeutsche-Konzernhotel organisieren.

Die Sonne, das klare herrliche Wasser, die bunten Felsen, an denen man bei Ebbe an die entlegenen Strände entlang der Wasserlinie gehen konnte.

Das wäre gerade das Richtige.

Ihr Gedankengang wurde dadurch unterbrochen, dass sie hörte, wie Wolfram ins Zimmer kam.

Jim setzte sich auf die Bettkante.

Nisah kam durch die Balkontür hinein und roch nach Erschöpfung, Blut und Frühlingsnacht.

Von ihrem Kleid fehlte ein Ärmel. Der entsprechende Arm war in einer Schlinge, die nach Krankenhaus roch.

Sie war blass.

Sie lächelte.

„Da bist du ja wieder!", sagte Kathrin gelassen.

Jim antwortete nicht.

„Jetzt bin ich dran mit Duschen."

Jim sagte nichts und sah sie nicht an. Kathrin schüttelte den Kopf und ging ins Badezimmer.

Irgendetwas lief schief. Was war denn los mit ihm? Er war wieder ansprechbar, aber redete nicht mit ihr.

Ging es ihm nicht gut?

War er sauer?

Auf sie?

Nach dem Duschen wusch Kathrin sich das Gesicht mit so kaltem Wasser, wie die Leitung hergab. Sie stützte sich mit ihrem guten Arm aufs Waschbecken und beobachtete, wie die Wassertröpfchen von ihren Haaren auf den Marmorboden fielen.

Noch mal von vorne: Stonebreaker hatte seinen Blödsinn da erzählt, seine Jungs haben primär auf Wolfram gezielt, der wiederum dumm herum stand.

So weit, so gut.

Was der Major erzählte, war in der Tat nicht besonders beruhigend und auf sadistische Weise unnötig hart. Es war nicht schwer zu sehen, dass das alte Arschloch die Worte mit Bedacht so wählte, dass sie Wolfram möglichst tief trafen. Wahrscheinlich in der Absicht, dass dieser sich möglichst minderwertig fühlte und vielleicht doch noch freiwillig mitkam, oder zumindest nur halbherzigen Widerstand leistete.

In der Zeit, die sie, Kathrin, mit Wolfram verbracht hat, hatte sie nichts erlebt, was die angebliche Brutalität und Gewissenlosigkeit von Wolfram bestätigte. Jedenfalls was im außerordentlichen Maße über das Gewöhnliche hinausging. Was Gewissen angeht, war er womöglich sogar manch einem überlegen.

Natürlich mochte es da Dinge geben, die Wolfram ihr verschwieg, und sie mochten die Aussagen von Stonebreaker bestätigen.

Aber gerade in einer solchen Situation würde man doch eine zweite Meinung suchen, mit einem Freund reden. Oder nicht? Für und Wider abwiegen, Fakten evaluieren. Da war sie gut drin und das wusste Wolfram ganz genau.

Was man *nicht* tun sollte: jedes Wort von einer völlig unbekannten Person glauben. Von einer Person, über deren Urteilsvermögen und Aufrichtigkeit man jeden Grund hatte zu zweifeln. Und der Wahrheitsgehalt in den Worten dieses Mannes, war eine noch ganz andere Frage.

Dieser Stonebreaker war sowieso ein ekelhafter alter Drache. Auf sein Wort zu vertrauen, war einfach dumm.

Außerdem hatte der alte Sack ihren ersten Tag des Friedens zerstört. Das nahm Kathrin persönlich.

Die Art und Weise wie er Wolfram beschimpft hatte, war widerwärtig. Es hatte ihm gefallen, den wehrlosen Mann niederzumachen. Je mehr dieser verzweifelte, umso mehr Spaß hatte der alte Sack daran und ging immer weiter in noch unschöne Einzelheiten.

Stonebreaker war ein wahrhaftiger Sadist gewesen. Durch und durch böse.

Er hatte sich so unverschämt gefreut, als er dachte, dass Wolframs Freundin ihn nur aufgrund seiner Behauptungen fallen ließ. Wie bereitwillig er annahm, dass Menschen ihre Loyalitäten wechselten! Das sagte Einiges über die Person aus, nicht wahr?

In der Liste Kathrins meistgehasster Menschen überholte Stonebreaker sogar Marek. Als der noch gelebt hatte.

Die Sache mit dem Telefon tat ihr kein bisschen Leid. Es war nur Schade um das schöne Gerät. Ein Betonbrocken wäre eine passendere Mordwaffe gewesen. Oder ein rostiges Messer. Aber so etwas hatte sie leider nicht zur Hand gehabt.

So ein widerliches, gemeines Stück Schweinescheiße!

Kathrin griff nach einem Kamm und sah dabei ihr Spiegelbild. Ihr Gesicht, das vielleicht nicht im klassischen Sinne schön war, aber das sie gern mochte, hatte im Augenblick mehr Gemeinsamkeit mit einer präkolumbischen Götzenstatuette, einer von der Sorte die dem Betrachter das Blut in den Adern gefrieren ließ. Kathrin erschreckte und stolperte.

So sah sie also aus, wenn sie Gefühle der Abneigung einer Person entgegenbrachte. Oder, und darauf lief es offensichtlich hinaus, so tat als ob.

Kathrin entspannte einen nach dem anderen ihre Gesichtsmuskeln, bis sie endlich sich selbst wieder erkannte.

Die Einsicht sickerte langsam in ihr Bewusstsein.

Dieser Fratze war es zu verdanken, dass sie Stonebreakers Aufmerksamkeit einlullen konnte. Aber zu dem Preis, dass Wolfram in diesem seinem Zustand der merkwürdigen Labilität die vorgespielte Emotionen nicht als solche erkannt und sie für bare Münze gehalten hatte.

Woher sollte er auch wissen, dass diese Tricks ganz oben auf ihrer Fertigkeitsliste standen?

Hatte sie davon ausgehen dürfen, dass er wusste, wie wandlungsfähig und manipulativ sie mit genügend Motivation sein konnte?

Leute, die sie deutlich besser und länger gekannt hatten als Wolfram, waren schon mal auf ihre Darbietungen hereingefallen. Leute wie Newski. Es hatte lange gedauert, bis der komische Beigeschmack sich verflüchtigt hatte.

Das, was sie gesagt, wie sie sich bewegt und wie sie Stonebreaker angeschaut hatte, war ein Spiel gewesen. Aber es musste ein so gutes Spiel gewesen sein, dass es Wolfram ganz real und grausam verletzte.

Kathrin schämte sich.

Als Jim allein war, stand er auf und ging auf den Balkon. Die Hochhäuser der Banken leuchteten vor dem schwarzen Himmel. Die Stadt wurde ihm zu eng. Er wollte weglaufen, in den Wald gehen.

Der Wald war jetzt der richtige Ort.

Aber erst musste er es mit Sicherheit wissen. Er wollte von ihr ins Gesicht gesagt bekommen, dass er nicht mehr willkommen war, damit das Zweifeln und das Hoffen ein Ende hatten. Dann würde er gehen.

Er kehrte ins Zimmer zurück und wartete. Er begann auf und ab zu gehen. Dann zwang er sich hinzusetzen, stand gleich wieder auf und setzte sich dann doch wieder hin.

Jim sah seine Hände an. Man konnte kaum noch die Abschürfungen von dem Kampf erkennen, der erst eine Stunde her war. Die blassen Narben standen für das, was er war – ein Freak, ein Experiment, ein Killer.

Seine Gedanken drehten sich um Nisah, um ihren Gesichtsausdruck drüben in der Suite, als Stonebreaker all diese Dinge über ihn gesagt hatte. Erst jetzt, da er wusste, dass sie ihn hasste und sich vor ihm fürchtete, und dass er für sie niemals mehr sein würde als ein Mittel zum Zweck, begann es ihm klar zu werden, wie er zu ihr stand.

Der Duft ihrer Haare, überdeckt durch irgendeinen Shampoogeruch, kündigte sie an, bevor sie selbst ins Zimmer trat.

Kathrins schlechtes Gewissen war überwältigend. Sie

traute sich nicht, ihm in die Augen zu sehen. Es schien, dass Wolfram auch möglichst viel Abstand zwischen ihnen beiden haben wollte. Vorhin saß er auf dem Bett und jetzt in der hintersten Ecke des Zimmers.

Sie musste einsehen, dass ihre spezielle Begabung sie diesmal im Stich gelassen hatte. Mehr als das, durch sie verlor sie nun das wichtigste, was sie noch hatte.

Sie würde ihm die Unterlagen von *Project Wolfram* geben und gehen. Zu Hause würde sie ihre alten Ego-Shooter auspacken und rückfällig werden.

Alles war besser als das hier.

Sie hatte in dem Durcheinander, als sie die Suite verließen, die Mappe irgendwohin gepfeffert und fand sie jetzt nicht. Vielleicht war sie in ihrem Koffer.

Jim saß da und wartete. Das Mädchen beschäftigte sich mit ihm nicht mehr, als wenn er ein Möbelstück wäre. Sie packte in aller Ruhe ihren Koffer aus, und kümmerte sich nicht um ihn.

„Du hast all die Dinge, die Stonebreaker über mich sagte, geglaubt, nicht wahr?", fragte er, als er das Schweigen nicht länger ertragen konnte. Es kostete ihn Mühe, ruhig zu sprechen. Er versuchte möglichst sachlich zu klingen. Kathrin erschrak, drehte sich aber nicht um.

„Ich tat, was ich fürs Beste hielt."

Kathrin hatte ihm die Freiheit gerettet.

Immerhin etwas.

Aber sie war nachlässig gewesen. Sie hatte wider besseres Wissens getrunken und zusammen mit ihrer angeschlagener Verfassung hatte es ihr die paar graue Zellen gekostet, die sie gebraucht hätte, um eine vernünftige Idee zu haben.

Wäre sie ein bisschen heller gewesen, hätte sie sich denken können, dass Wolfram für eine solche Aktion der falsche Partner war. Er reagierte *immer* empfindlich auf alles, was irgendwie seine Unkaputtbarkeit, seinen Kampstill oder das ganze Blechzeugs an seinen Knochen tangierte. Das *wusste* sie. Sie beschwerte sich ja dauernd darüber.

Es gab genügend Anhaltspunkte dafür, dass er dachte, dass sie Angst vor ihm hatte – oder haben sollte: die Nacht im Hotel in Manitoba, die Diskussion über seine Metallknochen, der Streit um die Kampfhunde und nicht zuletzt die Tatsache, dass er auf gar keinen Fall wollte, dass sie dabei war, als er zu Marek ging.

Aber sie war immer so beschäftigt damit gewesen, sich über seine Selbstzweifel lustig zu machen – oder davon genervt zu sein – das sie deren ganzes Ausmaß schlicht und ergreifend nicht realisiert hatte.

Sie hätte es erkennen sollen!

Sie hätte es verdammt noch mal erkennen sollen.

Er hatte ständig darauf hingewiesen, dass sie Angst vor ihm haben sollte. Er schien geduldig darauf zu warten, dass sie es einsah. Man konnte fast meinen, er hoffte darauf. Vielleicht damit das Warten ein Ende hatte?

Aber wieso um Himmels Willen sollte sie ausgerechnet jetzt, wo sie beide zusammen durch Eis und Feuer gegangen waren, damit anfangen, an ihm zweifeln? Wegen der nicht bestätigten Erzählungen eines fremden alten Mannes? Wieso sollte sie etwas blind glauben, was zum großen Teil ihren Erfahrungen widersprach?

Das waren legitime, rationale Fragen. Allerdings war wahrscheinlich Wolfram bei diesem Thema nicht wirklich zu Rationalität fähig.

Vermutlich dachte er jetzt, dass sie sich in ihrer Not fürs

Überleben mit Hilfe eines Freaks gegen das sichere einsame Sterben entschieden hatte. Und womöglich sogar, dass sie ihn letzten Endes nur benutzt hatte.

Er müsste sie abgrundtief verachten.

Und vollkommen zu Recht.

Es trieb Kathrin die Tränen in die Augen.

Jim wartete darauf, dass da mehr kommen würde. Sie sollte alles leugnen. Sie sollte sagen, dass er es falsch verstanden hatte und es ein Teil ihrer üblichen Maskerade gewesen war.

Sie sollte gefälligst wieder einen verwinkelten Plan offenbaren, wie sie es immer tat.

Sie sagte aber nichts.

Sie schwieg und kramte einhändig in ihrem Koffer.

Kathrin fühlte, wie er vom anderen Ende des Zimmers sie anguckte.

Ihr wurde ganz kalt und trostlos.

Jetzt waren sie sich noch fremder, als an dem Abend, an dem sie sich kennen gelernt haben. Sie waren sich jetzt fremder, als Fremde es jemals sein konnten.

Als ob durch dieses Hotelzimmer der Mariannengraben verliefe.

Kathrin hatte erst jetzt, erst als sie Wolfram verloren hatte, verstanden, wieso sie ihn so sehr brauchte.

Sie fand die Unterlagen und drehte sich schließlich um.

Sie hielt ihm die fröhlich-gelbe Mappe entgegen.

„Was ist das?"

„Die Unterlagen von *Project Wolfram*. Hab sie heute Morgen von zu Hause mitgenommen."

„Steht da was über mich drin?" Jims Stimme war

angespannt.

„Weiß nicht."

„Hast du sie nicht gelesen?"

„Nein. Natürlich nicht", sagte Kathrin erschöpft.

„Wieso?"

„Was ist denn das für eine dämliche Frage?"

Jim machte keine Anstalten, die Mappe zu nehmen.

Wie konnte er nur denken, dass sie ohne sein Einverständnis in einem Dokument herumgewühlt hätte, das vielleicht die intimsten Details seines Lebens enthielt? Das war also seine Meinung von ihr.

Jetzt macht es keinen Unterschied mehr. Es war nun alles zu spät.

Zum Henker mit den Ärzten! Sie würde jetzt packen und in ihre zweite Wohnung gehen. Dort hatte sie vielleicht noch irgendwelche Pillen, oder wenigstens Gras. Und wenn nicht, dann musste Aurora ihr etwas besorgen.

Das Leben war so furchtbar.

Kathrin wollte gehen, weil sie sich nicht traute, ihm in die Augen zu sehen. Sie wollte bleiben, weil sie nicht mehr ohne ihn sein wollte.

Sie warf die Mappe auf den Boden und begann ihre Sachen, ein Stück nach dem Anderen, zurück in den Koffer zu stopfen.

Sie hoffte, dass irgendwas passierte: eine göttliche Intervention, ein Erdbeben.

Ein nuklearer Angriff auf Frankfurt war auch in Ordnung.

Dann könnten sie wenigstens zusammen sterben.

War das schon alles? Alles wieder eingepackt?

Egal, wie sehr sie bleiben wollte, sie war nun im Begriff

zu gehen. Mehr als alles andere wünschte sie sich, dass er sie daran hindern würde.

Die gelbe Mappe, die jetzt vor Jim auf dem Boden lag, mit ungelesenen Papieren drin, gab ihm eine neue unerwartete Perspektive.

Ja, sie hatte vorhin den Eindruck gemacht, dass sie sich von ihm distanzierte. Jedoch musste er wohl zugeben, dass sie Stonebreaker daran gehindert hatte, ihn zu entführen.

Auch danach hatte sie ihn nicht allein gelassen. Sie hatte sich um ihn gekümmert.

Jim musste an den Morgen im Wald denken, als sie noch gedacht hatte, dass er tot war. Und daran, wie sie vor ihrem Haus auf der kleinen Mauer gesessen und auf ihn gewartet hatte, nachdem er so völlig unnötig einen Schreit angezettelt hatte.

„Glaubst du es denn?", wiederholte Jim seine Frage. Diesmal versuchte er gar nicht mehr, sachlich zu klingen. Seine Stimme war rau vor Aufregung.

„Was denn? Wie unnatürlich oder unmenschlich – nenn es wie du willst – einige Dinge an dir sind? Deine Art, zu kämpfen, zum Beispiel?"

„Auch das."

„Nun, ich habe dich und Mareks Jungs gesehen", sagte Kathrin ohne sich umzudrehen. „Das musste ich mir irgendwie erklären."

Jim schlug die Hände über dem Kopf zusammen.
Auch das noch!
Sie hatte ihn trotz seiner Vorsichtsmaßnahmen gesehen. Schlimmer noch: sie hatte geschwiegen.
Seine Hoffnung erstarb, noch bevor sie stark genug

werden konnte, um von ihm bemerkt zu werden.

„Wie?", fragte er.

„Überwachungskameras natürlich", sagte Kathrin und drehte sich schließlich um.

„Natürlich", lachte Jim sardonisch.

„Ich machte mir Sorgen und wollte nachsehen, wie es dir ging." Sie versuchte zu lächeln und scheiterte.

„Also glaubst du, was Stonebreaker sagte?", fragte Jim zum dritten Mal.

Kathrin war kurz vorm Heulen.

Wieso fragte er das immer noch?

War es nicht offensichtlich?

Was sollte sie denn noch sagen, damit er endlich verstand?

„Denkst du wirklich, es interessiert mich, was *irgendjemand* über dich sagt?" Sie wollte ruhig klingen, aber es kam hysterisch heraus.

Näher als das kam Kathrin nicht dran, was sie eigentlich meinte.

Sie war müde. Regelrecht erschöpft.

Sie wusste nicht, was sie tun sollte.

Sie hatte überall Schmerzen.

Sie dachte daran, wie er ihr seinen Pullover angeboten hatte, als sie vor Kälte gezittert hatte. Und an die zwei Nächte, die sie im selben Schlafsack geschlafen hatten. Und wie sie früher an heutigem Abend getanzt hatten.

Sie schloss den Koffer und machte sich langsam und gebrochen auf den Weg zur Tür.

Jim verstand zuerst nicht, was sie gesagt hatte.

Die Worte hallten in seinem Kopf, ohne dass ihre Bedeutung zu ihm durchsickern konnte. Für einen Moment blieb sie an der Tür stehen und drehte sich zu ihm um, als würde sie sich von ihm für immer verabschieden. Er roch ihre Tränen, obwohl sie nicht weinte.

Sie war schwach und verletzt. Jim sah die Schlinge, in der ihr Arm lag. Mit einem Stich vom schlechten Gewissen erinnerte sich Jim daran, dass er vorhin auch ihr Blut gerochen hatte und sie noch gar nicht gefragt hatte, wie es um ihre Schulter stand.

Aber es war nicht das, was ihn gleichzeitig erschreckte und ihm Hoffnung gab. Es war dieser lange Blick und dieselbe Trostlosigkeit darin, die auch ihn in ihrem Griff hatte.

Und dann kam es bei ihm an.

Was sie vorhin getan und wie sie ausgesehen hatte, war genau das, was Stonebreaker hatte sehen sollen. Der alte Mann hatte ein verzweifeltes hilfloses Weibchen gesehen, von dem keine Gefahr ausgegangen war. Was er nicht gesehen hatte, war eine mit allen Wassern gewaschene Schattenkriegerin, in deren Händen auch eine Perlenkette eine Waffe war.

Es war nur ihr üblicher Trick gewesen. Wie damals auf dem Flughafen, als sie die Leute dazu gebracht hatte zu glauben, dass Jim ein Kriegsheld wäre. Wie sie Ajax zur Weißglut gerieben hatte, damit dieser ihr das verriet, was er auf keinen Fall hatte erzählen dürfen. Wie sie Neunmalklug dazu brachte, ihre Fragen ruhig zu beantworten, obwohl er so gut wie hysterisch war.

Es war immer nur ein Spektakel für ihre Feinde gewesen.

Es hatte nichts zu bedeuten. Erst recht hatte es nichts mit ihm zu tun.

Es hatte *nicht das Geringste* damit zu tun, was sie über ihn dachte.

Vor lauter Furcht, sie könnte nur Angst und Hass für ihn übrig haben und ihn hier allein zurücklassen, hatte er es ganz übersehen, dass sie ihn mochte.

Sie war genauso verstört wie er.

Sie wollte bleiben. Aber wieso ging sie dann?

Traute sie sich nicht, bei ihm zu sein? Aber wieso denn?

Jim war in einem Satz an der Tür und nahm ihr den Koffer ab. Er wischte die letzten hartnäckigen Zweifel beiseite und setzte alles auf eine Karte.

Er nahm ihre kleinen Hände in seine Pranken. Es war, als berührte er sie zum allerersten Mal.

Auf einmal war er nicht mehr nervös.

Er studierte erleichtert die Wandlung, die Nisah durchmachte. Ihre Züge hellten sich auf wie die Sonne, die hinter den Regenwolken hervorkommt. Tränen kullerten über ihre Wangen, die die Anspannung bis jetzt zurückgehalten hatte. Glückliche Tränen.

Trotz Müdigkeit und großer Schmerzen, die Nisah bestimmt haben musste, strahlte sie.

Seinetwegen.

„Bleib bei mir, Nisah." Jim nannte sie so in Ermanglung eines anderen Namens, obwohl er wusste, dass es nur eine Maske war. Er umarmte sie vorsichtig und streichelte ihre Haare.

„Mein Name ist Kathrin." Sie lächelte und versuchte, ihn mit ihrem heilen Arm fest an sich zu drücken.

„Kathrin? Ja, du bist eine Kathrin."

„Und du bist der Wolfram. Da gibt es nur einen. Keine Missverständnisse."

„Nenne mich nicht so", sagte Jim.

„Was für mich zählt, ist, was du bist. Nicht das, was du

warst. Erst recht nicht, wie du heißt." Jim küsste ihren Hals, dort wo die Schlagader der Haut am nächsten war.

„Nenn mich Jim. Was ist verkehrt mit Jim?"

Kathrin antwortete nicht, sondern vergrub ihr Gesicht in Jims Mähne.

Alles, was Jim jemals wollte, alles was er jemals brauchte, war hier, in seinen Armen. Worte waren unnötig…

Danksagung

Drei meiner alten Rollenspiel-Kollegen möchte ich danken: meinem ersten Spielleiter, mit dem das alles letztendlich anfing; demjenigen, der meine erste Shadowrun-Elfe gebaut hat und natürlich dem Typ mit dem Eber auf dem Kopf.

T.J. bin ich für alles Mögliche dankbar, aber in diesem konkreten Fall für Tipps zum Zelten bei –40 Grad.